萬貴千金

1

風文創 661

幽蘭 著

目錄

序文

幽蘭

在創作這篇小說之前，我剛剛完成了一篇以光芒萬丈的世家女為主角的小說。接著我突發奇想，如果主角是一個嬌嬌弱弱的農家女，又會展開一個什麼樣的故事呢？於是我便以此為基點，開始構思一個農家田園式的生活，設定了一個結局有點悲慘的姑娘重生而來，拚命保全心中溫暖的故事，這篇《萬貴千金》便應運而生。

不過按照我一直以來的喜好，雖然主角是一個身嬌體弱的農家女，但她的內心是強大的，性格也是獨立自強的。於是，這篇文的主角從未想過依靠別人去得到什麼，而是堅信一切想要得到的東西，都必須付出努力才能收穫。文中也有其他和她相似背景的姑娘，但因為選擇不同、性格不同，最終的結局也與她南轅北轍，形成了鮮明的對比，更加突顯了主角堅強自主的可貴。

除此之外，田園勞作的家長裡短、內宅矛盾的爭鬥不休，還有朝堂傾軋隱藏的危機等等，在主角一步步攀上高峰的路途中，圍繞在主角身邊的人物和情節，就像一幅畫卷一般緩緩展開，栩栩如生、豐富多彩。這樣一來，文中許多人物的形象就生動起來，形成了一個含有生活百態的故事。

我在寫一個小農女步步為營、攀上高峰的故事的同時，當然也少不了她在其他方面同樣珍貴的收穫。主角有靠實力結識的伯樂、有靠緣分結識的手帕交、有靠真心敬老結識的長輩，也有靠人品結識的貴人。這些人在主角這一路上給予她許多關懷和幫助，而主角也因為他們，才成為一個有情有義、有血有肉的角色。

這樣的主角一定值得一個不一般的男主角來用心珍惜，所以我們的男主角是一個性格堅韌、內心強大，靠自己闖出一片天的男子漢。這不是我的刻意安排，而是我覺得在這個故事中，這樣的小農女和這樣的男人一定會互相吸引，然後自然而然地走到一起。

當這個故事開始寫的時候，我就把它當成了一個獨立的世界，把故事裡的「他們」都當做鮮活的、真實的人物，按照他們的性格，去寫出他們的一言一行、一舉一動。幸而，最後完成這篇小說的時候，沒有遺憾和疏漏，他們的人生都很圓滿，這是我身為作者最欣慰的事。

親愛的朋友們，謝謝你們閱覽這本書，我真誠地希望你們喜歡《萬貴千金》這個故事，並從中感受到快樂。最後祝你們越來越幸福、越來越快樂！謝謝！

第一章

阮玉嬌是被冷醒的，她昏昏沈沈地睜開眼，想要蜷縮起身體，卻一點力氣都沒有。身上的沈重感令她有些難受，她這才發現身上蓋了兩床被子。被子雖舊，卻洗得乾乾淨淨，散發一股清新的味道，比她先前蓋的破痲袋不知好了多少倍，讓她一時間有些分不清這到底是真實還是在夢中。

這時，房門「吱呀」一聲被推了開，一位衣著樸素的老婦人端著藥碗進門，瞧見她醒來，立時露出喜色，快步走到床邊關切地道：「嬌嬌，妳醒了？覺著好些了沒？」

阮玉嬌看著眼前這張無比親切的面容，瞬間哽咽出聲。「奶奶、奶奶，您來接我了嗎？我好想您！我好想您啊，奶奶……」

阮老太太面色一變，急忙放下藥碗去摸阮玉嬌的額頭，著急道：「又燒了？不是說沒事了嗎，怎麼說起胡話來了？」

溫熱的體溫帶來的真實感讓阮玉嬌愣了一下，她看了看自己奶奶，又看了看四周眼熟的房間，突然發現這裡竟是她從前的家。自從奶奶被大火燒死之後，她就從這間還不錯的正房搬去了西廂的雜物房。後來，更是被黑心的後娘賣掉，再也沒回過家。

她在外頭吃了很多苦，才小心翼翼地熬過幾年，卻因為不肯給主家少爺做妾，被狠狠打了一頓丟進乞丐窩。想到這兒，阮玉嬌驚得一個激靈，腦袋終於清醒過來。她明明是在破廟裡，為了不被乞丐侮辱而撞牆自盡，雖然在還有一口氣的時候被一個同鄉救了，可她傷上加傷，根本撐不下去，她萬分肯定自己已經死了，如今這又是怎麼回事？

阮老太太見她沒有反應，越發著急起來，扭頭就朝外喊道：「老大媳婦、老大媳婦！快去喊李郎中過來看嬌嬌，嬌嬌瞧著不大對勁！」

「又怎麼了？」一道不甘不願的聲音響起，很快就有個婦人拉著臉走進來，一看阮玉嬌已經醒了，眉頭皺得能夾死蒼蠅。「娘，她這不是好了嗎，還請什麼郎中啊？咱家哪有那麼多銀子給她看病？要我說，她這就是給慣的，整天不幹活，一點小事就起不來了。」

阮玉嬌聞言，死死地盯著她，凶狠的表情嚇得那婦人倒退一步，話都說不下去了。不等婦人惱怒，阮老太太倒先發了怒，對她斥道：「劉氏！這個家是妳做主還是我做主？我叫妳去妳就去，用的又不是妳的銀子！嬌嬌為何如此妳一清二楚，若她有個三長兩短，妳就給我滾回娘家去！」

劉氏不甘地想要反駁，想到什麼，又忍了回去，嘀咕道：「去就去，一個丫頭片子也這麼寶貝，也不見妳對孫子好點。」

阮老太太沒再理她，等她走後，便抱著阮玉嬌笑道：「嬌嬌別怕啊，等會兒李郎中來了再給妳開點藥，咱們喝了藥就好了。」

阮玉嬌在被子裡狠狠掐了自己一把，劇烈的疼痛讓她知道這一切都是真的，她死而復生，還回到了奶奶沒死的時候。她終於有機會救下奶奶，終於不用和最親的人陰陽相隔了！

「奶奶——」她實在忍不住，趴在阮老太太懷中痛哭出聲。

阮老太太嘆了口氣，拍著她的背輕聲道：「好孩子，哭吧，哭出來就好了。是奶奶有眼無珠，給妳選了那麼個混蛋，如今看清楚他的為人，總比日後嫁過去受罪要強是不是？三丫被她那個娘教壞了，怎麼說都不聽，唉……嬌嬌別傷心了，妳這樣讓奶奶心疼死了！」

抱著失而復得的奶奶，阮玉嬌哭得上氣不接下氣。她是高興的、喜悅的，同時也是委屈的、難過的。她不明白自己為什麼死而復生，但曾經的絕望都是真的，此時的重聚也是真的。這會兒她特別感激上蒼，不管是什麼原因讓她再次擁有新的人生，她一定要好好把握，和奶奶一起過上好日子，不再讓那些遺憾重現！

發洩般的痛哭令她有些缺氧，顯得無比虛弱。正好李郎中來了，阮老太太便把她放回床上躺好，方便李郎中診脈。

李郎中問了問這兩天的情況，又細細為她診脈，皺眉道：「大娘，您孫女著了涼本來喝兩副藥就能好，偏偏又大喜大悲的，傷了身子，這得補補了，還要注意不能再刺激她，我給您開個方子，先喝上試試吧。」

劉氏在邊上一聽就急了。「李郎中，這補身子的藥得多貴啊，哪裡就能用得著了？」

阮老太太氣得一指門口。「妳給我出去！這裡沒妳的事，嬌嬌的病也用不著妳管！」

劉氏不敢在外人面前頂撞婆婆，只得出去了，但接著就傳來灶房裡摔摔打打的聲響。

阮老太太尷尬地看了李郎中一眼，低聲道：「李郎中，讓你看笑話了，什麼藥適合就開什麼藥，最重要的是讓我孫女儘快康復。」

這會兒阮玉嬌已經平復了情緒，雖然渾身難受，也沒什麼力氣，但她可不想一活過來就讓奶奶破費，忙伸手拉住老婦人道：「奶奶，我感覺好多了。之前是我沒想通，剛剛哭過一回已經什麼事都沒有了，就喝原先的藥吧，喝完沒好的話再用新方子。」

李郎中捋著鬍鬚，斟酌著點了下頭。「也好，大娘，我看著您孫女精神了不少，上次開的藥還能再喝兩天，兩天後我再來看看吧，不耽誤什麼事。」

阮老太太有些不放心。「這能行嗎？你別聽她小丫頭胡說，她哪知道輕重啊，我怕她留下什麼病根兒可就麻煩了。」

阮家老太太疼愛大姑娘在村子裡是出了名的，李郎中聞言笑了笑，安慰道：「大娘您就放心吧，小姑娘看著也孝順，為了不讓您擔心，她也得好起來啊。」

阮老太太見他開玩笑才鬆了口氣，相信自家孫女沒那麼嚴重。她拿出銅板要給診費，李郎中說什麼都沒要。這次就是跑了個腿兒，他哪裡好意思收老太太診費？阮家大姑娘似乎要被退婚了，這次就是因此氣病的，村子裡幾乎都知道這件事，李郎中看著阮玉嬌虛弱無力的樣子也心生同情，自然是能幫就幫。

把李郎中送走後，阮老太太端起藥碗給阮玉嬌喝，安慰道：「咱們嬌嬌是有大福氣的孩子，享福的日子還在後頭呢。過去的事咱就不想了啊，往後奶奶一定給妳挑個合心意的良人。」

阮玉嬌眼圈一紅，很想告訴奶奶自己一點福氣都沒有，離了奶奶，她的命裡就只剩下坎坷了。可她不願讓奶奶擔心，連忙低頭就著老婦人的手把藥喝了。如果說被賣掉的幾年裡她學得最多的是什麼，那就是學會了把委屈往肚子裡咽，一個人承擔一切。

曾經她有奶奶護著，從來都不用花心思多想什麼，所以才一點成算都沒有，就被後娘給賣了。但在員外府做丫鬟的那幾年，她卻陰差陽錯的學到不少東西，若不是一次意外被少爺給看上，她可能再過幾年就能攢夠銀子給自己贖身了。

如今，她不想再讓奶奶為自己操心，奶奶保護了她那麼久，應該換她來保護奶奶了。

握著奶奶的手，阮玉嬌感覺到一種溫暖和安心的踏實感。她以為自己會激動得睡不著覺，但聽著奶奶隨意哼起的小調，她不知不覺就沈睡了過去，好似漂泊許久的小舟終於回到了港灣，好似滿身疲憊的鳥兒終於回到了鳥巢。不管什麼時候，奶奶始終是她心中最最美好的存在，足以驅散她心裡所有的陰霾。

這一覺阮玉嬌直接睡到了傍晚，也許是湯藥起了作用，也許是心態轉變帶來的生機，她感覺身上舒坦了許多，不用人扶，就能自己坐起來了。

她拿了件衣裳披好，慢慢掀起被子想去倒口水喝，可站在地上後她才想起，這不是在員外府，屋裡根本沒有茶壺，用水只能到灶房去取，以她如今的身體狀況要走過去，還是挺費勁的。

阮玉嬌皺了皺眉，正猶豫著要不要出去，就見三妹阮香蘭扒開門縫往裡面看，兩人一對上眼，阮香蘭便直接推門而入，面帶愧色地走到她面前道：「大姐，妳好些了嗎？我也不知道張大娘會想要悔婚，我一直把張大哥當哥哥的，可是……可是我娘已經答應張大娘了……大姐，妳不要怪我好不好？奶奶為這事罵了我好幾次，可真的不關我的事啊！大姐妳相信我。」

姐姐定下的夫家悔婚，要把妹妹娶回去，多稀奇？可笑她當初還以為這個三妹是無辜的呢，若不是後來在員外府見多了形形色色的人，她哪裡能一下子就看出裡面的彎彎繞繞？畢竟這是她一起長大的親妹妹呢。

阮玉嬌似笑非笑地看著阮香蘭，攏攏衣裳坐回床邊。「哦？原來妳不喜歡張大哥？

那我可以幫妳去跟張大娘說說，她一定不會勉強妳的。」

阮香蘭沒料到她會這麼說，頓時就變了臉色。她好不容易才討得張大娘歡心，又勾得張耀祖答應娶她，哪裡能讓阮玉嬌一句話就給毀了去？

她低頭哽咽道：「大姐，我知道妳心裡不舒坦，可是、可是這件事不知被誰傳了出去，這會兒村裡都已經傳遍了，我要是不嫁給張大哥，以後還有誰敢娶我？我的名聲都毀了呀！」

阮玉嬌看著她唱作俱佳的表演，突然輕笑一聲。「三妹，我在妳眼裡是不是一個什麼都不懂的蠢貨？妳見天兒的往張大娘跟前湊，花言巧語捧得張大娘樂呵呵的，妳當我不知道妳是為著什麼呢？妳還好意思跟我提名聲？如今被毀了名聲的人到底是誰？好歹姐妹一場，我真是不知哪裡得罪了妳，要妳這樣害我？」

阮玉嬌的聲音天生就嬌嬌軟軟的，很是好聽，若不刻意嚴肅，聽起來就跟撒嬌一樣。可這次阮香蘭愣是從她帶笑的聲音中聽出了嘲諷和鄙夷，比那種冷冰冰的怒罵斥責更讓人難受。她忍不住抬頭去看阮玉嬌，一時間感覺阮玉嬌似乎和從前有什麼不同了。可明明人還是那個人，甚至因為病痛還顯得很虛弱，她怎麼就覺得阮玉嬌變厲害了呢？

但無論如何，故意害人這種事是絕不能認的，阮香蘭說哭就哭，梨花帶雨地拉住阮玉嬌的手。「大姐，妳怎麼能冤枉我？這叫我以後還怎麼做人？是不是要我死了妳才肯原諒我？我真的不知情，我沒想過會變成這樣，我、是我對不起妳……」

「什麼對得起、對不起的？我叫妳不要來妳偏來，這不是上杆子給人罵嗎？」劉氏氣急敗壞地走進屋拉開阮香蘭，瞪著阮玉嬌道：「妳心腸也太歹毒了吧？張家看不上妳賴誰啊？妳居然讓妳妹妹去死？妳自己好吃懶做，整天什麼活兒都不幹，張家能看上妳才怪！但凡妳有你妹妹一半懂事，今兒個張家也不會退婚！」

阮玉嬌對阮香蘭尚且還能說得上不在意，但對劉氏這個賣掉她的人就只有深深的恨意了。她沒理會劉氏的話，只是面無表情地冷聲道：「人在做，天在看，到底誰是誰非老天爺都記著呢。那種黑心爛腸的惡人早晚要遭報應，下十八層地獄，我等著！」

劉氏和阮香蘭齊齊打了個冷顫，莫名感覺有一股陰森之氣撲面而來，都有些待不下去了。阮香蘭扯扯劉氏的衣袖，低聲道：「娘，我們走吧，大姐要誤會我，我也沒法子，只希望大姐能自己想通了。」

「對對，讓她自己想去吧，自己沒本事，留不住男人，還想怪在別人頭上，哪兒有那麼好的事？」

阮老太太煎了藥回來，正好聽見劉氏在那兒嘀咕，登時怒道：「誰叫妳們來吵嬌嬌的？劉氏妳這麼會留男人，趕明兒我給我兒抬個美妾回來試試如何？妳當妳自個兒多有本事呢？」

劉氏嚇了一跳，想到阮老太太手裡捏著錢，說讓丈夫納妾就能納妾，臉一下子就白了，恨不得從來沒進過這屋。

旁邊的阮香蘭見勢不妙，怕阮老太太誤會她們娘倆是來欺負阮玉嬌的，只得開口道：「奶奶，娘她不是這個意思，是大姐誤會我了，娘才生氣的。奶奶，我知道這次的事說出來不好聽，可是真的不關我的事，我根本沒想過破壞大姐的姻緣，奶奶您相信我。」

阮老太太冷哼一聲，越過她們，將藥碗放到阮玉嬌手上，輕聲道：「嬌嬌趁熱喝，熱呼呼的藥效才好，什麼事有奶奶給妳做主呢。我老婆子還沒死，我看這個家誰敢自主婚嫁！」

阮玉嬌笑著「嗯」了一聲，這種受了委屈有人做主的感覺，已經很久沒有過了，還真是很懷念，很懷念。她笑咪咪地喝著藥，看到劉氏和阮香蘭變來變去的臉色，覺得口中的藥都不苦了。

劉氏急急忙忙地說：「娘，您可不能偏心啊，香蘭也是您的孫女，這外頭都傳遍了，香蘭不嫁怎麼行呢？」

「哼，這種事兩家才剛剛商量，怎麼傳出去的、誰傳出去的？妳以為自個兒聰明，也別把旁人都當傻子。再者那張家小子這般作為，哪有半點讀書人的風骨？真嫁過去，以後有的罪受了，正因為香蘭是我孫女，我才不能把她往火坑裡推。」

阮老太太縱然偏愛阮玉嬌，對其他兒孫也不是不管不問，滿心都是為了他們好，叮囑道：「這幾天沒事就別出去了，沒影兒的事，傳一傳自然就沒了，到時候不愁找不到好婆家。香蘭也回去好好反省，想想自個兒這麼做到底對是不對？」

阮香蘭白著臉，突然哭了起來。「奶奶這是只信大姐不信我了？我在奶奶眼裡就是個陰險小人嗎？我以後還有什麼臉出去見人？乾脆去廟裡當姑子算了！」

阮香蘭扭頭就跑了出去，劉氏喊不住，跺跺腳，惱怒地道：「娘，您真是太偏心了，都一樣是您孫女，難道我的香蘭就做不了秀才娘子？您這是把香蘭往死裡逼啊！」

「不知好歹的東西，香蘭都是被妳給教壞了！滾出去！」阮老太太勃然大怒，就差沒拿雞毛撢子把人給趕出去了。

劉氏跑掉之後，老婦人還在喘氣，顯然氣得不輕。當初要不是兒子被劉氏給勾住了心，她怎麼會允許這種蠢笨自私的女人進門？張家小子會讀書又怎麼樣？不說能不能考中秀才，就算考中了，這般人品又能給阮香蘭幸福嗎？今日張家能因著阮香蘭的討好而退婚，將來自然也能因旁的女子棄阮香蘭。可恨阮香蘭和劉氏都看不清，只盯著秀才娘子的虛名不放，她都不知該說什麼好？一片好心還被人當偏心，真是氣死她了！

阮玉嬌喝完藥，放下藥碗，坐到老婦人身旁幫她順氣，安慰道：「奶奶別生氣了，氣壞自己的身子不值當。」

阮老太太嘆了口氣。「他們總說我偏心，也不看看自己都在想些什麼，這一大家子，哪有一個像妳這麼孝順懂事的啊？香蘭這孩子，太讓人失望了，從前我只當她愛耍小聰明、偷偷懶，沒承想主意大到會搶自己姐夫了。是奶奶沒教好她，讓妳受委屈了。」

阮玉嬌心中酸澀，靠在阮老太太肩頭淡笑道：「奶奶別自責了，家裡這些人哪個您沒管過？可是他們都有自己的想法，還當您要害他們呢，乾脆別管了，不是有句話叫兒孫自有兒孫福嗎？就讓我爹去操心這些事吧，我只想讓奶奶享清福。」

「好，奶奶跟著咱們嬌嬌享清福。」阮老太太摸摸她的頭髮，無聲嘆息，只覺得退婚一事真的把孫女傷到了，才讓她變得這麼通透。可恨那張家人有眼無珠，看不到她孫女的好，還憑白把孫女的名聲給毀了。

嬌嬌這下成了好吃懶做被退婚的女子，將來可怎麼說好人家！都怪那該死的劉氏，張嘴閉嘴就是阮玉嬌不幹活，明明做飯、掃院子都是阮玉嬌幹的，她只是力氣小，幹不了外面的重活而已，傳來傳去也不知要傳成個什麼樣？阮老太太想想就冒出火來。

阮玉嬌知道奶奶是在替她擔心，但其實她心裡一點都不難過。她和那張耀祖本就沒見過幾次，更談不上有什麼感情，退親也就退了，即使是上一世她也是不曾難過的。只是她剛巧在這時著了涼，就像是被氣病了，再加上重生回來情緒起伏，痛哭了一場，更讓人認定她是傷心欲絕。

她索性便不解釋，左右她也不想偽裝自己現在的真性情，幾年閱歷所帶來的成熟，正好可以當做這次事後的蛻變。那些人在她眼裡都不重要，也不足為懼，她早就不是當年那個天真無知的小姑娘了，誰都不能輕易讓她吃虧。如今，她最在乎的只有奶奶，她要趕快養好身體，好好孝順奶奶，讓奶奶真正頤養天年，其他一切都不要緊。

阮老太太姓陶，丈夫早些年就沒了，下頭兩個兒子都已成家生子，按理說她身為家裡的老太太，該是享清福的，偏偏大兒子一家不省心、二兒子眼高手低，讓她整日有操不完的心。當年被婆婆用孝道壓著把她兩個兒子抱去養，是她這輩子最後悔的事，等婆婆沒了，她的兩個兒子早已長歪，掰不正了。

婆婆重男輕女，對家裡的女人從來沒半點好臉色，以至於兒子們有樣學樣，都捧著小子、糟踐閨女，退婚換親這麼大事都不當回事，讓她的嬌嬌受了這麼大委屈。這次的污糟事絕不能就這麼算了，不然日後豈不是誰都能欺負到阮玉嬌頭上？她這個做奶奶的，總要替孫女討回公道才行！

第二天天剛亮，阮家人就已經吃完早飯，準備下地幹活了。阮老太太卻將他們都叫到一起，說有事要跟他們說。一家子裡阮老太太最疼的就是阮玉嬌，如今阮玉嬌要被退親，還給氣病了，想也知道阮老太太定饒不了挑事的人。

二房媳婦帶著兩個兒子坐在自家男人身邊，懷裡還抱了個小的，眼珠子不住打量著劉氏和阮香蘭，不懷好意地道：「香蘭這是咋了？都要成秀才娘子了，咋還沒個樂模樣呢？將來妳發達了，可別忘了提攜妳二叔一家啊。」

阮老太太眼睛一瞪，冷聲道：「就妳多嘴！誰要成秀才娘子？妳願意妳去！」

二房媳婦乾笑了兩聲。「娘，您別罵我啊！這事跟我們二房可一點關係都沒有，我這不是替香蘭高興嗎？不過就可憐嬌嬌了，好好的閨女壞了名聲，往後可咋辦呀？要我說，那張家可真是不地道，哪有這麼辦事的，您說是不是啊，娘？」

阮老太太冷哼一聲，看著老大阮金多，沈聲道：「老二媳婦說得沒錯，張家這事辦得不地道，一個讀書人，連點誠信都沒有，往後能成什麼事？再說姐姐退婚了，妹妹又嫁過去，說到哪兒都不好聽。待會兒你就去回了張家，嬌嬌的親事直接退了，往後咱們跟張家沒關係，香蘭的事他們就別想了，咱們高攀不上。」

阮金多還沒說話，劉氏就跳了起來。「娘，您這是幹麼呀！非要逼死我們香蘭是不是？如今大夥兒都知道張家要娶香蘭呢，要是沒聲沒息的，叫別人怎麼埋汰咱們？還不得罵香蘭癡心妄想啊？您咋這麼不心疼香蘭呢？」

阮香蘭捣著臉嗚嗚直哭。「娘，您別說了，是我不該出門，不該入了張大娘的眼，都是我不好，壞了大姐的親事，就算嫁不出去我也認了。」

阮金多不耐煩地看她一眼，斥道：「要哭回屋哭去，吵吵嚷嚷的煩不煩？」說完，他又對阮老太太道：「娘，您想多了，姑娘嫁人不就是個穿衣吃飯哄孩子，有啥好不好的？照我看，有個秀才女婿是給咱們臉上增光，嬌嬌不爭氣，人家看不上，香蘭嫁過去也不錯，往後還能幫襯她弟弟。再說張家給的聘銀不少，正好能送小壯去讀書。」

阮老太太氣了個倒仰。早就知道兒子不拿閨女當回事，可萬萬沒想到，為了攀門親事，連閨女的幸福都不顧，這跟賣女兒貼補兒子有啥區別？她正要強硬地下命令，卻見阮玉嬌出現在了門口，頓時一愣，起身迎上去。「嬌嬌，妳咋來了？」

阮玉嬌扶住阮老太太的手，掃了一眼屋中眾人，笑道：「奶奶，三妹非要往火坑裡跳，您攔著她幹啥？她以為自己搶了個金餑餑呢，就讓她自己去嘗嘗是什麼滋味好了。反正張耀祖那種人渣我是不要的，奶奶今兒個就幫我把親事退了吧，遲一天我都覺著噁心。」

所有人都吃驚地看著阮玉嬌，怎麼也沒想到，一個嬌嬌弱弱的姑娘會說出這番刻薄的話來，阮香蘭的臉色尤為難看。她費了那麼大力氣搶來的男人被阮玉嬌不屑一顧，倒像是讓她撿了個破爛，而且被這麼一說，她真是跳進黃河也洗不清了，至少在這個家裡，不會再有任何人相信她是無辜的，她的計劃全都被打亂了！

第二章

阮老太太拍拍阮玉嬌的手，保證道：「奶奶待會兒親自去，肯定把妳的親事給退了，不讓咱們嬌嬌犯噁心。」

阮玉嬌對她笑道：「奶奶真好，奶奶您看，您一心為三妹著想，結果他們一家子都把您當壞人呢，您這又是何苦？要知道，就算您日後給她找個適合的夫婿，她若自己想不開，肯定也過不好日子，到時候還不得埋怨您一輩子呀！您有這閒工夫，還不如嗑點瓜子去外頭聊聊天，總比在這兒受氣強。」

阮金多眉頭緊皺，厭惡地道：「妳咋說話呢？什麼他們一家子，妳不是這家人？小小年紀不學好，淨挑事，要不是妳好吃懶做讓張家瞧不上，妳奶能這麼擔心嗎？整天好吃好喝供著妳，卻連個男人都留不住，妳說妳有啥用？」

「老大！不會說話就給我閉嘴！嬌嬌是我老婆子養大的，輪不到妳嫌棄！」阮老太太狠狠拍了下桌子，臉色鐵青，怒道：「我算看出來了，你們跟張家是一個願打，一個願挨。香蘭，我再問妳最後一次，妳是不是非要嫁給張耀祖？妳想好了再說，今兒個妳若要嫁，將來受了委屈可別跑回來跟我哭！」

阮香蘭側過臉抽泣著道：「父母之命，媒妁之言，爹娘已經答應張家了，我哪裡能不嫁？」

阮玉嬌可不願意讓她這麼輕易混過去，當即笑道：「爹，您聽見沒？香蘭這都是被您逼的啊，昨天她還跟我說，只把張耀祖當哥哥呢，一點都不想嫁過去。想想，哪有妹妹嫁給哥哥還高興的？跟亂倫似的，這不是讓香蘭委屈死了嗎？」

「亂倫」兩個字把大家都說愣了，好端端的親事硬是變了味道，要真是把男方當親哥哥看待，那嫁過去得多彆扭啊？阮金多實在被幾個女人吵得煩了，又有阮老太太反對，乾脆說道：「我啥時候逼妳了？哭哭哭，好像我咋地妳了似的，不願意算了！」

阮金多說完就站了起來，顯然是不打算管了，張家那邊自有老太太去說，他還嫌這些事耽誤他下地呢。阮香蘭這才急忙說道：「爹，我沒說你逼我，那是大姐說的。」

二房媳婦看出了點門道，笑嘻嘻地問。「那妳到底是啥意思啊，香蘭？可別嫁過去再說是家裡人逼妳嫁的，妳奶巴不得妳不嫁呢。妳要是不願意就說，萬事有妳奶給妳做主。」

阮香蘭騎虎難下，被阮玉嬌幾句話就給架到了高處，對著一家人審視的目光，她艱難地吐出了一句話。「我願意嫁。」

這還有什麼不明白的？就算之前以為阮香蘭是無辜的，這會兒也聽出來阮香蘭怕是真心看上張耀祖了。什麼被逼無奈、什麼把人家當哥哥，都是假的。

阮老太太滿眼失望地看著阮香蘭，搖頭道：「自作孽不可活，我攔不住妳，只盼著妳往後不要後悔才好。老大媳婦、老二媳婦，等會兒妳們跟我走一趟，今兒個就退了嬌嬌的親事，也看看張家對香蘭是什麼打算？」

劉氏大喜過望。「是！我這就去換身衣裳！」說著一巴掌拍在旁邊的瘦小姑娘身上，罵道：「妳還傻愣著幹啥？一點眼力見沒有，趕緊燒熱水給妳三妹洗洗臉，要出嫁了，可不能傷著臉。」

阮老太太皺了皺眉，可想到過去的事還是沒管。老大一向重男輕女，跟前頭的孟氏生了阮玉嬌就很不高興，孟氏沒了娶回劉氏，又生了個女娃，自然萬般不喜，誰知生到第三個還是女娃，差點沒把劉氏給休了。所幸第四個小壯是個胖小子，這個家這才沒散。

劉氏為了討好阮金多，自然也跟著他一起重男輕女，阮玉嬌親爹不疼後娘不愛，所幸被阮老太太帶在身邊養著，沒吃什麼苦，但劉氏自己生的女娃就沒這麼好運了。二丫阮春蘭從小就被使喚著幹活，飯也不給多吃，瘦瘦小小的，三丫幹了兩年活，學會了花言巧語，把劉氏哄得高高興興，累人的活就更壓在阮春蘭身上了。而阮春蘭平日裡不言不語，彷彿逆來順受，可阮老太太卻無意間發現了她睚眥必報的性格。

阮家三姐妹出生在這樣重男輕女的家庭，性格不同，命運也不同。阮老太太本是看不慣老大兩口子的做法，想把三個孫女都放在身邊養，起碼能好好待她們，不讓她們在家裡做牛做馬。但老大兩口子對此極為不滿，話裡話外嫌她多管閒事，阮春蘭和阮香蘭又都有自己的小心思，好幾次害得阮玉嬌吃虧，阮老太太也就放手不管了。

她自己體會過被婆婆搶走孩子的苦，自然不願意去搶兒媳婦的孩子養。在劉氏反感她插手阮春蘭和阮香蘭的事之後，她也就不好管得太多，否則可能在她看不見的地方，那兩個孩子還要挨更多的打。只可惜兩個孩子被教得一個陰沈，一個滑頭，全都歪了心思，實在是家門不幸。

二房兩口子看大房鬧出這種污糟事，頗有些幸災樂禍，阮金來臨走時搖頭道：「要不都說小子好呢？這閨女多了就是麻煩，大哥你趕緊把她們都嫁出去算了，省得在家嘰嘰喳喳的。」

阮金多哪裡看不出他的嘲笑，可誰讓他生了三個女兒才得一個兒子，而阮金來連生了三個都是兒子呢？他自覺在弟弟面前丟了男人的臉面，對家裡那三個女兒越發厭惡，恨不得全都打發了換成銀子。尤其是阮玉嬌這個專吃好的還不幹活的女兒，留在家裡還浪費阮老太太的體己，更該早早嫁出去才是。往常是阮老太太非要給她挑個好人家，這次名聲都毀了，乾脆隨便找一家算了。

兩個男人下地幹活去了，劉氏回房換衣服，阮春蘭燒水給阮香蘭洗臉，二房的陳氏則去叮囑兩個大點的兒子看好才四歲的小兒子，沒一會兒工夫，堂屋的人就全散了，只剩下阮玉嬌和阮老太太兩個人。

阮玉嬌想著剛才的事，忐忑地看向阮老太太。「奶奶，您會不會怪我太無情？」

阮老太太一愣。「啥無情？」

「就是張家的事，我明知道張耀祖不是良人，還不讓您攔著三妹……」

阮老太太反應過來，呵呵一笑，就把阮玉嬌摟進了懷裡。「奶還當是啥事呢，妳哪兒無情了？妳不是告訴她那是個火坑了嗎？大夥兒問她好幾遍，她非要嫁也怪不得人了。再說這事別人看不明白，奶還能不明白？分明就是她黑了心肝搶自個兒姐姐的親事，還想賴妳連累了她，要說無情，這家裡誰比得上她？」

阮玉嬌鬆了口氣，露出甜甜的笑容。「奶奶不怪我就好，她那麼欺負我，我才不原諒她。以後誰對我好，我就對誰好，誰要是對我不好，我肯定要叫他不好過！」

阮老太太一點沒覺著不對，還連連點頭。「就該這樣，憑啥白叫人欺負？奶要是年輕時厲害點，也不會叫你爹長成那麼個德行。妳該咋就咋，奶以前看著他們那缺心眼的樣不管會鬧心，可咋也不能讓咱們嬌嬌受委屈。現在兒孫自有兒孫福，奶也懶得管他們那麼多。」

說完了話，阮老太太趕緊把阮玉嬌扶起來。「這麼早妳出來多冷啊，病還沒好呢，趕緊回屋去。奶給妳下個麵條加兩個荷包蛋，妳聽奶的多吃點，好得快。」

阮玉嬌重重地點頭。「我最愛吃奶奶做的飯了，肯定全吃光！」

「好好好，奶這就給妳做去。」把阮玉嬌送到臥房門口，阮老太太轉身就進灶房下麵去了。

阮玉嬌看到端熱水送去廂房的二妹，心想這家裡比阮香蘭無情的還真有一個，就是她一直同情可憐的阮春蘭。上輩子她被賣之前，阮春蘭就偷光奶奶的銀子跑了，後來她再見到阮春蘭的時候，昔日的小可憐已經成了高高在上的世家小姐。

在被員外家的少爺逼著做妾時，她曾抱著一線希望，想求阮春蘭幫幫忙，好歹在阮家的時候，她是沒少幫這個二妹的，可是結果……不提也罷。真沒想到，這整個家裡就只有奶奶一人是她的親人，其他人比陌生人還不如。

不過也好，她上輩子最大的遺憾就是沒機會孝順奶奶，重活一回，她只惦記奶奶就好，其他人？管他們呢！

阮玉嬌推開房門就進屋去了，她不知道阮春蘭為啥成了世家小姐，她也不想抱那個大腿，只是這次阮春蘭再想偷奶奶的銀子是沒門了。那可是奶奶種地、繡花攢了半輩子的銀子，她到現在還記得當時奶奶震驚、暴怒又頹然失望的樣子，這回怎麼也不能讓奶奶再難過一次了。

阮春蘭聽到關門聲，抬頭看了一眼，抿抿唇又低下頭去，面無表情地走進西廂，只是端著盆的手卻捏得更緊了。

片刻之後，劉氏和陳氏就收拾好等著出發，誰知阮老太太又要給阮玉嬌煮麵條。劉氏看著白白的兩個荷包蛋，差點一口氣沒上來。明明是阮玉嬌不爭氣被人退了婚，這會兒外頭不知有多少人嘲笑他們家，阮玉嬌就是個啥用沒有還給家裡丟人的廢物，憑啥花錢治病，又好吃好喝的？她家小壯還沒吃這麼好呢，老太太真偏心到咯吱窩去了！

想起小壯，她才發現早上光顧著吵了，好像打吃過飯就沒看見那小子的影。這可把她嚇了一跳，忙前院後院找了一圈，高聲喊道：「二丫！二丫妳死哪兒去了？妳弟弟呢？」

阮春蘭從廂房出來，縮著頭小聲道：「我給三丫送熱水去了，沒、沒看見弟弟。」

劉氏一巴掌就拍得她一個踉蹌，怒罵。「看個孩子都看不住，妳還能幹點啥？蠢得要命，趕緊出去給我找，找不著人妳也不用回來了！」

阮春蘭悶不吭聲，抬腳就往外跑，正巧阮老太太端著麵從灶房出來，兩人眼看著就要撞上。

「奶奶小心！」阮玉嬌一聲驚呼，阮老太太便下意識地避了一下，險險地躲了開去。阮玉嬌急忙跑過去把碗放下，拉著阮老太太的手滿臉焦急。「奶奶您沒燙著吧？燙沒燙著啊？」

「沒事沒事，奶奶沒事。」阮老太太拍拍阮玉嬌的手，扭頭瞪著劉氏罵道。「妳吵啥呢？滿院子就聽見妳嗓門高了，小壯都八歲了還不能出去玩會兒？叫妳整天盯著、抱著、哄著，能有啥出息？妳出去看看誰家當娘的像妳這樣了？」

劉氏低著頭嘟囔道：「我這不是怕他跑丟了嗎？要是金多回來沒看見兒子，肯定要生氣的。」

阮老太太擺擺手，不耐煩地道：「去去去，誰愛管妳那些事！」

阮老太太要拉著阮玉嬌去吃飯，阮玉嬌卻冷著臉對阮春蘭道：「二妹，妳差點撞到奶奶不知道道歉嗎？剛出鍋的麵要是灑在奶奶身上，妳知道有多疼嗎？」

阮春蘭僵了一下，頭也沒抬地縮了下身子，小聲道：「對、對不起。」

阮玉嬌都快要氣笑了。「怎麼，二妹還覺得我欺負妳了？院子那麼大妳不跑，偏偏跑到灶房門口，妳不會就是想讓奶奶幫著妳罵娘吧？」

阮春蘭連連搖頭，後退一步揪著衣角不說話，好像被阮玉嬌給嚇到了。

阮玉嬌也沒等她回話，繼續道：「妳不想幹活就多跟三妹學學，嘴甜點把娘哄高興了比啥都強，少耍這些心眼兒！」說完，她也不理阮春蘭是什麼反應，直接端起碗拉著老太太回房了。

阮春蘭咬咬唇看了眼她的背影，眼看劉氏又要罵了，連忙跑出了院子。劉氏回過味兒來，對著陳氏問道：「嬌嬌剛才說啥？她說二丫是故意的？」

陳氏摟過兒子笑道：「可不是嗎？大嫂，妳教的倆閨女都挺能耐啊，一個花言巧語搶姐姐的未婚夫，一個悶不吭聲就敢往娘身上撞，了不得啊了不得，平常我咋就沒看出來呢？要我說，還是閨女好，這心眼多足啊，哪像我家那三個小子傻乎乎的，大嫂妳就等著享閨女福吧！」

劉氏立刻啐了一口。「呸！妳才享閨女福呢，我有小壯，以後是要享兒子福的。妳別淨聽嬌嬌瞎說，我看她就是故意敗壞二丫、三丫名聲呢。這丫頭片子從小就不聽話，我的閨女好著呢。」

嘴上這麼說，心裡到底咋想就誰也不知道了。陳氏瞅她一眼，坐到牆邊悠閒的嗑瓜子。她可沒興趣編排阮玉嬌，是人都能看出來老太太疼大孫女，她是腦抽才會跟老太太過不去。也不知道老大一家到底有多傻，老太太給他們養閨女還不樂意，要擱她，保管樂呵呵地捧著老太太，最好全幫她養了，反正都住一個院子裡，孩子還能不認她這個娘？

劉氏得不到回應，自然也沒個好臉色，看阮春蘭還沒把小壯找回來，乾脆罵罵咧咧地出門去了。

等院子裡消停了，屋裡的阮老太太摸摸阮玉嬌的頭髮，笑道：「好了，不氣了，總歸我還有嬌嬌孝順我呢。」

阮玉嬌正色道：「奶奶放心，往後我一定好好孝順您、保護您，說啥也不能讓您受委屈！」

阮老太太噗哧一樂。「好好好，往後就讓嬌嬌護著我。快吃吧，麵再放就爛了。我跟妳二嬸去張家了，老大媳婦那個不著調的還是別過去丟人的好。」

「嗯，奶奶快去吧，跟張家人也沒啥說的，退親就行，早去早回。」

「好，妳吃著，我趕緊走了。」

阮玉嬌目送阮老太太離去，摸著心口順了順氣。方才她聽到吵鬧聲，走到門口想看是什麼事，沒想到竟看到那樣驚險的一幕。要是上輩子，她肯定以為阮春蘭不是故意的，可見識過阮春蘭的無情之後，她就不認為事情有那麼湊巧了。她家的院子真不小，哪有人貼著灶房門跑的？她雖然氣憤奶奶差點被燙到，但剛剛那番話也不是冤枉阮春蘭。

仔細想想，類似的事好像發生過不少回。也不是什麼大事，就是經常會發生一些意外，導致奶奶或者她幫阮春蘭出頭說話，然後劉氏挨罵，自然也就和她們關係越來越差。等阮金多回來，劉氏再吹吹枕頭風，阮金多對她這個女兒也就越來越厭惡，跟奶奶之間也疏離了。從頭到尾，阮春蘭只需要低著頭、縮著身子不說話，通常也就被劉氏忘了，連帶也能少幹不少活，還能看著劉氏挨罵出氣。

農家院裡的這些事相對於員外府來說，簡單了不止一星半點，而且阮春蘭和阮香蘭也沒多大，就是普通的農家女，耍心機還掩藏不了那麼好，對如今的她來說，就像透明人一般好看穿。她捏緊了手中的筷子。真的要快點好起來了，即使是這種小計謀，她也不想讓奶奶吃虧！

沒過多久劉氏拽著小壯回來了，嘴裡罵罵咧咧的，後頭跟著唯唯諾諾的阮春蘭。看見二房的三個小子在院子裡玩，便推著小壯道：「跟你哥哥、弟弟一起玩多好？非要跑出去幹啥？」

小壯喊道：「在院子裡有啥意思？我就要出去玩！奶奶都說叫妳別管我，妳憑啥管我？妳不是說要聽娘的話嗎，妳咋不聽妳娘的話？」

劉氏氣紅了臉。「你個臭小子，咋跟娘說話呢？你是我親兒子，當然要聽我的話，你奶……你奶那是你爹的娘。」

「那妳管我奶叫娘幹啥？」小壯梗著脖子，一點也不怕她，非要她給個說法。

這時西廂房的門猛地打開，阮香蘭吃驚地看著劉氏。「娘，您咋還在家啊？奶奶和二嬸都走了，您沒和她們一起去？」

劉氏也吃了一驚，立刻跑去阮老太太和二房門口，瞧見果然沒人，頓時嚷嚷起來。「這咋回事？她們啥時候走的？咋沒人喊我一聲？」

阮香蘭氣的直跺腳。「娘，您到底幹啥呢？小壯有二姐看著還能丟了？您就為了出去找這臭小子耽誤去張家的事？」

「小壯是妳弟弟，什麼叫臭小子？」

阮香蘭不願意再跟她掰扯，忙催道：「奶奶和二嬸她們怕是走遠了，娘您再不去，就追不上她們了，到時候誰知道她們跟張家是咋說的？您到底還去不去了？」

劉氏一想也急了，看了眼小壯，連忙就往外走。「我這就追去，二丫妳看好小壯，再看丟了我扒了你的皮！」

大人都走了，家裡就只剩下一群孩子，小壯眼珠一轉，噌的一下衝出院子跑了。阮春蘭心裡氣得不輕，臉上卻沒什麼表情，緊跟著也追了出去。

阮香蘭瞅了一眼牆角數螞蟻的三個小孩，推開阮玉嬌的房門就走了進去。事已至此，她也不再掩飾，看著阮玉嬌恨恨地道：「妳好歹毒！當著全家人的面那麼逼我，妳當過我是妳妹妹嗎？」

阮玉嬌吃完最後一口雞蛋，慢慢把碗裡的湯都喝了，這才像看傻子似的看了她一眼。「妳算計到我頭上害我被大夥嘲笑，我還得為妳著想？妳作夢呢！這種爛心腸的妹妹我可不敢要。」

阮香蘭氣得握緊了拳頭。「妳少說得這麼難聽，妳自己不討張大哥喜歡，關我啥事？」

阮玉嬌懶得跟她廢話，沈著臉走到她面前，揚手就打了她一巴掌，在她不可置信的目光中，冷冰冰地開口。「妳非要找不痛快，那我就教訓教訓妳。咱倆到底誰歹毒妳一清二楚，我今天能讓妳在全家人面前丟臉，自然也能讓妳的親事泡湯，讓妳丟臉到村子裡、丟臉到鎮上去！妳要不要試試看？」

阮香蘭捂著火辣辣的臉頰嚇得倒退了兩步，這種下意識的動作讓她惱羞成怒，抬手打算把巴掌還回去。

「你敢！」阮玉嬌怒斥一聲，待阮香蘭一猶豫，便又是一巴掌打在她臉上，聲音清脆響亮，打得還是同一個地方，面皮上卻半點兒沒紅。

阮香蘭痛得尖叫一聲，指著她哭道：「妳憑什麼打我？」

「憑什麼？自然憑我是妳長姐。」阮玉嬌揉著手腕走過去坐下，冷聲說道：「往日我待妳不薄，妳卻搶未來姐夫，我不跟妳計較，妳還不知足地敗壞我的名聲。妳不就想讓別人以為我偷奸耍滑被張家嫌棄，連累妳這個無辜的妹妹替嫁嗎？恐怕還想著讓奶奶和爹娘心懷愧疚，多給妳點嫁妝吧？阮香蘭，我不搭理妳是不屑同妳爭，妳還真當我是軟柿子？往後給我滾遠點，再敢往我跟前湊，就別怪我心狠手辣！」

「妳、妳不是阮玉嬌！阮玉嬌不會打人，妳到底是人是鬼？」

「哼，看來妳虧心事做了不少。我若是鬼，第一個把妳的命索了去！我告訴妳，我雖然不愛計較，但妳這般欺我、辱我，害奶奶為我擔心，我絕不會再手軟。出去！」阮玉嬌不再理會她，直接鑽進了被子躺下。她的病還沒好呢，多多休息才能養好身體。

阮香蘭站在那裡，進也不是，退也不是，就這麼走了她覺著丟臉，可留下來她也不敢再多說什麼。看阮玉嬌已經閉眼睡覺，她咬咬牙，憤恨地跑回了西廂房。

阮玉嬌變了，變得很陌生。以前的阮玉嬌柔柔弱弱，特別愛笑，好像什麼煩惱都沒有。每天在家裡做做飯、掃掃院子，極少出門，被爹娘罵了也不怎麼生氣，整天就跟著奶奶。那時候她和二姐求阮玉嬌幫個什麼忙，多半也不會被拒絕，她一直覺得這個大姐特別好說話，也特別好騙，要不然，她也沒機會把張耀祖搶過來。

可是這次阮玉嬌病了一場、哭了一場之後怎麼就全變了？看她的眼神像是看什麼髒東西，隨便說幾句話就把她的心思全拆穿了，教她在全家人面前無地自容。現在還敢背著人打她，難道就不怕她跟爹娘告狀嗎？

阮香蘭想著剛剛阮玉嬌打她時的樣子，不禁又哆嗦一下。真的太可怕了，好像她再吵就敢殺了她一樣，阮玉嬌怎麼會變得這麼厲害？雖然換了她是阮玉嬌的話，估計會鬧得更厲害，但那個人是阮玉嬌啊，真的是因為太過傷心，所以把她恨上了嗎？

她輕輕摸了下被打的臉頰，疼得瞬間就掉了眼淚。接連兩巴掌狠狠地打在同一個地方，真的太疼了。她不甘心！她絕不會這麼放過阮玉嬌的！她就不信她受了這麼大委屈，奶奶還會維護阮玉嬌。至於阮玉嬌說讓她丟臉到外面的話，她根本不信。阮玉嬌要是那麼厲害，還能看著她把張耀祖搶走？

想著要讓大家看看她被打的慘狀，她就沒處理臉上的傷，連冷敷都沒有，就等著家裡人回來了給她出氣，於是只能忍著疼痛，都不敢動。她朝阮玉嬌的房間看了看，冷哼一聲。就算阮玉嬌真變了又怎麼樣？奶奶她們已經去張家了，今日張耀祖和阮玉嬌的親事就會作廢，而她阮香蘭才是將來的秀才娘子。

往後的日子長著，她就看阮玉嬌毀了名聲後還能嫁給誰！

第三章

阮香蘭在家裡幻想將來成為秀才娘子的生活，另一邊阮老太太和陳氏已經進了張家的大門。

張家老爹是個讀書人，只不過是個童生，並沒有考上秀才。而張耀祖在十幾歲就通過了縣試、府試成為童生，比張老爹的學問強多了，接下來還極有可能會考上秀才，甚至考上舉人。因此，張家在村子裡算是比較出名，畢竟一家能出兩個讀書人可是很不容易的。

然而，也因為這兩個讀書人使得張家並不富裕，在村裡只能算是中下等，不過張家人照樣有高傲的資本。作為村裡最有可能出秀才的人家，當真有不少人願意捧著。

張阮兩家會定親，還是因為有一年鬧饑荒，張家快過不下去的時候，被阮家老太太接濟了點糧食，好歹保住了他們全家的命，否則當年張老爹就沒了。張老爹念著救命之恩，非說要兩家孩子結個親，那時候張家真的要窮死了，阮家卻算得上是村裡的富戶，張母猶豫了一下，也就同意了。

當時這門親事是怎麼看怎麼好，阮老太太自然給阮玉嬌定下了。誰知這兩年張家日子緩了過來，卻把當年的恩情給忘了；再加上阮香蘭成日地討好他們，倒讓他們起了換人的心思，非說阮玉嬌好吃懶做，配不上張耀祖，要把親事換給乖巧懂事的阮香蘭。

張老爹說不過妻子，又想著左右都是阮家的姑娘，也算是報恩了，便默認了此事。沒承想這事還沒談好就傳得人盡皆知，阮玉嬌還大病了一場，這會兒瞧見阮老太太面無表情的樣子，他實在很不自在，總覺得有些羞愧。

張母倒是很防備，生怕她們非要把阮玉嬌嫁過來，剛讓她們落座，就皮笑肉不笑地道：「阮大娘這會兒咋有工夫過來了？是嬌嬌沒事了吧？」

阮老太太冷著臉道：「是沒事了，這不我就趕緊來你們家退親了嗎？我們嬌嬌說了，這麼無誠無信的人家她可不嫁，早上沒吃飯就催著我過來說清楚。當年你們說要報恩，要跟我們家結親，倒沒想到教你們傷了我的嬌嬌！要是重來一回，我定然一粒米都不給你們！我哪是救了什麼清高的讀書人，我這是救了一家白眼狼啊！」

早在阮老太太她們過來的時候，路上就有不少人看見了，自然就都圍在院子外頭看熱鬧，連牆頭都趴了不少人。此時一聽阮老太太的話，哄得一聲就笑開了。就算張家極有可能出秀才，可現在不還沒出嗎？看笑話的人可比巴結的人多了不知多少倍。

張母臉色鐵青，騰地一下站起身來。「阮大娘！您、您咋能這麼說話呢？」她怎麼也沒想到阮老太太這麼不留情面，這下子他們家的臉可是丟盡了！

阮老太太對張母嫌棄大孫女的事耿耿於懷，瞪著眼道：「我咋說話了？我老婆子一輩子就說實話！左右這事大夥兒都知道了，妳還想瞞誰呢？就算是青天大老爺也幹不出這忘恩負義的事，何況妳家小子連個秀才還沒考上呢。咋了？讀過兩天書就當自己是個人物了？我家嬌嬌寶貝得很，咋也不可能嫁到你們家來！」

張老爹羞愧的滿臉通紅，起身道：「大娘，您看這事不就是商量商量嗎？也沒說就要退親……」

張母一把推開他，說話也不客氣了。「還商量啥？你沒聽見她咋說咱家的？把咱兒子的名聲都敗壞了！阮大娘，妳倚老賣老滿嘴胡咧咧，我今兒就跟妳拚了！」

「拚就拚！我怕妳咋地？」阮老太太半點不懼地迎了上去，抓住張母衣領就揪住她脖子上的皮擰了一圈，疼得張母嗷嗷慘叫。阮老太太將她摜到地上破口大罵。「妳個喪盡天良的東西，我救妳全家性命，妳竟敢編排我大孫女！我大孫女心善不跟妳計較，我可咽不下這口氣！我告訴妳，往後再讓我聽見妳說我孫女不是，我就叫全縣城的人都知道張耀祖是什麼貨色！我看他還能不能上考場！」

最後一句是真把張母給嚇到了，她死命推拒著老太太，高聲喊道：「救命啊！殺人了！還有沒有天理了？妳自己教不好孫女還不讓人說了？」

「說！妳再說！今兒妳就拿出證據來，我孫女咋了？妳要說不出個一二三，我饒不了妳！」阮老太太眼神凶狠，掐住張母的脖子就不撒手。

看熱鬧的人們這才驚了，紛紛上前勸阮老太太放手。這要再掐下去可就要出人命了。同時他們心裡也都有了認知，這阮家大姑娘就是阮老太太的命根子啊，一句都說不得，否則就真的拚命了。

張老爹又氣又怒，偏偏兩個女人打架還不能插手，在旁邊急得團團轉。

陳氏看著好像差不多了，才幫著拉開阮老太太，說道：「大夥兒可看見了，是他們張家先動的手，我娘咋說也是他們的長輩，他們不但對長輩動手，還對救命恩人動手啊，說他們是白眼狼都是輕的！」說著她又對阮老太太道：「娘，您消消氣，跟她打個什麼？您要是傷著了，回去嬌嬌不得心疼啊？」

張母披頭散髮羞憤欲死，哭喊道：「欺負死人了啊！大夥兒給評評理，她阮家的阮玉嬌是不是好吃懶做？大夥兒啥時候看見過她下地幹活？連她兩個妹妹都知道給家裡幫忙，她一個老大啥也不幹，我幹麼要娶這麼個兒媳婦回來供著？」

「呸！不下地咋了？我家嬌嬌在家裡做飯、洗衣、餵雞、掃院子，一天也沒閒著，妳是扒我家門縫看見嬌嬌不幹活了？妳上下嘴皮子一碰就誣衊我們嬌嬌，今兒妳不低頭道歉我跟妳沒完！」阮老太太說著就要撲上去。她今日不狠著些，往後還不是誰都能編排嬌嬌了？她就拿這白眼狼當殺雞儆猴的那隻雞！

張母嚇了一跳，張老爹連忙擋在前頭，拱手作揖。「大娘！阮大娘，您消消氣，有什麼話咱好好說。您當年的恩情，晚輩從不敢忘，此事想來有些誤會，莫要傷了咱們兩家的和氣。」

阮老太太冷哼一聲，指著張母道：「她剛才誣衊我家嬌嬌大家都聽見了，今兒個她必須道歉，要不然我也有樣學樣，到鎮上學堂去跟夫子說說你家兒子。」

文人的名聲最為重要，打從一開始張母就是想悄悄把親事換了的，之所以換成阮香蘭而不是別家姑娘，也是怕人說他們忘恩負義不要阮家姑娘。誰知這事眨眼間就鬧大了，全村的人都在議論，若再叫阮老太太把事傳到鎮上去，那就真要影響到張耀祖了。

張母還想辯駁什麼，張老爹怒斥一聲，瞪著她道：「還不趕緊給阮大娘道歉！親事不適合就不適合，有什麼不能好好說？妳編排人家姑娘幹啥？還想不想讓妳兒子好了？」

張母知曉其中厲害，也見識到了阮老太太護短的決心，再不敢冒險，咬咬牙，還是低頭說了一句。「對不住，是我誤會嬌嬌了。」

阮老太太看了眼天色，惦記回家給阮玉嬌煎藥，便也不再多說，直接將張耀祖的庚帖拍在桌上，冷著臉道：「把我們嬌嬌的庚帖拿出來，往後男婚女嫁各不相干，是窮是富更不相干，誰也別再攀扯誰，權當陌生人就是了。若是再叫我聽見你們說嬌嬌壞話，我直接就去鎮上，不信你們就試試！」

張母是怕了這阮老太太了，急忙去拿阮玉嬌的庚帖。她心裡後悔死了，早知道是真心要來退親的，她和她們吵什麼啊？這下子在村裡真是裡子、面子都丟光了。

張老爹聽著阮老太太的話卻有些無地自容，攔下庚帖道：「大娘，咱們再商量商量，我張家絕不是忘恩負義，就是……就是之前一時想岔了，覺得妳家三姑娘更適合耀祖。我不是說大姑娘不好，只是我家的境況您也看見了，嫁過來的媳婦肯定是要下地幹活的，我們也是不想委屈了大姑娘，這才、這才……唉，我想著總歸還是咱們兩家結親不是？實在沒想到會鬧得人盡皆知，我真是對不住，對不住！」

阮老太太經過這次事可是看清張家人了，這張老爹口口聲聲好像為兩家好似的，實際上還不是推託責任？不過到底早上答應了要讓阮香蘭嫁的，她搶過阮玉嬌的庚帖，皺眉道：「嬌嬌的親事已經退了，以後你家娶誰當兒媳婦跟我沒關係，要是中意香蘭就去跟她爹娘說，我不管。」

這時候劉氏跑進了院裡，焦急地道：「娘，您可不能不管啊！您不是同意香蘭嫁過來了嗎？」

阮老太太冷哼一聲。「我只說我不管了，啥時候說同意了？正好妳來了，那妳就自己跟他們商量吧，你們不是說父母之命，媒妁之言嗎？有妳這個親娘在，我老婆子也就不管了。老二媳婦，回去。」

「誒！大嫂，那我跟娘就先回去了，妳慢慢談啊。」陳氏笑著招呼一聲，扶著阮老太太就走了。

劉氏愣在院子裡傻了眼，對上張母赤紅的眼，支吾道：「這、這到底是咋了？」

張母怒道：「妳問我咋了？我還想問妳呢！妳婆婆說要去鎮上壞了我兒的前程，你們家的人咋這麼不講理呢？還談親事？談個屁！」

劉氏心裡一個咯噔。她可捨不得這麼好一個女婿。忙說道：「你們張家欠我們阮家的恩情是全忘了還是咋地？張大哥你說，這事到底咋辦？你要是說從今往後你們張家跟阮家再無關係，我立刻就走！」

張母可以吵鬧怒罵，張老爹卻是臉皮子薄得很，剛剛已經被阮老太太罵過忘恩負義，這會兒若真跟阮家劃清界限，他都不敢想村裡人會怎麼看他。何況他剛剛才說阮香蘭比阮玉嬌更適合他家，這會兒要是反悔，豈不是坐實了他家是在嫌棄阮家？

張老爹扯住張母，一咬牙就把桌上張耀祖的庚帖推了過去。「這事真是誤會，我們從沒想過廢掉兩家的親事，真是覺著大姑娘不適合我家才生出這麼個想法，沒承想鬧出這麼大事來。方才阮大娘已經做主把大姑娘的親事給退了，我們為人父母的就替耀祖求娶妳家三姑娘。妳放心，阮家對張家有恩，張家一輩子也不會忘，等三姑娘嫁過來，我們必定把她當親閨女疼。」

張母在一旁急得要命，卻不好在眾人面前反駁張老爹。照她說，這就是死要面子活受罪，反正事已經鬧出來了，何必為著那一點面子就娶阮香蘭呢？今兒個跟阮老太太鬧得那麼凶，將來哪裡能好好做親家？

不過劉氏已經笑著把庚帖交換了，看著張母臉色不好，生怕她出么蛾子，忙道：「那就先這麼著吧，我家裡還有一攤子事呢，得趕緊回去了，旁的事咱們改日細說啊，不用送了。」

劉氏快步離開，其他人見沒熱鬧可看，自然也就散了。張母一屁股坐到地上，捶著大腿直哭。「你說你這是幹啥呀！那老太太不想結親，咱就乾脆別結了啊，你幹啥非要定下這門親啊？」

張老爹皺眉反駁。「不是妳整天跟我說阮家三姑娘好嗎？」

「那也是因為你不許斷了跟阮家的親啊，不然以咱們兒子的本事，將來娶個官家小姐也是能的啊。」

「妳快別作夢了，阮家老太太好歹還講幾分道理，那劉氏可是胡攪蠻纏的主，妳今日退了親又不要她女兒，她可得咬下妳一塊肉去！若這事再不解決，鬧大了，咱兒子才真的完了。」張老爹嘆了口氣，背著手往屋裡走。「這事就這樣吧，娶誰不是娶？最重要不能傷了張家的名聲，不能壞了耀祖的前程。要不是妳之前挑三揀四的，哪來這麼多事！」

張母憋了一肚子火，可連個聽她說話的人都沒，只得坐在院子裡氣得直拍桌子。要說之前她對阮香蘭還算有點喜歡，但現在鬧成這樣，她是恨死阮家人了。一想到將來還要跟阮家人做親家，她捶著胸口怎麼也順不了這口氣！

張家人憋悶得厲害，阮老太太卻是出了口氣，心頭舒暢，拿著庚帖就高高興興地回家了。陳氏見她總算有了笑模樣，忙笑道：「娘啊，這幾日咱們擔心嬌嬌，也沒好好吃頓飯，您看今兒個這麼痛快就把事給辦成了，是不是該買條肉慶祝慶祝？」

跟阮玉嬌有關的事，阮老太太都是重視的，想了下便點點頭，拿了二十個銅板給她。「那妳去買吧，快去快回！挑那五花肉買，太肥了嬌嬌不愛吃。再買兩根大骨頭，晚上用骨頭湯給嬌嬌熬粥喝，郎中教補身子呢。」

「好好好，娘您放心吧，我知道嬌嬌愛吃啥。」陳氏盤算著最後能剩幾個銅板，而且肉和骨頭湯肯定能給她兒子分到，一臉笑意地走了。

豬肉張的媳婦葉氏一看見她，立刻拉過她問道：「誒，到底咋回事呢？我咋聽說妳家老太太把大孫女的親事退了，還給訂了小孫女？」

陳氏撇撇嘴道：「那可不是老太太換的，老太太嫌丟人，壓根兒不同意，還不是我的好大嫂看上那好女婿了嗎？老太太不管這事，我啊，是來買肉回去給嬌嬌吃的。老太太說了，嬌嬌退親高興，要好好慶祝慶祝。」

葉氏愣了愣，滿臉不解。「這是咋說的？張家小子可是要考秀才的，多好的親事，咋退了還高興呢？」

「呦，這妳就不知道了，那張家還沒出秀才就把自己捧上天了，拿咱家閨女當菜挑呢，說啥嫌棄嬌嬌不會種地，去了他家幹不了活。妳說咱嬌嬌性子就跟她名似的，被老太太捧在手心裡寵，憑啥去給他家幹活啊？還說香蘭適合他家，這不是欺負嬌嬌還打了老太太的臉嗎？嬌嬌早上就說了，趕緊退親，不然犯噁心。反正啊，今兒老太太問香蘭，她倒是願意嫁，那就這麼著唄。」陳氏邊說邊挑好了五花肉，指著肉道：「就這塊，割一條給我，嬌嬌就愛吃這樣的。」

葉氏叫豬肉張索利地割了肉，又幫著拿大骨頭，好奇道：「不是說嬌嬌氣病了嗎？沒事了吧？」

陳氏笑著擺了擺手。「沒事沒事，嬌嬌好著呢！我看她就是被未婚夫變妹夫給噁心得難受了兩天，這會兒早沒事了，左右她還是老太太的心頭寶呢。就要這麼多了，你們忙著，我回了啊。」

「誒，回頭再來啊。」葉氏看著陳氏樂呵呵的樣子，便跟當家的嘀咕道：「這阮玉嬌還真是好命，有老太太疼著，就算爹娘不理，將來也差不了。張家就不厚道了，還讀書人呢，讀了個屁！」

同葉氏這般想的人不少，看過熱鬧的人都在議論這件新鮮事，陳氏回家的路上聽到許多，大部分都不認同張家做法，還有覺著劉氏和阮香蘭不地道的，說這是後娘偏著自己親生的娃，故意搶阮玉嬌的好親事。

等陳氏和葉氏說的那番話傳出去之後，更坐實了後娘無良的說法。但不管怎麼樣，張耀祖在大家心裡依然是未來的秀才，而剛剛劉氏著急忙慌地跑去把親事定下來，還用恩情壓人，明顯不是張家硬要選阮香蘭的。

這些話自然沒人在當事人面前說，劉氏見著他們還熱情的打招呼，到處炫耀自己討了個好女婿。女兒即將成為秀才娘子可是天大的喜事，將來他們把地掛在女婿名下可是能省不少稅，到時阮香蘭就是全家的大功臣，她這個當娘的怎麼還不得跟著沾光啊？

這麼一想，劉氏臉上的笑容就更燦爛了，高高興興去地裡告訴阮金多這個好消息。

等阮玉嬌睡好一覺起來的時候，阮老太太已經把飯菜做好了，正招呼大家吃飯。總共就兩房人，人數不多，便都在堂屋的大方桌吃飯。阮玉嬌感覺身體好多了，乾脆多披件衣服去跟他們一起吃。

阮老太太一看見她就笑了。「嬌嬌醒了？奶奶上午已經去張家把親事退了，說好了日後毫不相干，權當陌生人，這下妳不用擔心了。」

阮玉嬌也笑，坐到阮老太太身邊挽住她胳膊道：「這可真是件大好事！奶奶也別替我擔心，我的緣分還沒來呢。」

阮老太太點了下頭。「對，咱們不著急，等奶奶慢慢給妳選個好的，這回多打聽打聽，保管不能再找那麼個東西。」

劉氏一聽就不樂意了。「娘，您咋這麼說呢？耀祖咋了？人家在鎮上好好讀書，夫子都誇他呢；再說如今他跟香蘭訂了親，您再偏著嬌嬌也不能這麼埋汰人啊。」

阮金多也皺眉道：「這事不是上午都說定了嗎？往後都別提了。雖說親事換了人，但那也是張家先提出來的，還是張家欠了咱家的恩情，跟咱沒關係，也用不著覺著丟人。嬌嬌妳記住，是妳自己不勤快招了人家嫌棄，別在家裡陰陽怪氣的挑事，整天吵吵鬧鬧的，煩死了！」

阮老太太「啪」的一聲把筷子拍到桌上，剛要說話，卻見阮香蘭低著頭，眼淚一滴滴往下掉，頓時不耐道：「妳又是咋了？妳想嫁，妳娘也給妳訂了親了，妳還有啥不高興的？」

阮香蘭側了下身子，連忙擦眼淚，卻把自己挨打的那邊臉頰對著眾人，哽咽道：「我、我沒事，我就是、就是太疼了有些忍不住。」

阮老太太看了她兩眼，眉頭皺得更緊了。「疼？妳哪兒疼？」

阮香蘭小心翼翼地朝阮玉嬌看了一眼，在眾人的目光中瑟縮了一下，連連搖頭道：「沒事，我沒事。」

嘴上說著沒事，她那樣子卻是十足十的委屈，還明顯和阮玉嬌有關。幾人的視線在她們兩人之間來回打量，劉氏瞪著阮玉嬌直接質問。「妳咋欺負香蘭了？是不是趁我們不在家打她了？」

阮玉嬌似笑非笑地看著阮香蘭，說道：「三妹，我打妳了嗎？莫說我從小到大就沒跟人動過手，就說我這還生著病，哪兒來的力氣打妳呀？妳把親事都搶到手了，還要叫奶奶、爹、娘都厭棄我才行嗎？我是哪兒得罪了妳，叫妳這般趕盡殺絕？」

阮香蘭吃驚地睜大了眼，不敢相信她居然睜眼說瞎話，立即撫上被打的臉頰，控訴道：「大姐妳咋這麼說我？本來我沒打算說出來的，可妳不能誣賴我啊？上午妳明明就打了我兩巴掌，說我下賤、搶妳的男人，妳咋能倒打一耙呢？」

阮玉嬌淡定地道：「下次說謊記得在臉上塗點胭脂，被打了兩巴掌的臉是這樣的？可能我見識少，不知道大家見過沒。」

陳氏噗哧一笑，對著阮香蘭道：「三丫啊，妳說妳咋就這麼多事呢？誰挨了打不是通紅一片，妳兩邊臉都好好的，說挨了兩巴掌誰信呀？妳就聽妳大姐的，下次塗了胭脂再告狀吧。」

阮香蘭又羞又氣，捂著臉疼得直掉眼淚。「奶奶、爹、娘，她真打我了，我這邊臉碰都不敢碰一下，怎麼可能沒事？我……」

「夠了！我看妳是真想挨巴掌！有完沒完？不想吃飯就下地幹活去，老子累了一上午還得聽妳們吵吵，丫頭片子就是煩，一個個都是賠錢貨！」阮金多重重拍了下桌子，恨不得她們全都變成啞巴。

阮老太太氣道：「你罵誰呢？你娘生下來也是個丫頭片子，咋地？沒有你娘能有你啊？你就算不是我帶大的，不也是你奶帶大的嗎，你奶不是女的？」

阮金多被堵得說不出話，也知道自己說的觸了阮老太太的逆鱗，乾脆低下頭大口吃肉，一句話也不說了。不過他的態度很明顯，就是厭煩兩個女兒沒完沒了。

氣氛十分僵硬，劉氏看了半天也沒看出阮香蘭哪裡被打，又惹了丈夫生氣，對阮香蘭很是不滿，在她背上狠狠拍了一巴掌，罵道：「要吃快吃，再廢話就回屋餓著去！小心傳出去壞了名聲，張家不要妳。」

阮香蘭一一看過眾人的臉色，奶奶反感、爹爹厭惡、娘親生氣、二房鄙夷，連姐姐和弟弟都盯著飯菜，沒有一個人站在她這邊。她對上阮玉嬌的視線，只見阮玉嬌勾了下唇角，好似在嘲諷她的不自量力，頓時攥緊拳頭，騰地站了起來。

「她打了我，弟弟們當時在院子裡玩，肯定聽見了，憑啥說我冤枉她？你們咋就不信我？我說的都是真的！」阮香蘭死死盯著阮玉嬌。這次是她占理，她怎麼也不能放過這個報復阮玉嬌的機會，她不能白挨那兩巴掌！

幾人看向二房的仨小子，陳氏問道：「你們上午聽見大姐打三姐沒？」

仨小子你看看我，我看看你，紛紛搖頭。「沒有啊，就聽見三姐跑到大姐房裡喊了幾聲，喊完就回屋了，不知道喊的啥，沒聽見。我們那會兒正玩螞蟻呢。」

阮香蘭被他們氣得半死，指著他們說不出話來。

阮玉嬌道：「三妹還要再編嗎？明明是妳趁大家不在跑進我房裡炫耀，警告我以後離張耀祖遠點。再說，我要是打了妳，妳怎麼不打回來？妳怎麼不鬧騰還乖乖回房裡了？妳不覺得太假了點嗎？」

阮老太太沈下了臉，嚴厲地瞪著阮香蘭。「夠了！跟妳大姐道歉。」

阮香蘭瞪大了眼，感覺長幾百張嘴都說不清。她再也承受不了眾人譴責的目光，留下一句「我沒錯」，轉身就哭著跑回房間去了。

第四章

阮香蘭這一折騰，成功使全家人對她的認知改觀。過去阮香蘭是個嘴甜會說話、乖巧懂事的好姑娘，如今卻成了搶姐姐親事、裝無辜、誣衊姐姐、心眼賊多的壞孩子。

連吃阮香蘭那套的劉氏都有些煩，其他人就更不用說，見阮香蘭跑了，誰也沒去安慰，招呼一聲便自顧自吃起飯來。

阮玉嬌絲毫不受影響，看準幾塊好肉，快速挾到了阮老太太碗裡，把她樂得合不攏嘴。阮老太太當然也要多挾幾塊給疼愛的大孫女，而其他人見狀，紛紛下筷子給自家孩子挾菜，幾下子，盆裡肉就沒了。阮金多皺起眉，看著阮老太太樂呵的樣子，什麼也沒說。

阮金多再看阮金來那邊，陳氏也給挾了不少菜，他這邊呢？劉氏只顧著給自己和孩子吃了，壓根兒沒想起他來，不禁又是一陣氣悶，只覺老二娶個媳婦哪裡都能把自己比下去，當初這劉氏真是娶錯了，和前頭那個孟氏一樣，不知道心疼男人！

想到孟氏，阮金多就嫌棄地瞥了阮玉嬌一眼。為了生個丫頭片子，孟氏把命都丟了，偏這個丫頭片子還什麼用都沒有，白瞎了孟氏那麼好一個媳婦。雖說孟氏整天跟個木頭似的，連點表情都沒有，可架不住臉好看啊，細皮嫩肉的，十里八村都找不出一個能比得上的，早知道當初還不如不要這個孩子。

阮玉嬌早就習慣了留意身邊的情況，對阮金多的嫌棄感到莫名其妙。不過對這個重男輕女的爹，她早就沒有任何感情，想起上輩子奶奶死後，她爹連眼淚都沒掉幾滴，只顧著抱怨奶奶的房間被燒，跟二叔吵吵鬧鬧為了分家，她就對這個爹厭惡至極，也更加心疼奶奶了。

阮玉嬌不在意阮金多在想什麼，一心幫阮老太太挾菜，逗阮老太太開心。雖然農家的飯菜比起在員外府時粗糙寡淡了太多，但她卻吃得很香，吃出了一種家的味道。當然了，那也是因為這飯菜是奶奶做的，有奶奶在的地方才是她的家，其他人都跟她沒關係。

飯後阮老太太去灶房煎藥，阮玉嬌便在旁幫忙搧火，然後兩人又回房去閒聊，簡直形影不離，任誰都能看出她們祖孫間的深厚感情。而阮玉嬌的笑容也讓兩房的人確認，她是真不在意退親，庚帖拿回來一聲都沒哭，還比之前開心了。

阮金多一直想跟阮老太太說趕緊把阮玉嬌嫁出去，瞧見這情形，也沒找著機會說。等晚上回屋，他對正哄小壯睡覺的劉氏道：「三丫的親事定了，妳抽空給嬌嬌和二丫也相看個人家，嬌嬌都十五了，再不嫁人，要在家吃白飯啊？妳這後娘也太不上心了。」

劉氏拍孩子的手頓了下，委屈道：「哪是我不上心？是娘信不過我。嬌嬌這些年也只跟她奶奶親，這種事我哪裡做得了主？」

「妳是她娘，妳就能做主。別說那些廢話，趕緊找兩個適合的人家，最重要是看誰家出的聘銀多。養她們這麼大，怎麼也得給家裡出些力吧。」阮金多脫了外衣躺到床上，對劉氏的嘰嘰歪歪有些不耐煩，語氣也不好了。

劉氏不願意跟阮老太太對上，可看阮金多這樣子也不敢反駁，只得點了點頭。「那成，明兒個下地回來，我就去村裡打聽打聽。那……要是歲數大點，或者死了婆娘、傷了身子那種的，也行？」

阮金多皺眉翻了個身。「咋都行，嫁誰不是嫁？不都是幹活、生孩子？」

小壯嫌他倆吵，不樂意地推開劉氏，嚷嚷道：「還叫不叫人睡了？你倆有事不能白天說啊，我都睏死了！」

阮金多連忙翻過身來給兒子蓋好被子，笑著道：「好了好了，我們不說了。小壯乖啊，爹抱你睡。」

「不要！你身上一股臭汗味，我才不讓你抱，我要自己睡！」小壯捏著鼻子躲開，爬到最裡邊靠牆睡去了。

阮金多低頭聞了聞自己身上，是有一股味，但是下地幹了一天活，他可不想再去折騰著洗澡，便裹好被子對劉氏輕聲道：「趕緊睡，小點聲，別吵著兒子。」

劉氏輕手輕腳地躺下，睡在兩人中間哪邊都不敢碰，好半天才迷迷糊糊睡著。

另一邊，阮玉嬌獨自躺在自己的小房間裡，卻是怎麼也睡不著，看著熟悉又陌生的房間，心情複雜。阮老太太就住她的隔壁，本來和她這間房是一個房間，後來阮老太太怕自己打鼾聲會吵到她，就做主把房間隔了一下，讓她自己睡一個屋。

她記得很清楚，還有不到一年的時間，奶奶的房間就會起火，因為這兩間是隔開的，所以當時也一起著了，她碰巧去了茅房躲過一劫，奶奶卻活活被燒死在屋子裡。

阮玉嬌雙手攥緊被子，眉頭皺起。不管過去多久，想起那個時候，她依舊痛徹心扉。那時她拚命地往裡衝，卻被死死拉住，甚至因為哭喊太吵，被人給打暈，事後她想過無數次，總覺得那場大火來得太過蹊蹺。誰家天天住的房子會突然著火，還是那麼大能燒死人的火？而且，為什麼她奶奶沒能跑出來？

她懷疑過阮金多、懷疑過劉氏，甚至懷疑過二房和村子裡許多人，但是沒有任何疑點，完全看不出任何破綻，她不相信他們能演得那麼完美，那就是說，火確實不是他們放的。可要讓她相信一切只是個意外，那是絕不可能的！

這是她上輩子到死都沒想明白的事，這次回到大火前一年，她覺得是個大好的機會。若她多年的懷疑是真的，那她一定要揪出那個害死奶奶的凶手！

把過去的事又在心裡順了一遍，阮玉嬌才強迫自己休息。

這次的事一過，張家和阮家大房像是被各打了五十大板，村子裡提起他們，都沒什麼好聽的話，反倒是最開始備受非議的阮玉嬌得到了不少同情，成了最大的受害者。

不過這本來也是事實，阮玉嬌只是將表面蒙著的那層紗給揭掉，讓大家看見這件事的本來面目。不像上輩子，她雖然心中反感，卻還是相信阮香蘭這個親妹妹是無辜的，相信一切都是張母刻薄的結果，不但沒有追究，還因病，沒有及時對外人澄清，以至於後來阮香蘭嫁去張家，在奶奶死後嘲笑她愚蠢的時候，她好吃懶做的名聲早已被村裡人深信不疑。

阮玉嬌並不覺得是自己愚蠢。不經歷這些事，她怎麼會懷疑和自己一起長大的親妹妹會這麼表裡不一？沒被賣掉之前，她也從來沒想過親爹會對她那般絕情。可能一直有奶奶疼著、護著，才對這些事都沒上心過吧。小時候總是願意相信人性本善，直到後來生活艱辛，才慢慢學會了察言觀色、勾心鬥角。那是個痛苦而無奈的過程，她卻很感謝那樣的成長，讓她在重來的這一世有足夠的能力去改變一切。

阮玉嬌用三天的時間養好了身體，阮家便又恢復了如往常那般平靜的生活，只是敏感的像二房陳氏那般的人，已經看出這平靜的表面下所隱藏著的狂風暴雨。她有些幸災樂禍，誰叫劉氏總在她面前端母親的架勢，以阮玉嬌如今的態度，劉氏早晚得在阮玉嬌手裡吃虧。

阮玉嬌變了，變得似乎全家只有阮老太太一人能入她眼，她不再期待父愛、不再忌諱後娘，最明顯的就是不再靠近任何弟弟妹妹，很像是被妹妹傷透心之後，再也不信任任何人的樣子。這讓大家有些驚訝，卻也沒多在意，畢竟她只是一個姑娘，而這個家裡大房、二房的當家，都將重男輕女融入到了骨子裡，是沒興趣管她的。

從前阮玉嬌會把家裡所有活都做好，甚至因著都是些看似輕巧的活，讓劉氏他們一直很有意見。但事實上，這些活也很耗費精力，落在阮玉嬌頭上反倒是費力不討好。如今，她乾脆跟著阮老太太出去打豬草，家裡除了做飯以外，其他都不管了，還特意提醒大家，阮香蘭平時也沒幹多少活呢。

哪個女兒幹活對阮金多來說沒差別，直接就將打掃院子、餵雞、刷碗和洗衣服的活都交給了阮香蘭，正好她在家裡待嫁，少出去幾次還能養白點。而阮玉嬌除了打豬草和做飯以外，還要去地頭給他們送水，以及多繡花打絡子拿去鎮上賣。至於阮春蘭則繼續跟著劉氏一起去地裡幹活，她唯唯諾諾的不說話，髒活、累活就全被劉氏丟到了她身上。

阮玉嬌對這樣的分配很滿意。打豬草可以減少奶奶的勞累，做飯可以不虧待自己和奶奶，還可以特別給奶奶做點營養的，反正奶奶是家裡最大的長輩，吃什麼別人也不能有意見。至於送水根本就不是個事，還能讓村裡人都看到她在幫忙，挺好。

唯有繡花這件事，阮老太太在私底下十分反對，想要讓她改變主意。

阮玉嬌的刺繡是阮老太太教的，其實阮老太太繡得不算特別好，但在鎮上卻也是數一數二的，所以年輕的時候就被她婆婆拘著一直繡，天黑了還不讓點蠟燭，只能就著月光繡，就這樣傷了眼睛，如今看東西都有些花了。

正因如此，阮老太太對這方面一直頗為忌諱。阮玉嬌七、八歲的時候跟阮老太太開始學，很有天分，僅一年就和她繡得一樣好。有一日卻被劉氏發現了她繡的荷包，當即嚷嚷開來，高興家裡又多了個能賺錢的人。阮金多受他奶奶影響甚深，自是理所當然地要求阮玉嬌多繡些賣錢。在他眼裡，女人會繡花就該給家裡多賺錢，賺不來就是吃白飯的賠錢貨。

當時阮老太太直接發了火，罵他們鑽錢眼裡去了，搶過荷包，說那是她繡的，一個小孩子怎麼可能繡那麼好！自那以後，阮老太太就叫阮玉嬌藏拙，反正繡得一般，賣也賣不上多少錢，這才免去被奴役繡花的命運。誰知這次為了不被人說好吃懶做，竟又把繡花給攬上身，阮老太太真是急得直上火。

「妳說妳，氣性咋那麼大呢？先前還說自己不在意別人說啥，這咋就聽妳那個混爹瞎安排？不行，我得跟他說說去，把繡花換成掃院子，咱家誰也不繡花。」阮老太太和阮玉嬌坐在自己屋裡，說完就起身要走。

阮玉嬌忙拉住她，笑道：「奶奶，您聽我說，我答應我爹繡花，又沒答應每天繡多少，到時候只要說我繡得慢不就行了？他們一直以為我繡得很一般，肯定也沒指望能靠這個賺錢，就這麼著吧。我是真不喜歡掃院子，大家幹活天天帶回來那麼多土，下雨天還有泥，家裡的草垛、柴火垛全得收拾，還有雞糞、豬糞、弟弟們玩得亂七八糟的東西，又髒又臭，要收拾可累著呢！既然三妹說我掃院子太輕鬆，那就讓她掃去吧，我正好解脫了。」

阮老太太無奈道：「妳呀，真是主意越來越正了，那先這樣試試吧。妳記著奶奶的話，千萬千萬別讓任何人知道妳繡得好，奶奶教妳是想給妳保一條後路，可這人心啊最是難猜，不到吃不飽的時候，萬萬不能暴露出來，不然傷得是妳自己啊。」

阮玉嬌心中滑過暖流，靠在阮老太太肩頭溫聲道：「奶奶放心，我知道輕重，不會叫人害了我的。」其實她現在的繡技已經超過奶奶許多倍了，是後來在員外府和一位婆婆學的，不過就像奶奶說的那樣，她確實不能輕易暴露繡技，否則不願被壓榨都能成為不孝。

她想到銀錢，連忙站了起來，跑到窗邊看其他人都回屋了，才把門窗鎖好，又跑了回來。

阮老太太看得好笑，問她。「這是要幹啥？想跟奶奶說悄悄話呀？」

阮玉嬌小聲道：「是啊奶奶，我生病的時候聽見有人說要偷您的銀子，我想跟您說，把銀子換個地方藏，最好是誰也猜不到、拿不到的地方。」

阮老太太瞪大了眼。「偷銀子？誰？」

阮玉嬌連忙搖頭。「我沒聽清啊，反正就是奶奶您藏銀子的地方被發現了，正惦記著呢。不管真假，反正換個地方穩妥一點，奶奶您說呢？」

這倒也是，總藏在一個地方確實容易被發現，畢竟這院裡住了大小共十二口人呢，屋子就這麼點大，要是有心，沒準兒就被翻到了。她手裡頭是她攢了大半輩子的棺材本，還有大房、二房上交一半賺到的錢，這要是丟了，她真是哭都沒地方哭去。更重要的是，和銀子一起放著的一樣東西，那是說什麼都不能丟的！

阮老太太挪動裝衣服的木櫃子，從後頭夾縫裡拽出一個粗布袋子，裡頭就是她的全部身家了。一共三十幾兩銀子，其中有八兩是大房、二房交的，剩下的全是阮老太太一個人攢的。

阮老太太從裡頭拿出一兩銀子給阮玉嬌，說道：「這給妳拿著，這次妳受了大委屈，下回趕集奶奶帶妳去鎮上，妳喜歡啥就買啥，再做兩身新衣裳，我的嬌嬌可不能不高興啊。」

阮玉嬌忙把銀子推回去，哭笑不得地道：「奶奶，我又不是小孩子，哪裡還用得著哄啊？再說我衣裳都好好的，不用做新的；倒是奶奶總捨不得吃、捨不得穿，該給奶奶做兩身衣裳才是。往後就是我孝順奶奶，我可不要拿奶奶的銀子出去花。」

「好好好，我家嬌嬌長大了、懂事了。」阮老太太收起銀子，卻對孫女的懂事既欣慰又心疼，認定了是這次打擊所造成，對大房和張家更加反感。

阮玉嬌觀察著房裡的佈置，一心只想幫阮老太太把銀子藏好，倒沒想那麼多。她指著頭頂上的房梁道：「奶奶您看那兒怎麼樣？拿一部分藏到上面，不到用的時候不需要拿，一般小偷找東西也不會爬房梁上找吧？」

阮老太太琢磨了一下，點頭道：「也行，就是不太好放。」

「沒事，我站桌子上幫您放。」

祖孫倆在屋子裡轉了幾圈，商量了好半天，最後決定將十五兩包好放到房梁上，另外八兩碎銀散放在木櫃子下面壓住，剩下的就縫到一件不常穿的棉衣裡，再拿一些散著的銅板放到床底下的鞋裡就算完了。

阮老太太還想放一部分在她原來藏的那個縫隙裡，被阮玉嬌阻止了。她不知道阮春蘭是什麼時候發現銀子在那縫隙裡的，但小心些總是好的，這些都是辛苦錢，她一點都不想讓它們被偷走。

在她站到桌子上把小包放房梁上時，阮老太太拿出一個小塊的東西，用黑布包著，縫到了正穿著的裡衣裡面。她低頭看見，有些疑惑。「奶奶，您幹啥呢？」

阮老太太一針接一針快速地縫著，頭也沒抬地道：「這東西不能丟，我想了想，既然有偷兒盯上了房裡，那我就把這東西貼身帶著，換衣服的時候再拆下來縫到別的衣服裡，這樣就穩當了。」

阮玉嬌從來沒聽說過奶奶還有什麼特殊的東西，不過她見奶奶沒有直說，便懂事的沒再問下去，只輕輕將小桌子搬到一邊打掃乾淨。她站在屋子中央環視一圈，見沒露出任何破綻，滿意地笑道：「好了，這下應該丟不了。奶奶我回屋了，您也早點睡，明兒個我起來做飯就行，您別著急起早。」

阮老太太笑著應了。「誒，行，嬌嬌快去睡吧。」

解決了一件心事，阮玉嬌感覺輕快不少，回屋就躺到了床上。可是沒一會兒她又覺得不舒服，皺眉坐了起來。村裡人不會經常沐浴，天天幹活都要弄髒，回家累得恨不得倒頭就睡，大家都習慣了，也沒覺得怎麼樣。可她前世在員外府早就習慣日日沐浴，把自己打理得乾乾淨淨，如今兩日沒沐浴便感覺渾身難受，有些忍不下去了。

她聽著幾個屋都沒動靜，不過還是坐在屋裡又等了半個時辰，等到大夥兒都睡著了，才悄悄去灶房燒水。燒水既廢柴又廢水，這些東西沒了都要人去擔，若被阮金多發現她燒水沐浴，肯定要大罵她一頓。雖然沒什麼好怕的，但多一事不如少一事，她現在是盡可能不和他們接觸，還是注意著點比較好。

家裡沒有大浴桶，唯一的一個長木盆還是給幾個弟弟洗的，阮玉嬌只得拿洗臉的端了一盆水回屋，用布巾仔細擦了擦身體。等她擦完，水都快涼了。阮玉嬌輕嘆口氣，心裡琢磨還是要想法子賺點錢，家裡生活好了，她才能過得舒服一點，總不能因為家裡大多是她不喜歡的人，就委屈自己和奶奶一起吃苦吧？

阮玉嬌輕手輕腳地把水倒掉，直到回屋躺下，還在想如何能不被懷疑的賺錢？她就是個農家女，要是突然會了什麼東西拿去賺錢，那就太奇怪了，在哪兒都說不過去。

她很會做菜，還會做很多好吃、好看的點心，可是家裡東西不全；就算全了，阮金多也不會讓她做的，只會罵她浪費東西。再說吃食很容易出差錯，一個不好就要鬧肚子，家裡除了奶奶沒其他人在乎她，若是吃食真賺了銀錢，被劉氏她們搶過去，那說不定會害到人，絕對不行！

去山裡採藥材、捉獵物或是下河摸魚，她不會；採些蘑菇、野果、野菜什麼的去賣倒能賺到一點，就是太累了。她力氣小，恐怕每天光揹到鎮上就要累癱了，更別說賣了。況且山腳下的怕是都被人採光了，她要想採還得往山裡頭走，很不安全。

賺錢的點子一個接一個想出來，又被她一個個的否決掉。在床上翻來覆去想到後半夜，阮玉嬌終於想到個點子，雖說也賺不到太多錢，但至少不算累，也不用出門，還真是挺適合她的。

第二天天剛亮，阮玉嬌就起床把自己收拾好，鑽進了灶房開始做飯。阮家雖然在村子裡家境還算好，但農家沒誰會整天吃好的，就連里正家也只是七、八天見一次葷腥，平常都是捨不得的。所以阮玉嬌也只是做普通的窩窩頭，熬了一大鍋稀粥，早上給大家就著鹹菜吃就行了。

不過就算只是簡單的窩窩頭和稀粥，不同的人做出來也是不同的味道。阮玉嬌曾跟員外府的婆婆用心學過，水量、火候都掌握得極好，其他人才出了屋就都聞到香味了。

陳氏一邊給三個兒子洗臉，一邊揚聲道：「嬌嬌做得咋這麼香呢？聞著就比別人做得好吃！」

阮玉嬌笑道：「二嬸，我一個晚輩，手藝哪能跟妳們比呢？我就是覺著自己幹不了重活，幫不上妳們，乾脆在吃食上多用點心，好歹讓大夥兒都吃得高興點。」

這話聽著順耳，陳氏有些意外地看了她一眼，笑說：「沒事沒事，咱們都知道妳出生時遭了罪，胎裡帶來的體弱、力氣小，是沒法子的事，沒人計較這個。再說吃食可是頂頂重要的，咱吃得香了，幹活都有力氣了，當家的，你說是不是？」

阮金來洗了把臉，也不擦，用手一抹，隨口道：「是，嬌嬌能把吃食做好了也成，累了一天要是再吃得不好，那可不是不痛快嗎？再說妳力氣小，去地裡也啥都幹不了，純粹添亂，還不如把家裡弄好了比啥都強。」

二房雖然也重男輕女，但他們生了三個兒子，往後不管怎麼分家都是佔便宜的，所以對阮老太太寵阮玉嬌並沒多大意見。大房兩口子加三個女兒都要幹活，而他們二房就只有他們兩口子幹活，最後賺來的大頭卻是給他們兒子的，他們可不虧，這一點小事他們就懶得計較了，權當孝順阮老太太。

阮金多瞧見阮玉嬌對二房那麼和善，眉頭一皺，不悅道：「這點小事也值當妳念叨？要是連做飯都做不好，妳還有啥用？趕緊把飯都端上來，別耽誤我們下地。」

阮玉嬌對他視而不見，回頭就把粥盛到一個大盆裡端上桌。從前她也很少和長輩聊天，沒跟阮金多說話，倒也不顯得特殊。只是有了之前二房的對比，阮金多心裡就不大舒服，直到吃完飯都沒個好臉色。

阮玉嬌做的飯確實很好吃，連阮老太太都多喝了一碗粥，最後窩窩頭和粥一點都沒剩。小壯還為了最後一個窩窩頭差點跟二房的大柱打起來。最終大人將窩窩頭一分為二，兩人才心滿意足地吃完跑了。

阮春蘭照樣被劉氏催著去追小壯，還叫她找著人直接帶到地頭去，之後阮春蘭還得除草幹活呢。小壯這孩子太皮，誰的話也不願意聽，找他可是個費力又不討好的活，尤其小壯隨口告個狀，都能讓阮春蘭挨頓打，阮春蘭很不願意去，可她瞄了眼其他人，見沒人為她說話，只好抿抿嘴，抬腿跑了，否則再晚就追不上人。要是找不著小壯，她吃的苦頭更多。

第五章

大房兩口子和二房兩口子先後拿上農具就走了，阮玉嬌把兩個背簍和鐮刀提在手上，說：「奶奶，我先拿著吧，等會兒到地方我再給您，這點東西我還拿得動。」

阮老太太有心不讓她拿，可她說什麼也不撒手，只能隨她去了。兩人一離開，家裡就只剩下阮香蘭一個人。她因為之前的事，在家裡頗有點不受待見，也沒人主動跟她說話。她到底是懂得察言觀色的，雖然心中不平，但也老實了下來，想要好好表現，想辦法把之前的事翻過去不再提。

可是此時看到滿桌子碗筷，想到洗完這些還要洗衣服、收拾院子、捉蟲子餵雞，她整個人都不好了，心中把阮玉嬌罵了八百遍。

不過該幹的活還是得幹，不然阮金多第一個饒不了她。這些從前都是阮玉嬌幹的，她覺得很輕鬆，可不相信自己會比阮玉嬌差。她想著早點幹完還能有時間去偶遇張母，立刻就有了動力，挽起袖子把碗筷搬去了灶房。

時辰還早，阮玉嬌跟著阮老太太往外走的時候，碰見不少人，大夥兒都笑著跟阮老太太打招呼，看到阮玉嬌時還有些驚訝，待看到她把東西都拿在自己手裡後，更是免不了誇她孝順。

豬肉張家的葉氏正端了盆衣裳要去河邊，碰見她們就笑問。「阮大娘，今兒個您咋捨得把大孫女給帶出來了？」

阮老太太樂呵呵的，無奈又高興地道：「這不是嬌嬌心疼我嗎？非要出來幫我一起打豬草，咋說都不聽。她力氣小，以前啊，我不叫她出來，她就顧著家裡那攤子事，這回香蘭訂了親，她爹就叫嬌嬌把家裡的活讓給香蘭，叫嬌嬌只做飯就行。反正都說家裡的事好幹，那就叫香蘭幹吧，正好能在家裡頭養養，將來嫁人的時候也好看點。」

葉氏笑著附和。「挺好，這下香蘭輕巧了，她和她娘都高興了。嬌嬌真懂事，知道孝順奶奶了，往常不常見，這一看，嬌嬌真是長成個大姑娘了，這模樣可真俊俏。」

阮玉嬌笑道：「嬸子過獎了，我就是做了晚輩該做的事，奶奶對我那麼好，我當然也得對奶奶好了。」

「嬌嬌說得對，那我就不耽誤妳們了，拎著這些東西怪沈的。今兒日頭大，阮大娘您和嬌嬌小心著些啊。」

「謝謝嬸子，我會照顧好奶奶的。」

阮老太太和葉氏又寒暄兩句才帶著阮玉嬌繼續走。而葉氏在她們走後，和相熟的姑娘、媳婦一起去河邊洗衣裳，提起阮玉嬌，滿口都是誇讚。「以前沒咋留意，這阮家的大姑娘性子挺好啊，笑起來模樣好看，會說話，還知道孝順奶奶，哪有傳得那麼邪乎！」

旁邊一個婆子點頭道：「光看她幫她奶奶把東西都拎了，她奶奶就沒白疼她啊，我疼我孫子這些年，也沒見他幫我拎個啥。」

葉氏忙笑道：「小子心多粗啊，只要他將來有出息，您就高興去吧！要說貼心，還得是姑娘，最知道咋能讓人高興。反正我看這嬌嬌是挺不錯，要不阮家老太太能只疼她一個孫女？裡頭肯定有原因啊，老張家把親事換了，指不定得後悔。」

這邊阮香蘭把家裡的碗泡上後，打算先來洗衣裳，乘機讓別人看看她的勤快，誰知剛一來就聽到這麼句話，頓時變了變臉色，站在那裡，進也不是，退也不是。

葉氏旁邊的小媳婦正好瞧見，忙用胳膊肘碰碰葉氏，給她使了個眼色。葉氏多圓滑的人，登時就跟沒事似的笑著招呼。「喲，香蘭也來洗衣裳啊？快過來吧，這邊還有地兒呢。快點洗完，等會兒日頭更大了就要遭罪了。」

阮香蘭尷尬地笑了下，低頭走到河邊默默地洗衣裳。葉氏換了個話題跟人又聊起來，其他人也都識相的沒再提起張家和阮家的事。可阮香蘭就是不自在，總感覺她們的視線往自己身上瞄，別提有多不痛快了。阮香蘭不想在這裡難堪，草草洗了遍衣裳，隨便擰擰，就端著盆回去了。

等她走後，眾人卻連連搖頭。「她這衣裳也沒洗乾淨啊，張家還說嬌嬌不會幹活，結果換了一個也沒多會啊。」

「張老頭不是說要叫兒媳婦下地幹活嗎？可能看中香蘭會幹地裡的活唄。」

「咦？這麼一說，我好像常看見春蘭在地裡幹活，他家香蘭幹得好嗎？」

「不知道，沒留意。」

「我也沒見過。這麼想想，好像香蘭也沒幹過啥活呀。要說以前，家裡的事都是嬌嬌幹的，那香蘭又沒下地，她幹啥了？」

幾人面面相覷，百思不得其解，真是不明白張家這次換媳婦是圖個啥？要是屬意幹活，不是應該換阮春蘭才對嗎？平日幹活最多的就是阮春蘭啊！不過若說有人要做秀才娘子，那只有阮玉嬌身上有那麼點意思，一舉一動，落落大方的，說話也順耳，瞧著就跟她們不太一樣。

到底是別人家的事，幾人說說笑笑也就過去了，誰也沒往心裡去，頂多就是對阮玉嬌的印象變得好了許多，不知不覺間就覺得張家是在瞎折騰，把他們農家人當白菜挑，做人忒不厚道。

這邊阮玉嬌還不知道村裡人對她的評價，她也沒刻意做什麼，只是她怎麼說也算見過世面，言行舉止就算稍有遮掩，還是能讓人看出氣質上的不同，自然也就為她贏得不少好感。也幸虧從前她很少出門，村裡人對她都不大瞭解，便都沒察覺到她和從前的不同，只當阮老太太教得好罷了。

阮玉嬌同阮老太太走到地頭人少的地方，找著一片較嫩的洋蒿草就開始割。這種草豬很愛吃，趁著這會兒鮮嫩多割點回去，把豬餵得胖胖的才好。阮老太太怕她傷著自己，一遍又一遍地跟她講使用鐮刀的要領。阮玉嬌是真沒幹過，聽得很認真，動作也很小心，雖然速度慢了點，卻沒出什麼錯，慢慢讓阮老太太也放了心。

阮玉嬌看了看四周沒人，便一邊割豬草，一邊說道：「奶奶，我繡花的事不好叫人知道，我又幹不了農活，昨晚想了想，我乾脆給人做衣裳吧。村裡做的人少，我去鎮上接一些成衣鋪的活來做，您覺著怎麼樣？」

做衣裳確實能賺上一點，村裡也有幫人做衣裳的，但通常接這種活的都是婆子、媳婦，還真沒有小姑娘去接的，畢竟誰家漢子穿了誰家姑娘家做的衣裳，傳出去多少有那麼點不好聽。所以村裡的單身漢若是做衣裳，要麼就去鎮上買，要麼就找上了年紀的婆子做，不怕惹出閒話。

阮玉嬌一看阮老太太遲疑的表情，立即就明白了她的擔憂，忙說道：「奶奶，我主要是給鎮上的成衣鋪做衣裳，這樣我做多少件，鋪子給我多少工錢，而他們賣出去，也沒人管做衣裳的是誰，這樣好歹算是靠手藝賺錢，您說呢？」

阮老太太又琢磨了一會兒，點頭道：「村裡還沒有人這麼做的，一般鎮上的成衣鋪好像都找鎮上的媳婦做，離得近，針線功夫也比咱們好，這事也不知能不能成？妳想做就試試吧，不成也別急，有奶奶養著妳，妳爹不敢說什麼。」

阮玉嬌拿出布巾給阮老太太擦了擦汗，笑道：「我心寬著呢，您就放心吧。」

她對自己的手藝有信心，不管是衣裳的裁剪還是針線上的功夫，都不比成衣鋪請的女工差。雖說她在村裡離得遠些，但想必沒有鋪子不想用更好的女工，畢竟衣裳做得好看，他們生意也能更好。再說她雖然沒多大本事，可也是從幾年後回來的，這幾年間一些新鮮的花樣她都清楚，靠著這點先機讓自己過好一些，還是沒問題的。

割豬草是個枯燥累人的活，半個時辰以後，阮玉嬌的右手腕就酸得握不住鐮刀了。阮老太太瞧見忙道：「嬌嬌妳趕快歇歇吧，妳這都割了半簍了。」

阮玉嬌搖搖頭，笑說：「奶奶，我慢慢來就行，要是實在累了，我會說的。」

阮老太太知道這孩子要強，看她動作確實慢了不少才不再阻止，心裡卻有些疼。不是她溺愛孩子，不叫孩子做事，實在是阮玉嬌出生時是難產，她娘鬱鬱寡歡，身子養得不好，生產一回去了大半條命，沒一年就走了。阮玉嬌從小就瘦弱，是被她用心養了兩年才看起來和旁的孩子差不多。

可還是有從胎裡帶出來的毛病，就是力氣太小，家裡活再怎麼繁瑣都不算太累，熟手了還能時不時歇會兒，可這割豬草、下地都得彎著腰下力氣，真的不適合阮玉嬌。人有千萬種，老天爺斷了阮玉嬌幹農活的可能，卻叫阮玉嬌聰慧懂事，學什麼都快，精細類的手藝比誰都強。

阮老太太對這很是滿足，總覺得孫女這性格將來會有大福氣，畢竟日子能過成啥樣，最重要的還得看性格。只可惜在這村子裡，不能吃苦受累就是好吃懶做，又有劉氏這個後娘滿嘴胡說，可不就誰也看不到孫女的好了嗎？

阮老太太看了看孫女認真幹活的樣子，突然覺得這樣也好，不管孫女力氣是大是小，肯出來跟著她割豬草，起碼讓人看到了她的努力。再加上如今大家都知道孫女是負責給全家做飯的，若是再接下做衣裳的活，那身為女子，只要不是嫁到太窮困的人家，亦足以相夫教子了。如此也能扭轉一下名聲，好再相看個適合的人家。

祖孫倆又割了半個時辰，阮老太太那個背簍已經全滿了，阮玉嬌的背簍裡卻只比一半多一點。日頭漸大，曬得人有些難受，阮玉嬌把水拿出來給阮老太太喝，看看背簍說道：「奶奶，咱們倆割的豬草挺多的了，今天就先回去吧。以後我每天都跟您出來一起割，您就能早點回去歇著了。」

阮老太太心裡也心疼孫女，連忙應了。「行，都聽嬌嬌的，那咱們走吧。」

阮玉嬌先一步把阮老太太那個滿滿的背簍揹了起來。「奶奶您揹輕的吧，我在後頭給揹托著。」

「這咋行呢！奶奶知道妳孝順了，但是咱能幹啥就幹啥，可不能把自個兒給累壞了啊！」

「奶奶，我心裡有數，肯定不強撐，咱快走吧，日頭曬呢。」

阮老太太猶豫了一下，還是把那個少的揹了起來，快步往家裡走去，阮玉嬌則在後面給她托著，不想她累。雖然阮老太太幹了一輩子農活早就習慣了，可阮玉嬌希望阮老太太能像個老太君一樣在家裡吃喝玩樂、被丫鬟伺候著，一點活都不要幹。大概是上輩子突然就和阮老太太分別，這一世她對這心裡唯一的親人便極其珍惜，可惜她現在還沒有能力，就只能做點力所能及的小事了。

兩人回去又遇到了一些人，看到阮玉嬌背簍裡滿滿的豬草時，可是相當驚訝。「嬌嬌這麼能幹啊，打了這麼多豬草？」

阮玉嬌擺擺手笑道：「這一簍是奶奶打的，我力氣小，不太習慣，只打了半簍。」

旁人一看就明白了，她打了半簍卻揹著那個滿簍的，還在後邊給阮老太太托著背簍，明顯就是孝順阮老太太。阮老太太怕阮玉嬌累著，隨便招呼兩聲便回家去了，其他人瞅瞅她倆的背影，嘀嘀咕咕地都在說，怪不得阮老太太疼阮玉嬌，誰家有這麼個孝順孫女能不疼呢？

不過有一個跟阮老太太一向不對盤的李婆子就撇了撇嘴，嗤笑道：「那麼孝順的話，以前咋不見她出來呢？那張耀祖可是要考秀才的，張老頭也是讀書人，人家能不會挑兒媳婦？我看他家把阮玉嬌換成阮香蘭，肯定是阮玉嬌不好，這才剛一退親，阮玉嬌就出來孝順奶奶，不是做戲是啥？」

葉氏呵呵一樂。「嬌嬌過去不出來可不是在家閒著呢，那是在家啥都幹，人家就是力氣小，不愛出門，張家因著編排嬌嬌，都當著大夥兒的面跟阮老太太賠禮道歉了，您咋還這麼說呢？張老爹不說了嗎，嬌嬌挺好，就是老張家想娶個能下田種地的兒媳婦回去，總不能說張老爹是在撒謊吧？」

李婆子當然不能說張老爹撒謊，哼了一聲，嘴硬道：「讀書人都會說話，一般不下別人面子，阮婆子那天跟人打成那樣，又對人家有恩，人家能不挑好聽的說嗎？我就覺得阮玉嬌太假，就算是真孝順又有啥用？連點力氣都沒有，在咱農戶裡還不就是廢物一個？以為是大家小姐呢？」

這話說得太難聽了，葉氏和其他幾人都覺著不妥。她們愛說閒話是真的，可也不喜歡和這種無理取鬧的人瞎聊，當即紛紛找了個藉口就散了，走得遠了，葉氏還和鄰居嘟囔。「像李婆子那麼想的估計有不少呢，張家這次可是造孽了，憑白毀了人家嬌嬌的名聲，這往後可咋說人家啊？」

「誰說不是呢？不過就阮家老太太那麼疼孫女，咋也得給一份體面的嫁妝，親事應當還是能說上的，就不知道人家咋樣了？」

「說來說去還是不能有後娘啊，這要是親生的，咋也弄不出把姐姐親事讓給妹妹的事。」

「對，那劉氏這兩天多高興啊，見天兒的看見人就往上湊，還不是想聽人吹捧她？嬌嬌這事就只有阮老太太一個人難受，後娘高興還來不及呢。」

後娘難當，且本就是容易惹閒話的身分，從前阮玉嬌有阮老太太疼著，日子好過，自然也沒人說過劉氏什麼。這次大夥兒可是被換親的舉動給驚著了，不少人覺得劉氏深藏不露，竟能從阮老太太手裡把人家大孫女的好親事換給自家女兒，一下子把後娘欺負原配女兒的事給坐實，估計往後都洗不清了。

回到家的阮玉嬌看到阮香蘭正手忙腳亂地收拾著雞糞，也沒理會，直接將豬草倒在草垛上整理好，拿了些去餵豬。忙活完這些，她就洗臉、洗手、拍掉身上的土，煮了鍋熱水，盛一碗給阮老太太喝。

「奶奶您在屋裡歇著，我去給我爹和二叔他們送水，等會兒回來做飯。」

「嬌嬌，妳歇會兒再去吧。」

「沒事，我還不累呢。」阮玉嬌習慣做什麼都規劃好，這會兒去送水正是時候，回來歇會兒做好飯，大家就回來了，吃過飯、睡個午覺，她下午就能做自己的事了。

阮玉嬌正想拿了個罐子盛上水，卻發現早上那些碗還在泡著沒洗出來。她挑挑眉，故意拿了旁邊幾個帶缺口的碗同罐子，一起放進籃子，挎著就出門了。

到了地頭，因著時間不早不晚，阮金多也沒挑剔啥，只是在接過碗準備喝水的時候，表情便不好了。「家裡又不是沒碗，咋拿了個壞的？」

「是啊嬌嬌，地頭人這麼多，叫他們瞧見了還不得笑話咱家啊？明明日子過得不錯，咋還跟窮光蛋似的呢？」劉氏在旁邊幸災樂禍，張嘴就給阮金多搧風點火。

阮玉嬌不等阮金多發怒，淡淡地道：「我也不想啊，我剛割了豬草回家，怕你們口渴就趕緊燒水送來了，誰知道香蘭沒刷碗，我只能拿這些了。」

眼瞅著就中午了，阮香蘭竟然還沒刷碗？幾人聽了都是一愣，劉氏張口就道：「妳瞎說啥？香蘭在家待一上午，咋可能不刷碗？」

阮玉嬌一邊給他們倒水，一邊搖頭。「那我就不知道了，我回去的時候，瞧見她在掃雞糞呢，興許沒顧得上吧。要不娘您一會兒回去跟她說說，碗筷要先刷，不然下頓吃飯了用啥？」

劉氏心道不妙，一看阮金多沈下的臉色，連忙補救。「嬌嬌妳咋說也是當姐姐的，就這麼見不得妳三妹好？她頭一回幹這些不是不熟嗎？妳不教教她、幫幫她，咋還跑這兒跟妳爹告狀呢？妳既然在灶房燒水，那等水開的時候不能順手刷下碗？多大點事啊？」

阮金多的視線移到阮玉嬌身上，已經開始不耐煩。確實是，就那麼一順手，從前碗筷也都是阮玉嬌刷的，這會兒剛分工就一下都不肯刷，這定是記恨上妹妹了，那往後是不是還要記恨他這個爹？這種自私的孩子可沒人喜歡。

阮玉嬌總算明白啥叫有了後娘就有了後爹，不過她也不再是那個聽不出話中話的天真姑娘，當即驚訝道：「娘，我來了就給你們倒水，啥時候告狀了？不是您說碗給咱家丟人，像個窮光蛋，我才給您解釋一下嗎？我是想順手幫三妹來著，可是我頭一回割豬草，不熟，現在手還抖著呢，手心火辣辣的，我怕不小心打破碗就沒敢動，不信您瞧瞧。」

阮玉嬌伸出右手。揮了那麼久鐮刀，她的右手掌已經通紅一片，還有點腫，仔細看，可不就是在一直顫抖嗎？大夥兒都經歷過剛幹農活那一階段，雖然年頭久遠了，但也都記得幹不習慣累了是啥樣。阮玉嬌把手弄成這樣，一看就沒偷懶，這剛趕回家又燒水跑來給他們送水，忙裡忙外的，還能怪她沒用顫抖的手去刷碗？阮香蘭再怎麼不熟，也不會比阮玉嬌還嚴重吧？大家都是分工之後頭一回，讓阮玉嬌去幫幫阮香蘭，那誰去幫幫阮玉嬌？

二房的陳氏喝完水，擦了擦下巴，有些誇張地道：「哎呦，瞧瞧這手弄的！大嫂妳這就不對了，雖然嬌嬌不是妳親生的，可妳也不能太偏心啊。大哥都說好，讓她們姐妹倆各幹各的了，妳咋還讓嬌嬌幫香蘭呢？這要是叫張家知道了，不得誤會香蘭還沒有嬌嬌會幹活？到時候再跑來退親可咋整啊！」

阮金多一想，可不就是這麼回事嗎？張家又要換親又埋怨阮玉嬌，不就是口口聲聲說阮香蘭比阮玉嬌能幹？那這幹活的事怎麼還能輪到阮玉嬌去幫阮香蘭呢？根本說不過去，唯一的解釋就是阮香蘭偷懶！

阮金多聽多了劉氏誇獎阮香蘭的話，這會兒越想越覺得不對勁。阮香蘭那麼聰明能幹，咋連家裡那點事都弄不明白？啥叫頭一回不熟？劉氏不是說家裡的活輕鬆，一直抱怨阮玉嬌不做事，淨歇著嗎？如今把輕鬆的交給阮香蘭，她又幹不好了？連輕鬆的都幹不好，別的還能幹啥？

阮金多能想到的大夥兒也都想到了。張家為啥退親誰都知道，他們還等著張耀祖考上秀才好給家裡的地免稅呢。

阮金來連忙就道：「大哥，你可得好好管管你三閨女，這好不容易換來的親事，別再給弄沒了。張家不就想要個幹活索利的媳婦嗎？往後多讓三丫幹活，叫張家看看。依我看，就該叫她下地，人家張家說了，要娶個下地種田的媳婦，你說對不對？」

阮金多雖然覺得讓二房看了笑話，可心裡卻也是這麼想的。「是該這樣。她娘，回頭妳就跟香蘭說，嫁去張家不單要收拾好家裡，還得下地幹活，從明兒個就讓她做給別人看看。」

這就是說家裡活還歸阮香蘭，且要再加一條下地種田了。

劉氏感覺這頓吵是自己吃虧了，叫阮玉嬌占了便宜，可仔細想想好像又確實是這麼個道理。要是不叫阮香蘭好好幹活給張家看，萬一張家看上別人家的姑娘咋辦？能退一次親就能退第二次，要是把秀才女婿丟了，不光阮香蘭丟人，她也跟著丟人啊！

劉氏猶猶豫豫地就點了頭。「成，我待會兒回去就跟她說。」

阮玉嬌把空碗和罐子都收起來，起身道：「時候不早了，我先回家做飯去。爹、二叔，你們也多歇歇，別中暑了。」

「行，回吧。」阮金多隨意擺擺手，沒了之前那種生氣質問的排斥感，好像在對待一個路人，卻比從前那種挑剔的態度要好得多了。

阮春蘭不禁對著阮玉嬌的背影看了半天，總覺得她剛剛話裡有話，而且一下子就扭轉了被阮金多怒罵的結果，可以說是心眼很巧了，就不知道阮玉嬌到底是有意的還是無意？難道被退親壞了名聲，真的對人影響這麼大嗎？

劉氏正有氣沒處發，瞧見阮春蘭發呆，一巴掌拍在她背上，氣道：「瞅啥瞅？早叫妳去討好老太太，妳偏跟著木頭樁子似的，一棍子打不出個屁來！要不妳現在也能像那死丫頭一樣享福了，哪裡還用下地？妳比不上妳三妹，連那死丫頭都比不上，我好不容易求老太太教妳繡花，妳也學不會，妳說說妳還有啥用？真是生來要債的，還不快去幹活！」

阮春蘭作為劉氏第一個孩子，孕期中有多期待，生出來就有多失望。那一段被阮金多冷待的日子，她只要想起，就忍不住對阮春蘭心生怨懟。若頭一胎是個男娃，她哪會受那麼多罪？是以她從來都不會對阮春蘭展示母愛，因為她打從心裡就不想要這個孩子。

阮春蘭心裡也清楚，默默任她拍了兩下，低著頭幹活去了。至於劉氏說她不會討好奶奶，她心裡不服。三個孫女明明只有她最懂事乖巧，雖然在繡花上沒天分，可其他事她都是最能幹的，奶奶偏心能怪她嗎？可這些說出來也沒用，只要奶奶還能靠手藝賺錢，家裡就沒人會明著跟她鬧起來，畢竟有銀子才有地位，想著自己苦幹這麼多年什麼都撈不到，她越發意識到銀子的重要性。

第六章

幾人心思各異，手上的動作卻不馬虎。田地是農家人安身立命的根本，不管發生什麼事都不能耽誤，這一點他們還是有共識的。

阮玉嬌回到家就開始摘菜做飯，阮香蘭聽到動靜，看看還沒收拾完的雞圈、豬圈，揚聲道：「大姐，反正妳也在洗菜，順手把碗也洗了吧。」

阮玉嬌瞥了一眼盆裡的十幾副碗筷，隨口道：「我忙著生火做飯，沒空。萬一晚了惹爹發脾氣，恐怕大家都沒好果子吃。」

阮老太太皺皺眉，走出門口喊了一嗓子。「自個兒的活自個兒幹！要是幹不了就跟你爹求情去，看你爹咋說！」

阮香蘭心頭憤憤地丟下掃帚，怕阮金多馬上就回來了，趕緊跑去快速地刷碗。她最不願意刷碗、洗衣了，手被泡皺了不說，水還冰涼冰涼的，一弄這些，她在月事的時候就肚子痛。早知道她就找別的理由搶親事了，誰能想到阮玉嬌變得能說會道，把爹都說服了呢？

本以為哄好了娘幫著說好話，每天都可以找機會偷懶，還能抽空去張家討好未來公婆，結果如今她忙得像個陀螺，連坐下歇會兒的工夫都沒有。她可是攏絡住未來秀才的功臣，將來家裡的地想要免稅都得靠她，怎麼所有人都給她臉色看？到底哪裡出錯了？

看見她臉色陰沈的樣子，阮玉嬌的心情就好了起來，倒不是對她有多記恨，而是因為這件事證明了人生真的能改變。重活一次最怕的是什麼？不就是費盡心思仍舊改變不了原來的命運嗎？上輩子最大的遺憾就是奶奶不明不白地死去，如今成功改變退親之事的後果，讓她對救下奶奶有了巨大的信心。只要擋住那次劫難，她相信奶奶一定會健康長壽的！

不過她會特意拿缺口的碗去地頭，純粹就是不願意幫阮香蘭的忙，沒想到跟他們話趕話下竟弄出那麼一個結果，可謂是意外之喜了。就不知道等阮香蘭知曉自己不但要做好家裡的活，且還要頂著大日頭下地的時候，還會不會有搶奪親事的喜悅了？

她用之前劉氏和阮香蘭挖的坑把她們自己給埋了，前後也不過才幾天時間而已，想想還挺有意思的呢。雖然她不是故意針對她們，但看到她們日子過得越來越堵心，她是真的挺高興的。反正都是上輩子虧待過她的人，有什麼比看一幫小人自掘墳墓更有趣的呢？未來日子還長，有她在家裡，想必他們要順心就更困難了，這可真是不錯！

劉氏回來，果然就拉著阮香蘭到屋裡說話去了，沒一會兒就聽見屋裡大喊一聲：「憑啥！」阮金多瞥見二房陳氏看笑話的樣子，登時皺起眉頭訓斥起來。「瞎叫喚啥呢？叫妳幹點活兒還不樂意了咋地？」

劉氏連忙摀住阮香蘭的嘴，往外解釋。「沒！沒事！」說完她便沈下臉在阮香蘭腰間狠狠掐了一把，氣道：「喊啥？喊啥呢？這話是妳爹說的，妳想惹妳爹生氣啊？誰叫妳在家幹點活都幹不好，這不是讓二房看笑話嗎？妳爹最在乎面子，妳讓他丟面子，他還能向著妳？」

阮香蘭又急又氣地道：「那也不能讓我做那麼多啊！我在家又洗衣裳又掃院子，雞圈、豬圈那麼髒，都快累死我了。娘，您咋也不幫我說說情呢？我再下地種田，不得累壞了啊？到時候張家能願意要個病秧子嗎？」

她本是想把張家拉出來當擋箭牌，誰知正因她提起張家，劉氏反而更認同這件事了。「妳傻不傻呀，以前大夥兒說那死丫頭不幹活，不就是因為看不見她嗎？妳要是天天在家待著，老張家才不願意要妳呢！妳聽話，爹娘還能害妳？妳往後把家裡收拾好就下地，讓別人看看咱家閨女幹活索利能吃苦，那老張家就算以後想變卦，也找不著藉口了。」

「那就把家裡的活還給阮玉嬌做！」

「妳爹定的事誰能改？妳要能讓妳奶奶給妳說情就去，妳爹可是說了，要讓張家看看妳家裡家外都是一把好手呢。香蘭，總歸也就妳出嫁前這一陣子，等妳成了秀才娘子，立刻給他們懷個大金孫，他們還能真讓妳下地？再說考中秀才就能賺錢了，耀祖讀那麼多書，可比咱農戶人有本事多了！妳吃苦這一時，往後可就都是享福了。」

劉氏累了一上午早就餓了，自覺把該說的都說完，沒等阮香蘭回話，就出了屋。阮香蘭倒是想叫住劉氏再說道說道，可幹不幹活這事確實是張家很在意的事，她想了半天都沒想到理由反駁，只好認了。不過想到阮金多是在阮玉嬌去送水之後提出這事的，她對阮玉嬌的恨意又多了一層。真是後悔咋就沒在阮玉嬌病倒那會兒把人給氣死呢？留到現在給她添了多少麻煩！

阮玉嬌在他們進門的時候，就去把桌子擦乾淨，擺上碗筷，等他們洗完手，飯菜也都盛好、擺好了，時間掐得剛剛好。飯桌上，阮金多又把阮香蘭的事說了一遍，其他人的活都沒變化，自然也沒人反對，都捧著碗，埋頭默默吃飯。

阮香蘭食不知味，心中不甘，卻也知道自己最近有些露底了，在家人心中的形象大跌，怎樣都不討喜。那些想諷刺阮玉嬌的話在嘴裡轉了一圈，還是咽了下去。不過她記得阮玉嬌不光要做飯、打豬草、送水，還要繡花、編絡子賺錢，她就先等著，要是過些天阮玉嬌還沒賺到銅板，她一定有怨報怨、有仇報仇，讓阮玉嬌吃不了兜著走！

之前換親的事弄得大家沒了表面虛假的歡樂，除了幾個小子咋咋呼呼的，其他人都比較沈默；飯後也沒人說笑，放下碗就都回自己屋去了。

阮玉嬌在櫃子裡翻了翻，找出一件磨破的舊褲子，鋪在床上比劃了幾下就準備裁剪。針線活傷眼，她既然想做這個，就得注意保護眼睛。中午陽光充足，放棄午睡做針線活最適合不過，反正別人都在休息，也沒人來打擾她。

農戶人家節儉，沒什麼多餘的東西，她想給成衣鋪看看自己的手藝，卻沒有料子，想來想去，乾脆將舊褲子裁開，做一套巴掌大的小衣裳。她從小就開始跟奶奶學針線，手熟得很，一會兒工夫，就按照尺寸把布料裁好，穿針引線開始縫合。

她坐在窗戶底下，下針的動作飛快，布料上的針腳卻工整細密，縫完一邊翻到外面，就只能看到直直的一條縫，沒有一丁點歪斜。她稍用力拽了拽，見縫合處沒變形才滿意地點點頭，繼續縫另一邊。

她上輩子雖然過得苦，可也並不是沒有好的回憶。員外府裡處處捧高踩低，讓她遭了不少罪，但那幾年間也曾經有過和善的丫鬟偷偷提點她，還有過好心的管事嬤嬤幫她換了不用下力氣的差事；最幸運的是，她被分到大廚房跟一位孫婆婆一起住。

那位孫婆婆和她一樣都只是打下手的，也一樣沈默寡言不引人注意，看上去冷冷淡淡。直到有一次孫婆婆病倒無人照料，她忙裡忙外晝夜不休的把孫婆婆照顧好。自那以後，孫婆婆才對她親切起來，雖說還是板著臉、很嚴厲的樣子，但她卻能從對方的言行中感覺到關懷，而且孫婆婆在後來的幾年幾乎把畢生所學都教給了她。

她只是本性善良，再加上心中對奶奶的懷念，從心做了一件不算特殊的事，沒想到竟能得到那麼大的收穫。孫婆婆不只教了她廚藝，還教了她刺繡的技法，甚至從方方面面教她為人處世之道。孫婆婆的見識很不尋常，員外府卻沒有一個人知道，她心裡好奇，卻是從沒問過，只想等攢夠了銀子替自己和孫婆婆贖身，可以離開員外府，不再伺候人。

可惜最後她死在外頭的時候，孫婆婆被帶去了莊子裡做事，她連孫婆婆最後一面都沒見到。不過那樣也好，她被打得那麼慘，還撞破了頭，讓孫婆婆見了只會徒增難過。沒有告別，留給孫婆婆最後的印象就還是美好的。

再次想起上輩子的事，阮玉嬌心情已經沒有太大的波動。經過這些天的適應，她心裡只有對未來的無限期待，該有的恨雖然還在，可報仇卻不是她活下去的目標，她更希望能通過自己的雙手，為自己和奶奶帶來幸福的生活。最好能和那些自私自利的小人脫離關係，雖然很難，但她會努力。

還有，孫婆婆和上輩子在最後救下她的同鄉，她都要找機會報答。孫婆婆在員外府極少外出，暫時是見不到了，只能日後再想辦法，反正孫婆婆至少幾年內都會待在員外府，若有心總會有機會見到的，只是那位同鄉卻有些為難。因為她從前不喜歡出門，對村裡許多人都沒說過幾句話，後來遭逢大變，又被賣出去好幾年，她最後能認出是同鄉還是因為那人先叫出了她的名字，她才模模糊糊有了印象，可對方到底是誰她卻根本就不知道。

看來只能在村子裡多走走看看，希望能找到對方吧。她對那位同鄉非常感激，雖然她被救的時候就已經撞破了頭，但她身邊可是一群乞丐，即使她奄奄一息，甚至直接死掉，都不能肯定會不會被那群乞丐糟蹋？那位同鄉的出現，讓她在臨死前徹底安下了心，沒有落得更加悲慘的下場。正因為如此，才讓她在醒來之後沒有留下陰影。以那位同鄉當時氣憤的程度來看，那時她不但不會讓別人碰她，大概還會幫她找個地方安葬。

阮玉嬌仔細回憶了一下那位同鄉的樣子，這是她醒來之後每天都會做的事，她還沒找到人，生怕一不小心把恩人的樣子給忘了。對方替她收了屍，免於一場欺凌，她說什麼都要好好報答對方。

心裡雜七雜八的想著事，阮玉嬌手上的動作卻半點沒停。把大的輪廓做出來之後，她漸漸拋開雜念，開始全心全意地把小衣裳做好。做一件小衣裳要比做大人的成衣省力，可是她要做得好且精緻，卻是丁點都不能馬虎。

就這樣專心致志地縫了一個半時辰，阮玉嬌終於收了線頭，完成了一件精緻的小衣裳。她看了看天色，把針線簍子收到櫃子裡鎖好，一邊活動著手指，一邊朝灶房走去。

阮香蘭把院子裡的活都幹完了，換了身乾淨衣裳，正對著一盆水擦臉，看見她頓時沈下臉，冷哼一聲。

阮玉嬌看都沒看她一眼，走進灶房就把水裝進罐子，準備送去地頭。下午的大家都在幹活兒，她去送趟水還能順便在村子裡逛一圈，看看能不能找到那位恩人？等回來之後，手指也歇夠了，還能再繡個荷包，繡完正好做晚飯。一下午該做的事在她心裡過了一遍就都安排好了，什麼也不耽誤。

通常村裡人一天都吃兩頓飯，不過她小時候體弱，每次吃的量都很少，阮老太太常額外給她做吃的，別人難免念叨，時日久了，他們家也就養成一日三餐的習慣。

挎上籃子，阮玉嬌快步走出大門，往地頭的方向走去，路過狀似得意的阮香蘭時，連個餘光都沒分給她，把精心打扮的阮香蘭氣得夠嗆，跺跺腳，也跟著跑了出去。

阮玉嬌是去地頭送水，阮香蘭也是去地頭，不過她不是去自家地裡，而是去了相隔有些距離的張家地裡。

陳氏擦了擦汗，端過水大口地喝，轉頭時，突然看見了阮香蘭，意味深長地道：「大哥、大嫂，你們跟香蘭說清楚是在咱家地幹活了嗎？她不會以為是去給老張家幫忙吧？雖說咱就是為了讓老張家好好看看咱家閨女，可這還沒嫁呢，教人看見不得說咱們上趕著換親，扒著張家不放？」

阮金多和劉氏頓時朝張家地裡看去，這一看便同時皺起了眉。阮香蘭顯然是在討好張母，臉上掛著笑容，表現十分乖順，可張母面無表情的，一邊叫阮香蘭幹活，一邊似乎又有些嫌棄。這可不就像阮家扒著張家不放嗎？阮金多一直以張家的恩人自居，即使結親也不覺得自家低人一等，阮香蘭這舉動簡直就是在給他丟臉。

他哼了一聲，對阮玉嬌道：「妳回去的時候把妳三妹叫回去，別讓她在外頭丟人現眼。」

阮玉嬌朝那邊看了一眼，淡淡道：「爹，我過去的話，說閒話的更多，指不定被人說我們阮家兩姐妹爭奪一個男人呢。我看我還是避避嫌，往後離張家的人遠點為好，您叫別人去吧。」

阮金多想想，也是這麼個道理，但對她總是不聽話很是不悅。「就妳歪理多，要是妳能叫張家看上，哪兒來這麼多事？」

阮玉嬌不卑不亢地頂了回去。「當初訂親的時候，他們應該就知道我力氣小，幹不了重活，拿這個當藉口退親，分明就是想給張耀祖娶個鎮上的姑娘，這是張家嫌棄咱家呢，跟我可沒啥關係。」

「喲，妳這話說的，張家要是嫌棄咱家，還能定下香蘭？」劉氏嗤笑一聲，覺得阮玉嬌這樣就是羨慕、嫉妒。

阮玉嬌搖搖頭。「娘，那天您去定下的時候，咋沒留下多聊一會兒？張家是很高興定下香蘭嗎？當時可是好多人看著呢，我聽說是娘您用恩情逼迫才得到的這門親事。」

劉氏頓時變臉。「誰說的？」

「好多人都這麼說啊，我今天在村裡走了一圈就聽見不少閒話了。」

阮金多還不知道這事，一看劉氏的樣子就怒了。「妳們娘倆能不能不給我丟人？難怪那些人看我眼色都不對，原來都是妳們娘倆惹出來的！妳去叫香蘭，把她弄回去好好教教，她再敢給我丟人，我打斷她的腿！」

了。

劉氏對阮金多還是有些怕的，見他生氣就不敢再辯駁，連忙應下往張家那邊跑去了。

阮金多還在生氣，盯著張家那邊道：「不就多讀了幾年書，什麼東西，竟然還嫌棄咱們家！當年要不是老太太給他們口糧，他們早就餓死了，忘恩負義，白眼狼！」

阮玉嬌把碗和罐子都收起來，隨口道：「娘和三妹也是為家裡著想吧，想等張耀祖考上秀才，給家裡的地免稅呢。爹，我去挖點野菜，再看看河裡能不能抓到魚，先回了。」

在一邊挖土玩的小壯聽見了，急忙跑過來。「我也要抓魚，我也要抓魚！」

阮玉嬌搖頭道：「不行，河邊危險，萬一你頑皮掉了下去，我這力氣可拉不動你。」

小壯直接往地上一躺就開始打滾。「憑什麼不帶我去？憑什麼不讓我抓魚？我就去就去就去！爹您叫她帶我去！」

阮金多忙把他拉起來，笑道：「好好好，咱們小壯想幹啥就幹啥。春蘭，妳跟去護著小壯，跟妳大姐一起帶小壯在河邊玩一會兒。」

阮玉嬌不願意帶小壯，阮金多也不放心把小壯交給她。平時都是阮春蘭追著小壯跑，大家也都習慣了，反正已經幹完大半天的活，耽誤不了什麼，阮金多直接讓阮春蘭也一起去了。

如此一來，就相當於把小壯的責任放到了阮春蘭身上，阮玉嬌覺得無所謂，便叫上他們倆回家拿東西。

阮金多看向張家地裡，臉色又沈了下去，整個人沈浸在自傲又自卑的情緒之中。阮玉嬌瞥了他一眼，心情很好的走了。這個家所有的不幸，根源就在阮金多身上，身為一家之主，他的喜好和態度影響了所有人，而他對每個人的區別對待，也養成了幾個孩子不同的性格。

阮玉嬌是很不喜歡家裡其他人，但她最反感的還是阮金多。過去阮金多因為只管田地不管家裡的事，從不會因為這些煩心。她現在就把事情在阮金多面前揭開，讓他看清楚自己到底處在什麼樣的位置。

阮家一直把田地免稅的事當做理所當然，畢竟阮老太太對張家有恩，張家求娶他家的姑娘再給他家免稅，不是很正常嗎？阮金多一直都覺得自己比張家高一頭，如今阮玉嬌就讓他明白，不只是張家嫌棄阮家，連村民們都認為是阮家死巴著張家呢。以阮金多那可憐的自卑、自傲，心裡絕對要不好受許久。

而這一切都是劉氏和阮香蘭造成的，把原本一段報恩的佳話，弄成了挾恩圖報的笑話。即使兩家依然是親家，這次的事也已經讓張家徹底看輕了阮家，身為當家人，阮金多無疑就是最丟人的那個。他記恨張家，卻不能做什麼，只能遷怒劉氏和阮香蘭。看他們三人狗咬狗，阮玉嬌覺得這個仇也就報了。

至於以後，阮玉嬌都不需要再對他們做什麼就能妥妥的看笑話，因為她記得張耀祖根本沒考中秀才，之後阮香蘭嫁去張家也過得並不如意，兩家的矛盾多著呢。

這幾個人在阮玉嬌心裡基本就和路人差不多，惹到她，她就隨手反擊一下；不惹她的時候，就直接把人拋到腦後了。回家拿了鏟子、籃子，阮玉嬌就開始在村子裡逛。

她故意說要挖野菜還要抓魚，就是為了找個藉口多逛一會兒，找找自己的恩人。這世上有張家那種忘恩負義的人，也有她這樣將恩情銘記在心傾力相報的人，如果一直找不到恩人，這肯定會成為她一輩子的遺憾。

阮春蘭見阮玉嬌走那麼慢，像散步看風景似的很是鄙夷，說道：「大姐，挖野菜在那邊，抓魚在另一邊，咱們是不是得快點？妳以前沒做過這些，不快點就趕不回去做飯了。」

阮玉嬌淡淡道：「妳要是急可以先走，我走快了會累。」

小壯鬧著道：「妳就是病秧子，動不動就累，我跑過去都不累。去抓魚、去抓魚！」

吵了半天都沒等到回應，小壯拉住阮玉嬌的袖子不高興道：「我跟妳說話呢！妳沒聽見呀？」

阮玉嬌狀似驚訝地看他一眼。「你在跟我說話？哦，我還以為你在跟病秧子說話。」

「妳不就是病秧子嗎？娘說的！」

眼看阮玉嬌又自顧自的看風景，沒有理會他的意思，他乾脆又耍那一招，直接躺地上打滾喊叫。阮春蘭存心看笑話，叫住阮玉嬌道：「大姐，妳哄哄弟弟吧，他可是咱家命根子呢。」

阮玉嬌隨口道：「他是爹娘的命根子，又不是我的，妳願意哄妳就哄吧，我沒哄過孩子，不會。要不妳把他帶回去吧，我自己去抓魚。」

小壯瞧見阮玉嬌要走遠了，怕她真不帶自己抓魚，連忙爬起來追了上去。「我不回我不回，我要去抓魚。」

「跟著我就得聽我的話，要不你就回去，我也不怕你告狀，反正有奶奶護著我。」

阮玉嬌對這個弟弟沒什麼感覺，上輩子還有姐姐要愛護弟妹的心思，這輩子就什麼都不想管了，畢竟本來就沒什麼感情，中間還隔著阮金多和劉氏。

小壯想到阮老太太對阮玉嬌的疼愛，好像確實不能把她怎麼樣，心裡就不高興，又有點不服氣。全家人都讓著他、哄著他，憑什麼這個大姐就不理他？明明以前也會給他糖吃的，怎麼現在好像很不喜歡他？

小壯不鬧，路上就安靜多了，阮玉嬌碰見人還會停下打個招呼，走到挖野菜的地方用去不少時間，可惜連恩人的影子都沒瞧見。阮玉嬌找了點口味不錯的野菜，一點一點挖出來往籃子裡放。她的手有點疼，所以動作很慢，看得阮春蘭越發鄙夷，也更對這樣一個廢物能得到阮老太太疼愛感到不甘。

小壯轉悠半天，看阮玉嬌還沒挖完，乾脆搶過鏟子氣呼呼地道：「妳太笨了，看我的！挖完了趕快帶我去抓魚！」

小壯才八歲，但被阮金多和劉氏寵著，吃得虎頭虎腦的，力氣還真不小。而且他總被劉氏拘在田邊玩，雖沒幹過活，卻見過很多，挖起野菜來似模似樣的，比阮玉嬌快不少。

阮玉嬌看著能做兩盤野菜才叫他停下。「小壯好厲害啊！」

小壯胳膊有點酸，本來正後悔呢，一聽她這麼說，頓時挺起胸膛得意道：「那當然了！我可是男丁，跟妳不一樣！」

阮玉嬌把野菜都好好收進籃子裡，看小壯腦門都是汗，便拉過他，幫他擦了擦。好歹大部分野菜都是這個弟弟幫她挖的，她也願意表達感謝，不過那些不順耳的話她就沒必要聽了，隨口就回道：「男丁跟姑娘有什麼不一樣？爹娘一男一女，還不是一樣每天去地裡幹活？你覺得哪裡不一樣？」

第七章

小壯愣了愣。他是男丁、是命根子、是以後的一家之主，這些都是他從小聽到大的，是爹娘告訴他的，怎麼可能跟姑娘沒區別？可是爹娘兩個人有什麼不一樣嗎？每天一起去地裡幹活、一起回家，好像……沒什麼不一樣啊。

阮玉嬌挎著籃子往河邊走，小壯低頭跟在她身邊想了半天，吭哧道：「爹厲害，爹一發火，娘就不敢出聲了，男丁當然比姑娘厲害！」

「那奶奶發火的時候，爹也不敢出聲啊。」

「可是……可是一家之主都是男丁啊！再說我剛才就是比妳能幹，我跟妳比，妳說爹娘、奶奶幹啥？我差點就被妳騙了，妳太壞了，我要跟爹說妳欺負我！」

小壯想不明白男女哪個重要，但他發現了一點不對勁——他明明比阮玉嬌厲害，幹麼拿別人比？告狀是他最厲害的本事，每次只要一提，阮春蘭就什麼都依著他了，還會幫他一起跟爹娘說謊。這話說出來後，他就得意地看著阮玉嬌，心裡已經在盤算待會兒找哪個小夥伴去河裡玩，不被家裡罵的理由就交給阮玉嬌去想。

阮玉嬌卻沒半點害怕的意思，一邊尋找恩人，一邊笑說：「挖個野菜就厲害了？我又不是不會，只不過今天幹活多了手疼而已。我還會做飯、繡荷包、縫衣裳，你會什麼？」

小壯一下子脹紅了臉。他會什麼？他什麼都不會！這下子他真是徹底不明白了，但他也不需要明白，當即生氣地喊道：「我不管！我就是比妳厲害！爹娘說我厲害就厲害，爹娘又不會騙我，是妳瞎說！」

阮玉嬌直直地往前走，到了河邊仔細找了個地方，把菜擱好、籃子清空，準備用籃子撈魚。

小壯半天等不到回應，氣憤道：「我跟妳說話呢！」

阮玉嬌頭也不抬地道：「你又沒叫我，我哪知道你跟我說話。再說我過我自己的日子，是好是壞都不用跟人比，你願意咋想就咋想唄。你非說自己厲害，我又不會少塊肉，幹啥跟你爭這個？」

小壯好像用了很大力氣卻一拳打空的感覺，渾身都不舒服，賭氣站在那裡不動。可是看到阮玉嬌蹲在岸邊撈魚，他又著急得有些待不住，時不時伸著脖子往那邊看。

阮春蘭在一旁瞧著，小聲安慰道：「小壯別氣了，大姐跟你說笑呢，爹娘就你一個兒子，你比誰都重要。你想抓魚就去抓，心裡不痛快的話回頭跟爹說就行，別把自己氣壞了。」

因著小壯還小，阮春蘭在他面前很放得開，再加上相處時間長，對小壯的脾性也有些瞭解，很知道怎麼安撫小壯，又該怎麼挑起他的脾氣。

果然小壯一聽就更氣了。「對，我要抓魚！憑啥跟她生氣就不抓魚？回家我就告訴爹她欺負我，讓爹收拾她！」

小壯氣呼呼地跑到阮玉嬌身邊，搶過籃子嚷嚷道：「我要抓我要抓！爹說了讓妳帶我來抓魚的。」

阮玉嬌本意就不是為了抓魚，自然無所謂。看著時候還早，乾脆坐在旁邊看著小壯玩水，用手拽著他的腰帶，以防他掉下去。到底小壯只是個八歲的孩子，不管大人之間有什麼矛盾，小壯性格又有多不討喜，她都不希望小壯無緣無故的發生危險。

小壯玩起來漸漸就忘了不開心的事，嘻嘻哈哈又笑又叫的，就連他想下河被阮玉嬌拒絕都只是不高興了一小會兒，馬上又繼續用籃子玩水了。也許經過這短短的相處和交鋒，他潛意識裡已經默認了阮玉嬌不會慣著他，不管他提什麼要求都會拒絕。沒有期望自然就不會失望，也就不會有更多的情緒，轉眼便將這點小事忘了。

旁邊沈默坐著的阮春蘭卻暗暗高興，覺得阮玉嬌對小壯這麼不留情面，小壯回家一定會狠狠地告上一狀。雖然阮玉嬌有奶奶護著，但爹要甩個臉色、罵一頓還是攔不住的，就阮玉嬌這種嬌嬌弱弱的廢物，在家裡就該比她挨的罵還要多才是對的。

她早就看阮玉嬌不順眼了，家裡三個姑娘都是平等的，阮玉嬌憑什麼一個人霸佔奶奶？得到奶奶的疼愛可是能想吃啥就吃啥，想幹啥就幹啥的，憑什麼她就得幹著苦活、累活撈不到半點好處？看阮玉嬌養得白白淨淨，她卻又黑又糙，還吃不飽，這根本就不公平！

她本來不爭不搶，只想熬到嫁人擺脫這個家，誰知那麼好的一門親事竟然問都不問她，就定給了阮玉嬌。秀才娘子是多少人夢寐以求的，憑什麼阮玉嬌樣樣不行還能嫁給那麼好的夫君？當初阮香蘭偷偷和張耀祖見面的時候，她沒少幫著打掩護。與其讓阮玉嬌事事如意，還不如便宜了阮香蘭，那好歹是她親妹妹，將來說不定她也能沾點光。

她不是沒想過自己去努力一下，不過她不像阮香蘭嘴甜會哄人，還天天偷懶把自己妝扮得漂漂亮亮的；她在路上遇見張耀祖只會低著頭打招呼，不知道該說什麼好聽的話，所以乾脆就幫了阮香蘭一把，還裝作無意間洩漏阮玉嬌好吃懶做的性子。結果阮玉嬌真的被退親了！

那天聽到阮玉嬌痛哭的聲音，她是真覺得痛快。有奶奶寵著又怎麼樣？還不是成了嫁不出去沒人要的廢物？阮春蘭看著阮玉嬌一副淡定的樣子就忍不住想笑。裝吧！她倒要看看這廢物能裝到什麼時候？好好的家裡不待非要出來，等過段日子大家都看清這廢物啥也不會幹，有這廢物哭的！

帶著惡意的視線落在阮玉嬌身上，她沒一會兒就察覺了。原本對阮春蘭的印象就很差，如今這惡意更是讓她心涼。若說前世阮春蘭有什麼奇遇成了人上人，因而看不上她、不願意提及過去，她也能理解。人都是自私的，為自己打算也沒什麼不對。可如今她們就只是普通的農家姐妹，且她自問從小到大都是一個和善的姐姐，從沒做過任何對不住阮春蘭的事，阮春蘭為什麼會對她有敵意？

若不是在員外府那些年練就了敏銳的觀察力，她恐怕還發覺不了這個二妹的深藏不露。到底有多深的心思才會把自己藏得這麼好？上輩子偷銀子跑掉是真的被逼無奈，還是蓄謀已久？她發現自己真的看不懂這個二妹，更別說猜到阮春蘭心裡在想些什麼？

她不知道幫奶奶把銀子換地方藏會不會改變阮春蘭的命運，別人的事她管不了，也不想管，但她是一定要保護好奶奶的。只要阮春蘭不偷奶奶的銀子，那去偷誰的、什麼時候跑掉、去哪裡當人上人都跟她沒關係。一場姐妹，她也希望阮春蘭能擺脫這個家，不過要讓她幫忙是不可能的，上輩子阮春蘭見死不救是她們之間解不開的結，頂多只能當做路人一樣相處。

因為想著這些事，阮玉嬌拽著小壯的手就無意識的用力了點，勒得小壯不舒服，扭過頭氣道：「妳放手！放手！拽我幹啥！」

阮玉嬌回過神看了眼天色，直接把他拉起來，拿過籃子道：「時候不早，我要回去做飯了。我再撈幾下，撈不到就算了，你別給我添亂。」

「誰添亂了？我一直在撈魚呢！」

「噓，晚上想不想吃魚了？」

「誰愛吃魚啊，那麼多刺，還腥得要命，一點都不好吃。」小壯看見遠處有條魚游了過來，嘟囔了一句，不過還是安靜下來，盯著阮玉嬌，看她撈魚。

阮玉嬌撈魚的次數一隻手就數過來了，其實沒什麼經驗，就是在員外府的時候聽一眾丫鬟、婆子聊天聽了一些技巧。她把蚯蚓塞到籃子底，用繩子繫住籃子，放在水中靜靜等著，一動不動。

等了一刻鐘左右，遠處那條魚才猶豫地游了過來，圍著籃子繞了幾圈，終於鑽了進去。阮玉嬌立刻拉著繩子往後跑，直接將籃子給扯出水面，那條魚在半空撲騰了出來，誰知湊巧被籃子撞了一下，直接飛到岸上來了！

阮玉嬌吃驚地睜大了眼，不敢相信竟然真的撈到魚了。小壯已經高興地跳了起來，跑過去抓起魚笑個不停。「抓到嘍抓到嘍！抓到魚了，太好了！」

魚也就一斤半的重量，全家十二個人，每人吃不到啥。不過魚湯是很有營養的，阮玉嬌用草繩把魚提上，臉上也露出了笑容。看看小壯高興的樣子，好心情地打趣了一句。「你還覺得自己比我厲害嗎？」

小壯突然被阮玉嬌那麼一問，不服輸的勁兒又上來了，梗著脖子道：「我們再抓，我肯定比妳抓得多！」

阮玉嬌搖搖頭，一邊走一邊道：「我得趕緊回去做飯，不然爹會罵，哦，你唯一比我強的大概就是爹從來不罵你吧。」

這話聽到小壯耳中簡直就是侮辱，太傷他自尊了！他追著阮玉嬌大聲喊道：「妳瞎說，我是男丁，我就是比妳強！妳等著，往後我天天跟著妳，妳幹啥我就幹啥，看咱倆誰厲害！」

「好啊，正好奶奶打豬草很辛苦，你可以跟我一起孝順奶奶。」阮玉嬌笑看他一眼，突然又說。「還是算了，你是爹娘的命根子呢，他們肯定捨不得你幹活，你還是每天去地頭玩吧，奶奶那兒有我呢。」

「哼，妳小瞧我是不是？我才不聽他們的呢！我就要孝順奶奶，我比妳強，妳等著瞧吧！」小壯白了她一眼，滿臉不屑地扭過頭，全然沒發現自己就這麼把自己給繞進去了。

到家以後，阮玉嬌便不再管他，快步進屋給阮老太太看了籃子裡的魚和野菜，笑道：「奶奶，我給您熬魚湯補補身子，您待會兒一定要喝一大碗。」

魚一般沒什麼人吃，主要是太腥，沒什麼油水，還那麼多小刺，除非特饞肉味又沒銀子買肉的才去抓魚吃，阮老太太實在不知道阮玉嬌弄條魚怎麼高興成這樣？但她肯定不會掃孫女的興致，當即就笑著連連點頭。「好好好，奶奶一定喝一大碗。」

阮玉嬌笑容一頓，突然想到她此時不應該知道怎麼給魚去腥味。剛剛意外抓到魚，她就光想著能給奶奶喝魚湯，完全忘了這一茬，幸好奶奶包容的樣子讓她反應過來，不然真的就不好解釋了。

阮玉嬌很快冷靜下來，跟阮老太太說了一聲就捋起袖子到井邊去處理魚。她把魚腹中的血塊和黑膜仔細地去掉，還將魚肚子邊上一根白色的線也抽掉了，這樣魚就能去掉不少土腥味。至於最後的魚湯，她依然不願意讓奶奶喝不好喝的魚湯，所以決定還是要去掉大多半的腥味，只少放點調料，讓大家當做她廚藝進步好了。

她腦子裡不停地轉。不只是魚的去腥，還有其他很多東西，她會什麼就是會什麼，不能總是這樣束手束腳的生活，必須得想辦法讓自己光明正大的展示出各種手藝才行。

小壯蹲在不遠處玩石子，時不時裝作不經意地看她一眼，見她遲遲沒有洗完，不耐煩地道：「妳怎麼洗那麼慢？我看娘她們洗得可快了。」

阮玉嬌並沒有回答他，只是不緊不慢地清理著魚鰓。

小壯丟掉石子，猛地站了起來。「妳幹啥不理我？」

阮玉嬌淡淡地道：「哦，你在跟我說話嗎？我又不知道。」

「妳、妳騙人！妳咋能不知道我是跟妳說的呢？」

「你又沒叫我，誰知道你跟誰說的？你沒見我跟誰說話的時候都先叫誰一聲嗎？」

阮玉嬌從來都是知禮的，小壯一想還真是那麼回事，但叫她「大姐」好像就低了一頭。他平時都不叫二姐、三姐的，憑什麼叫她？

這時劉氏突然從屋裡出來，瞪著阮玉嬌道：「妳幹啥呢？妳弟弟這麼小，妳還欺負他！」

阮玉嬌洗好了魚和菜，端起木盆說道：「娘您來的正好，小壯想知道您洗魚為啥那麼快，您跟他講講吧，我去做飯了。」

「啥?洗魚?這是娘們的事，小壯你問這些幹啥?」劉氏走上前去拍小壯身上沾的灰，卻被小壯一把推開。

「她才欺負不了我呢!妳管我們幹啥?妳去管三丫!」小壯最煩劉氏嘮嘮叨叨，扭頭就跑到了灶房裡，嚷嚷道:「我說了往後要跟著妳，我啥都比妳強，燒火我也會!」

劉氏嚇了一跳，忙追過去拉起小壯，指著阮玉嬌叫道:「天殺的，阮玉嬌妳就是故意的是不是?小壯可是咱家的命根子，妳竟敢叫他給妳燒火?」

小壯一邊掙扎，一邊皺眉喊道:「放開我!放開我!您幹啥呀?」

劉氏還在指著阮玉嬌罵。「妳良心叫狗吃了?自己不想幹活就叫妳弟弟幹?想偷懶想瘋了妳?怪不得張家要退親呢，妳這樣的懶貨誰敢要啊?娶回去還不是個喪門星!」

阮老太太在屋裡聽見罵聲，急匆匆地跑出來，眼神一戾厲就把劉氏扯到了一邊。

「老大家的!妳瘋了是不是?再叫我聽見妳說嬌嬌一句，妳就給我滾蛋!」

阮玉嬌在圍裙上擦了下手，挽住阮老太太的胳膊道:「奶奶別氣，是娘誤會我了，沒什麼大事。」

劉氏不依不饒地指著灶坑。「誤會啥?妳叫小壯給妳燒火不是欺負他?可憐我的小壯就是心太善，教姐姐這麼使喚，娘您得給你孫子做主啊!」

阮老太太看著小壯問道:「小壯，你跟奶奶說實話，你咋想起燒火了?」

小壯掙脫劉氏的手，挺著胸膛道:「我是男丁，咋不能燒火了?她能幹的我都能幹，不然咋說我比她強呢？」

劉氏嚷嚷道：「娘您聽聽，還不是阮玉嬌糊弄小壯給她幹活？春蘭！春蘭妳過來說，你們仨不是一起出去的嗎？」

阮春蘭低著頭挪過來，小聲道：「我不知道，沒聽見他們說啥，就看見小壯幫大姐挖了挺多野菜，還趴在河邊撈了半天魚。」

劉氏一聽就炸毛了。「娘！您聽見沒？阮玉嬌這是拿我們小壯當啥了？我這個當娘的都不捨得叫小壯幹活呀！」

阮玉嬌看了小壯一眼，道：「娘，小壯跟我去不就是為了玩嗎？當然是他想咋玩就咋玩了，我可沒讓他幹過啥，這罪名我不背。小壯，往後你還是離我遠點，免得娘以為我欺負你，你是男丁，跟我可不一樣。」

小壯感覺裡子、面子都丟沒了，雖然他還不懂這是什麼意思，但他就感覺特別丟人，頓時惱羞成怒地大喊了一句。「別吵了，我都說了她沒欺負我！妳幹啥罵人？我嫌她慢才搶過鐮子挖野菜的，我可能幹了，誰能欺負得了我？你們不是說我想幹啥就幹啥？我就要挖野菜，就要燒火，我還要跟奶奶去打豬草，我要孝順奶奶！」

阮老太太皺起眉頭瞪著劉氏。「小壯，這麼說不是你大姐叫你幹的？」

「不是不是不是！要我說多少遍？她叫我別跟著她幹活，叫我去地頭玩！」

阮老太太冷哼一聲。「老大家的，妳聽見了？妳問也不問就罵嬌嬌，是容不下她還是咋地？剛才妳跟香蘭回來的時候就摔摔打打的，誰欠妳的啊？妳要是不想好好過就收拾東西回娘家，再叫我聽見妳拿張家的事罵嬌嬌，我叫老大休了妳！」

阮老太太真是氣狠了，退親對一個女子而言是多麼淒慘的一件事，外人說什麼她沒法管，怎麼自己家的人還能這麼傷害人呢？聽見劉氏說那些渾話羞辱嬌嬌，她真恨不得撕爛她的嘴！當初她咋能答應讓這種女人進門？真是家門不幸！家門不幸啊！

爭吵就這麼結束了，但每個人心裡都不好受。劉氏因為兒子的拆臺被罵得灰頭土臉，心裡憋悶得厲害。她捨不得教訓兒子，一轉頭看見旁邊的阮春蘭，立刻就揪住她耳朵罵了起來。

「叫妳看著妳弟弟，妳幹啥了？還說啥也不知道，就看見妳弟弟幹活，妳看見了咋不幫他幹呢？他要幹妳就讓他幹，是不是叫妳跳河妳也去跳？妳個當姐姐的，連弟弟都不知道護著還有啥用？」

劉氏雖是罵阮春蘭，眼角卻瞥了阮玉嬌一眼，顯然是在指桑罵槐。不管小壯是不是自願，在她眼裡，阮玉嬌沒攔著小壯就是大錯。

阮玉嬌皺了下眉，剛想說什麼，卻突然看見阮春蘭眼中的一抹恨意。再看過去，阮春蘭還是那副任打任罵的樣子，但她確信自己沒看錯，那恨意竟不是對劉氏，而是對她，可剛剛幸災樂禍的不是阮春蘭嗎？故意遮遮掩掩誤導劉氏的不也是阮春蘭嗎？她沒找阮春蘭算帳就算了，阮春蘭居然恨上了她？難道阮春蘭被劉氏打罵是她的錯嗎？

一時間阮玉嬌只覺得可笑至極。世上怎麼會有這種人？欺軟怕硬，知道反抗不了爹娘，就把怒氣都宣洩到她身上，她看起來像是任人拿捏的軟柿子嗎？想想也的確是，她幹不了農活，在農家是被嫌棄的，如今還被退了婚找不到好婆家，又沒有爹娘喜愛，將來若是沒了奶奶的庇護……

上輩子的經歷就是她的下場。

原來她在別人眼裡還真是個可以欺負的軟柿子，誰讓她之前那麼蠢，從來就看不透人心。可惜她要讓他們失望了，不管誰想在她身上打什麼主意，她都不會讓他們如意！

劉氏吵吵嚷嚷地罵了一通，卻也不敢太過分。畢竟阮老太太不知攢了多少銀子，還時不時能繡個東西拿去賣，她說什麼也不能把阮老太太得罪狠了。過了嘴癮，她就拉著小壯進屋去了。

好半天過去還能聽見他們母子在屋裡吵，左不過就是劉氏在教導兒子遠離「壞人」，卻偏偏激起了小壯的逆反心，叫著、跳著，跟她對著幹，竟越說越堅定要幫阮老太太幹活的決心了。

阮玉嬌聽了一會兒，低頭笑了下，快手快腳地準備起晚飯來。魚湯是最先熬的，等其他東西準備好，魚湯已經飄出了香味。打開鍋蓋一看，奶白色的湯看著格外誘人，阮玉嬌嚐了一小口，雖然還有些腥氣，但魚湯的鮮味足以蓋過這點不足了，味道還算不錯。

她連忙盛了一大碗置於旁邊放涼，然後往鍋裡添了一瓢熱水，把剛剛準備好的馬鈴薯、胡蘿蔔、大白菜一股腦兒丟了進去，再次蓋上鍋蓋開始燉。給奶奶的肯定是好東西，至於其他人，就吃大鍋菜好了，正好能掩蓋過她廚藝暴漲的事。

調了下火候，看著燉好還要好一會兒工夫，阮玉嬌就拿抹布墊著碗，把魚湯端進阮老太太屋裡。院子裡的阮春蘭一直看著她，連屋裡的劉氏和阮香蘭都透過窗戶伸脖子看，心裡不約而同地咒罵，篤定阮玉嬌這是借阮老太太名義去偷吃。

可阮老太太寵愛阮玉嬌是十幾年沒變過的，她們鬧上去也討不到好，只能把氣憋在心裡。

阮老太太瞧見阮玉嬌進門，立刻迎上前去。「妳這孩子！做好了叫我去端不就行了？妳皮嫩不禁燙，不像奶奶皮糙肉厚覺不出熱來。」

阮玉嬌避開阮老太太的手，將碗放到小木桌上，笑道：「奶奶您哪兒皮糙肉厚了？誰都怕燙，我拿抹布墊著呢，沒事。奶奶您快嚐嚐這魚湯，這東西就得趁熱喝，涼了就難喝了。」

阮老太太感受到孫女的孝心，笑著坐到桌邊拿勺子喝了一口，頓時驚奇地看了看她。「嗯，真不錯！比奶奶熬得都好喝，嬌嬌妳手藝又更好了！」

阮玉嬌笑笑。「在奶奶眼裡我什麼都好，我就是多洗了幾遍，把能拿掉的東西都扔了，沒想到腥味就淡了點，歪打正著罷了。」

「那也是妳肯花心思琢磨。不管啥事，沒有一學就會的，那些有本事的人，靠的都是自個兒勤快、肯花心思啊。」阮老太太又喝了兩口就不肯喝了，推過碗，非要讓阮玉嬌喝。「李郎中說了要讓妳多補補身子呢，妳身子弱，該好好養著，我個老婆子有啥好補的？妳多喝點我就高興了。」

阮玉嬌故意板起臉道：「這是我孝敬奶奶的，奶奶是不是不愛喝我熬的湯？我熬了好半天呢，湯裡都是我的心意。」

「哎呦，奶奶這不是想把好東西給妳嗎？」

「那我也想把好東西給奶奶啊！奶奶要是把好的都給我，我心裡難受，補再多都沒用，我就得看見奶奶容光煥發、有精神的樣子才開心呢。」

「好好，那奶奶喝，妳這小嘴叭叭叭一大堆道理，奶奶說不過妳。」阮老太太無奈又欣慰地把碗端了回去，彷彿喝的不是普通的魚湯，而是什麼瓊漿玉液。她從來不在乎能不能活得享受，她在乎的就僅僅是這一份溫情而已。

阮玉嬌在旁邊看得心中酸澀。奶奶一輩子為這個家付出許多，任勞任怨，從不抱怨，卻始終得不到多少回報。這麼一大家子都要奶奶操心，兩個兒子表面恭順，心裡根本就沒多少感情；孫輩就更不好管了，輕了、重了都是錯，單看奶奶比同齡人多了那麼多白頭髮就能知道，她心裡有多累了。

再想到上一世奶奶的結局，她心口就沈甸甸的，彷彿有一柄利劍懸在她頭頂，讓她片刻也不敢鬆懈。奶奶的死到底是意外還是人為，她一點線索都沒有，而她也只是一個普通姑娘，她到底能不能護住奶奶，讓奶奶頤養天年呢？

阮老太太對阮玉嬌笑了一下，口中不住地誇讚。「咱們嬌嬌長大了，不用奶奶操心，將來奶奶就等著享嬌嬌的福就行了。」

阮玉嬌收斂心神笑著回道：「奶奶只管安心享福就是，奶奶喜歡喝，往後我常去抓魚回來做。等我做衣裳賺了銀子，再給奶奶買肉、買糕點吃，看看鎮上有什麼新鮮玩意兒，都買回來。」

「好好好，奶奶等著。」阮老太太被逗得眉開眼笑，不管說的這些能不能成，她心裡都已經感受到那份開心了。

第八章

祖孫倆一邊喝湯，一邊說說笑笑，笑聲傳到院子裡，又讓劉氏幾個一陣堵心。她們個個都煩著，偏這祖孫二人樂的歡，明明是阮玉嬌被退親，阮老太太被打臉，得到好處的都是他們大房，怎麼他們就一點都不見喜氣，反而是那對祖孫比從前更高興了呢？

劉氏低聲罵了兩句，扭身進了西廂阮香蘭的房間，沈著臉道：「妳往後給我懂點事，別再惹妳爹生氣，也別再作踐自己去給張家使喚。有老太太那層恩情在，他張家就不敢不娶妳。上次他家退親，是換了妳才沒鬧大，要是他們敢再來一次，他家的名聲也別想要了！所以妳啥都不用想，就老老實實聽妳爹的話。我告訴妳，妳爹高興了妳還能多點嫁妝，要是妳爹不高興……哼！妳就等著丟臉吧！」

阮香蘭氣不過，頂了一句。「您是我親娘嗎？哪有您這樣看著女兒丟臉的啊？」

劉氏在她額頭上狠狠點了兩下，罵道：「妳個沒良心的東西，沒老娘幫妳，妳能把這麼好的親事搶到手？瞧瞧妳這些日子都幹了啥事，叫咱們大房丟了多少次臉？以前的事我不跟妳計較，可是妳也不能太不爭氣吧？妳看看那死丫頭一天天過得多滋潤？妳呢？是想讓人說妳連那死丫頭都比不上？」

「我從來都沒撒謊，我說的都是真的，上次就是她打我，你們都不信我！」

「啥？就那病秧子還能打妳？那妳咋不打回去呢？妳廢物啊！我告訴妳，少跟我耍小心思，明兒個起上午在家幹活，下午去地裡，再瞎吵吵，當心我抽妳！」劉氏在她身上掐了兩下，不耐煩再跟她掰扯，又回屋跟小壯嘮叨去了。

阮香蘭說真話沒人信，坐在床邊氣得直掉眼淚。身上被掐得生疼，往後還要一天到晚幹那些髒活、累活，憑什麼啊？她將來可是秀才娘子，全家都得靠她幫襯呢，他們怎麼敢這麼對她？

阮春蘭突然從門口走了進來，低聲道：「我信妳。」

阮香蘭詫異地抬起頭，又滿不在乎地扭過身去，「誰稀罕妳信啊？妳沒事幹就去後院把雞圈、豬圈收拾收拾，少來煩我。」

這樣習慣性的命令語氣讓阮春蘭抿緊了唇，卻還是站著不動，繼續說道：「阮玉嬌變聰明了，不是從前那樣妳想騙就能騙的，妳是我親妹妹，我看妳難受才來找妳說，我想到個法子能讓她走。」

阮香蘭連哭都忘了，心急地問。「啥法子妳快說呀！」

阮春蘭小心地往外看了看，確定沒人才在她耳邊低聲說道：「我聽見爹跟娘說，讓她給阮玉嬌找門親事，娘忙著才沒空去相看人家。妳要是找著適合的跟娘提一提，早點把人嫁了，往後不就再也不用看見她了嗎？」

阮香蘭眼睛一亮，頓時笑道：「對！娘才不在乎把她嫁給誰呢，我得好好打聽打聽，最好把她嫁到山裡去，嫁得遠遠的，往後再也不回來才好呢。不行，明兒個我就得幹活了，我這就出去打聽打聽！」

阮香蘭一刻也等不及，擦乾淨臉就急匆匆地跑出門了。阮春蘭在她身後陰沈地笑了下。今天她會挨打全都怪阮玉嬌，她就不信阮玉嬌能一直好命下去。以阮香蘭對阮玉嬌的厭惡，絕對不會讓她失望的，等將來她逃脫這個家，過上好日子，再看阮玉嬌在泥潭裡掙扎，一定很痛快！

阮玉嬌對她們的歹毒心思一無所知，看阮老太太喝完了魚湯，就收起碗讓她在院子裡轉轉，曬曬太陽，這樣等一會兒吃飯的時候，就不會覺得那麼飽了。

鍋裡的菜燉熟了，阮玉嬌又用挖回來的野菜做了一大盤涼菜，跟燜好的糙米飯一起端上桌。她這邊剛擺完碗筷，阮金多他們就從地裡回來了。

陳氏聳聳鼻子，搶先走進堂屋，笑問。「做啥了這麼香？我沒進院的時候就聞到了。」

阮玉嬌笑道：「今兒個僥倖撈到一條魚，想著讓大家都沾沾葷腥，就合著不少菜一起燉了。」

阮金多因著張家的事臉色很沈，看到啥都覺得沒味兒，隨口問了一句。「撈著魚了？小壯玩高興了嗎？」

劉氏從屋裡出來，不樂意地道：「高興啥啊，這一下午你兒子都累壞了。」

「我不累！我不累！我不累！」小壯從屋裡衝了出來，怒氣衝衝地道：「我都說多少遍了，您幹啥非得瞎說？」

劉氏又被打臉，氣了個倒仰。「你挖那麼多野菜，還撈了一條魚，咋能不累？你才多大點，往後你就在地頭跟爹娘在一塊兒，可不能隨隨便便再跟人去玩了！」

阮金多一下子就皺起了眉，瞪著阮玉嬌道：「咋回事？妳娘說的是啥意思？」

阮玉嬌坐下，安撫地拍了拍阮老太太的手，淡淡道：「娘說的話我一向聽不懂，就像從前說我好吃懶做不幹活一樣，這會兒又冤枉我虐待弟弟。興許我從小沒跟在娘身邊長大，娘不待見我吧。爹你就聽娘的，往後別讓小壯跟我玩了，省得有點啥事都怪我。」

這話說得太戳心了，就差沒說劉氏虐待原配留下的孩子了，把劉氏氣得臉色鐵青，張嘴就要罵。可還沒等她開口，小壯先哭喊起來。「不行不行不行！我不去地頭，打死我也不去，我就要跟她玩。你們不是說我是男丁比誰都厲害嗎？你們騙我！大騙子！我明明比她還能幹，你們咋不誇我，幹啥非說我被她欺負了？她不是病秧子嗎，我要是被她欺負了，那我不是連病秧子、丫頭片子都不如了？」

阮老太太猛地一拍桌子，瞪著阮金多和劉氏怒道：「誰嚼舌根子了？你們給我說說，誰是病秧子？啊？嬌嬌從小到大用你們一個銅板啦？早就說好了她歸我養，干你們啥事？礙著你們誰了？」

陳氏忙起身到阮老太太身後幫忙順氣。「大嫂妳快跟娘認個錯，這話咋能這麼說呢？咱都知道嬌嬌不是妳生的，可娘也沒讓妳養過嬌嬌啊！妳這麼說教孩子多傷心？再說，這話傷他們姐弟情分啊，往後他們還能互相幫扶嗎？」

阮老太太知道陳氏也沒什麼好心思，就想看這個後娶的大嫂出醜呢，可陳氏卻每每能說到她心裡去。她能護嬌嬌幾年？當然希望嬌嬌能和兄弟關係好些，往後有個幫忙撐腰的。再說小壯叫大房兩口子養得不像樣子，嬌嬌卻聰慧過人，往後要是姐弟倆互相幫襯，肯定能過得更好，這兩口子咋就想不透這點事，非把閨女作踐得不當人才痛快？

阮金來是真不耐煩了，拿起筷子皺著眉道：「大哥啊，娘都多大歲數了你還叫她老人家操心？不是做弟弟的說你，你看看大嫂和姪子、姪女天天吵吵吵，真是一天都沒消停過，咱下地累得夠嗆，回家還要鬧騰，鐵打的人也受不了啊！你好歹說說他們吧？而且小壯都八歲了，這麼拘著他幹啥？」

小壯見縫插針，忙喊道：「對！我長大了，我可能幹了。我要跟著奶奶，幫奶奶幹活，我要孝順奶奶！」

陳氏噗哧一笑。「喲，娘，您看看您孫子多孝順，大哥、大嫂，你們不能叫小壯有孝心沒處給啊，乾脆成全小壯得了。他這麼大點的孩子能幹啥？你們可真是擔心得多了。」

劉氏冷哼一聲。「弟妹妳可真是站著說話不腰疼，妳家仨小子呢，妳咋不說叫他們孝順奶奶？一天跑得沒影，不做好飯都不回來，怕是連孝心都沒有吧？」

陳氏不軟不硬地頂了回去。「我家倆大的看著小的呢，這娃娃有多難帶啊，他們幫大人省了不少心呢。」

大柱是阮家長孫，十歲了，一聽就拍著胸脯道：「我咋不孝順了？我也幫奶奶打豬草餵豬，撈魚我也行，我還能比不上小壯？」

二柱九歲，一向緊跟著哥哥，也立刻說道：「我和哥哥一起，保管比小壯幹得好！」

小柱才剛剛四歲，對這些都聽不太懂，但聽見哥哥們都這麼說，也跟著湊熱鬧地喊道：「一起、一起！奶奶、奶奶！」

阮老太太心一軟，笑了起來。「都是好孩子。」

事到如今，阮金多再說什麼都是錯，二房一家子三言兩語就把他弄了個沒臉。還好他剛剛只問了一句話，還沒來得及表態，當即把火都發到了劉氏身上，怒道：「多大點事也值當妳咋咋呼呼的？兒子高興想幹啥不行？妳硬說嬌嬌欺負他，弄得大家都不消停就高興了？我不是叫妳看著香蘭嗎？她人呢？」

劉氏一愣。她光顧著教小壯誰親誰遠了，哪裡知道阮香蘭去了哪兒？看著阮金多的黑臉，支支吾吾答不上話來。

阮金多氣道：「正事不幹，淨瞎攪和，看見妳就來氣，回屋待著去！」

這就是連飯都別想吃了。劉氏看了眼桌上噴香的飯菜，咽咽口水，又是後悔，又是惱火，可她不敢跟阮金多對著幹，遲疑了一會兒，還是一步三回頭的回屋去了。

小壯見狀，跳起來拍手笑道：「還是爹厲害，男的就是比女的厲害！」

阮老太太皺了下眉，但想著剛剛吵過一通，便閉了嘴，心裡卻在嘆息。孫子跟著這樣的爹能學出什麼好來？不好好教，只是個男丁，長大了又有啥用？

阮金多絲毫不覺得不對，瞧見兒子的樣子還很自豪，把自己當成兒子的榜樣了，頗有一種一家之主的優越感，也就乾脆不再阻攔小壯，真叫他愛幹啥就幹啥去了。不過他還是對著阮玉嬌叮囑了一番，不外乎就是什麼必須看好弟弟、出什麼事唯她是問之類的。

阮玉嬌敷衍地點了點頭，等大家開飯，眼疾手快地將魚肚子上的肉挾到了阮老太太碗裡。幾人都是一愣，畢竟阮玉嬌從來沒做過這種事，一直都不爭不搶的，如今竟也會搶好吃的了？可她搶到不是自己吃，是給阮老太太，大家就算心裡不高興也不敢出聲，總不能說好吃的不能給阮老太太吃吧？那傳出去還不叫人戳他們脊梁骨？

陳氏反應過來，直接搶了另一半肉給了三個兒子。阮金多不能跟她搶，而剩下的都有小刺，不好給小壯，心裡對劉氏就又多了幾分惱怒。要不是劉氏鬧這一齣，不就也能留在這跟著搶肉了嗎？他看了悶頭吃菜的阮春蘭一眼，說道：「咋這麼沒眼力見？給妳弟弟挑挑魚刺，小心別扎著他。」

阮春蘭默默地挾了一塊魚，仔細地往外挑刺。她一點也不敢馬虎，因為這魚是給小壯吃的，萬一扎到小壯，她鐵定要挨一頓狠揍。給小壯挑魚刺她是沒意見，畢竟她就這一個親弟弟，往後就算嫁人，也得靠弟弟撐腰呢，這也是為啥她一直願意幫忙看小壯的原因。但她不滿就她一個人挑刺，阮香蘭不在家，那阮玉嬌不也是小壯的姐姐嗎，憑啥就她一個人挑？不過阮玉嬌就是個蠢貨，連個孩子都不願意哄，將來吃虧沒兄弟撐腰的時候，有她後悔的！

阮玉嬌確實不願意哄孩子，她把精力都放在阮老太太身上了，專挑入味的好吃的菜給她挾，自己卻沒吃多少。不是她不愛吃，而是她如今心裡的事太多，對吃穿就沒什麼心思，如今就算給她御廚做的菜，她恐怕也吃不出什麼好來。能夠獨立有了安身立命的本事，才能去享受，她知道未來將要發生的事，危機感太強，這些瑣碎、無所謂的東西，也就都不重要了。

她連自己都不甚在意，又怎麼可能去在意幾個弟弟？如今在她心裡最重要的人，就只有奶奶一個人罷了。

吃完飯阮玉嬌早早地就回屋去繡帕子，想趁著天沒黑趕緊多繡一會兒，她一直記著阮老太太的叮囑，打算天再暗點就不動針線了。其他人也都吃飽各自回屋，阮香蘭回來的時候，留給她的就只有糙米飯和一桌子沒收拾的碗筷，丁點菜都沒剩下。

她忍不住跑去找劉氏，卻被劉氏揪住耳朵一頓罵。「妳娘我都沒得吃，妳吃啥？我叫妳在家好好待著，妳非得跑出去，害我跟妳一起餓肚子。妳一口飯都別想吃，趕緊把碗筷洗乾淨睡覺，明天妳要是起晚了，我就拿掃帚抽妳！」

阮香蘭也知道回來有點晚了，可是她也是正巧碰到一個從前的小姐妹，多聊了一會兒才忘了時辰，結果莫名其妙的就沒飯吃了，心裡憋屈得厲害。晚上的水更涼，她收拾著一盆碗筷、盤子，心裡一陣陣氣悶，等把所有都洗乾淨，她的手也被冰涼的水泡得通紅。想到月事來的時候肯定又要肚子疼，她就委屈得要命。

這些以前都是阮玉嬌做的，卻黑心肝的把這些扔給她，她一定要把這口氣給出了！想到剛剛從小姐妹那兒聽來的消息，她就又打起精神來。阮春蘭說得沒錯，只要把阮玉嬌嫁得遠遠的，往後就再也不用看見她了。

不過阮玉嬌是奶奶的心頭寶，想騙她點頭可不容易，這件事還得好好琢磨。只要奶奶點頭收了聘金，要再反悔也來不及了，到時候她一定要好好看看阮玉嬌痛苦的樣子！

從阮金多發話開始，阮香蘭就沒機會偷懶了，畢竟阮金多在地裡頭，每天下午都要看到她去幹活才行。而且還不能敷衍了事，必須幹得多、幹得好才能叫張家和旁的人看見他閨女有多好。那張家不是說要娶個能下地、能收拾家的嗎？這就是張家求娶阮香蘭的原因，可不是他們阮家巴著張家不放。

幾天下來，阮金多覺得面子找回來了，阮香蘭心裡卻苦不堪言。從她會耍心眼偷懶之後，就再也沒這麼累過了，地裡被爹娘盯著不幹不行，而家裡的活全是她的，她哪裡沒做好，一目了然，再累她也得每天早早起來，趕在午飯前把院子全收拾乾淨。

家裡十幾隻雞、兩頭豬，別提有多髒、多臭了。再加上每頓飯要洗的碗筷、家裡人的外衣、地上的髒土泥塊，連著幾天她都快筋疲力盡，連一次親近張家的機會都沒找著。她第一次感覺到後悔，不是後悔搶了阮玉嬌的親事，而是後悔沒把這件事提前一點，要是換了親事之後她能立即就嫁過去，不就什麼事都沒了？

阮香蘭的委屈沒有人看在眼裡，畢竟她就是靠能幹搶到的親事，這種表現不是合情合理嗎？阮玉嬌一個不能幹活的，天天打豬草，磨得手都腫了都沒抱怨半句，她又有啥資格抱怨？

這樣鮮明的對比擺在那裡，阮香蘭竟是有苦無處訴，只能打落牙齒和血吞。她不信她扛不過阮玉嬌，早晚阮玉嬌會先扛不住，叫大家看笑話，到時候她自有辦法踩著阮玉嬌翻身！

其實阮玉嬌倒真沒別人想像的那麼難熬，她手掌磨紅了只是因為她從來沒做過農活，手掌比較嬌嫩，這樣每天握著鐮刀揮動半日，自然是要磨紅的。但是員外府裡的下人們大多都有自己的一套法子來去痛防傷，她當丫鬟那幾年學到不少，孫婆婆也教她不少東西，她一直都是用這些保護自己。

她重生回來之後很拚，但她一直都很清楚，要想讓奶奶頤養天年，她就必須保重好自己。除了自己，她不會放心把奶奶託付給任何人，所以她一定要健康長壽，才能一直孝順奶奶。

她每天晚上會泡手泡腳，再按摩手指、手腕、手臂和大腿，大約活動小半個時辰，身上的乏就全解了，還能很安穩地睡個好覺，第二日又是精神滿滿的樣子，比憔悴的阮香蘭不知要好看多少。所以她雖然手看著有點慘，但其實不傷筋、不動骨，一點事都沒有，每天陪著奶奶一起出去還很開心呢。

而且這幾天家裡四個小子一直跟著她們，她也確實覺得輕鬆不少。除了小柱什麼都不能幹，其他三個小子都能打豬草，三人加起來一上午能打半背簍，和阮玉嬌加起來正好一背簍，再加上阮老太太的就有兩背簍了。

最重要的是阮老太太很高興。她老人家一輩子最大的願望就是家庭和睦、子孫繞膝，如今雖然還算不上和睦，但孩子們的心思尚算單純，他們一行人在一起，總是歡笑多過矛盾。阮玉嬌看到阮老太太的笑容也願意多讓著他們一些，讓他們能多陪在阮老太太身邊逗趣。尤其是小柱，一舉一動都特別可愛，常常逗得阮老太太樂得前仰後合，如此阮玉嬌便什麼都滿足了，偶爾閒了也會答應小壯的要求，帶他們去玩一會兒。

幾日下來，小子們打豬草都找到了一點竅門，動作快了不少，還沒到中午就把背簍裝滿了。小壯瞧見，立即丟了鐮刀，拍手笑道：「裝滿嘍、裝滿嘍，可以去河邊撈魚了！我要下水去撈，我要玩水！」
小柱懵懵懂懂地跟著拍手。「玩、玩！」
阮老太太無奈笑道：「這可不行，你們大姐力氣小，哪能看住你們幾個大小夥子？要是在河裡摔倒了，可就要被沖走了，找不著家、吃不上飯，那可咋辦？」
小壯不高興地對阮玉嬌喊道：「我就去，就要去，妳帶不帶我去？妳咋不說話？」
阮玉嬌一邊揹上背簍，一邊回道：「你又沒叫我，我哪知道你跟我說話？」
大柱連忙道：「大姐，好大姐，妳帶我們去吧，我保證看好弟弟。」
二柱也趕緊點頭。「大姐，我跟大哥能看好弟弟，妳帶我們去玩水吧！這麼熱的天，水裡多涼快啊，去吧去吧！」
「大姐，去去！」小柱什麼時候都不忘湊熱鬧，眨著濕漉漉的眼睛，讓人不忍心拒絕。
阮玉嬌牽住小柱的手，對他們三兄弟笑道：「好，你們乖乖聽我的話，我就帶你們去。到時候可不許胡鬧，不然就沒有下次了。」
阮老太太看見他們姐弟相處得好，心裡高興得不得了，也揹上背簍，跟阮玉嬌並肩往家走去。
小壯雖然可以去河邊玩了，卻沒有高興的感覺。他看看阮玉嬌牽著小柱的手，又看看阮玉嬌跟大柱、二柱說話時的笑容，心裡委屈極了。不是只有他才是阮玉嬌的親弟弟嗎，憑啥他說去就不行，大柱他們說去就行了？憑啥阮玉嬌對小柱那麼好，對他就那麼凶？不就是因為那幾個嘴甜，淨會說好聽的嗎？哼！幾個狗腿子！

阮玉嬌說話算話，回家先帶著幾個小子去地裡送水，然後就轉道去河邊撈魚。她隨身帶了根長繩，準備將幾個小子和她綁到一起，到時候就算有意外，也不會太危險。

大人們看見幾個小子乾乾淨淨的，個個都帶著笑，對阮玉嬌就更放心了。陳氏看著他們蹦蹦跳跳的背影，跟阮金來笑道：「沒看出來嬌嬌還挺會哄孩子的，這幾天大柱他們聽話了不少，我都跟著省心了。」

阮金來滿意地點點頭。「大姪女還是有點用的。」

旁邊地裡的鄰居邱氏聽見他們兩口子的對話，好奇地湊過來問：「原來這幾天都是嬌嬌幫著看孩子吶？我看她還每天打豬草、做飯，這不挺能幹的嗎？以前我還以為她啥也不會呢。」

陳氏瞟了劉氏一眼，嗤笑道：「哪能啊，我家老太太是啥樣人？一輩子好強，啥都幹得好，能把大孫女教成廢物？嬌嬌就是幹不了重活，別的啥都不差，大嫂，妳說是吧？」

劉氏最反感有人說那丫頭片子好話，不禁有些氣悶，卻不好在人前表現出來，只得扯出個僵硬的笑來，不甘不願地說：「是啊，嬌嬌不錯呢。弟妹，我去那邊看看，妳們聊著啊。」

劉氏轉身走了，陳氏也不介意，一邊幹活，一邊跟邱氏閒聊。邱氏撿著好話說，誇了幾句阮家小子乾淨，不像她家的小子，天天在土裡滾得灰撲撲的。

陳氏一聽就更高興了。「這我可不敢居功，都是嬌嬌的功勞啊。也不知道她咋做到的，幾個小子都聽她的，天天玩完就洗臉、洗手，兩、三天就洗頭、洗腳，連衣裳都乾淨不少。我料想著是嬌嬌愛乾淨，若看見他們髒，就不帶他們玩了吧，可把他們嚇的，哈哈哈。」

每天回家看見已經收拾乾淨的三個兒子，確實讓陳氏很高興。她從前沒把阮玉嬌當回事，可這回阮玉嬌是真幫她省事了，她自然也願意幫著說兩句好話，反正又不影響她啥，影響的是大房那倆閨女呢。

阮香蘭之前靠「能幹」把阮玉嬌踩得死死的，結果現在阮玉嬌的勤快、努力，全村都看得見。阮春蘭之前天天看著小壯，結果小壯不聽話不說，還常和別家小孩發生衝突，弄得孩子、大人都不高興；而如今換成阮玉嬌看孩子，四個孩子都好好跟著，誰更能幹還用得著說嗎？如今阮春蘭、阮香蘭兩姐妹再想踩著阮玉嬌博好名聲，那真是異想天開了。

第九章

歇著的時候，聚在地頭這邊的人都在誇阮玉嬌，村子裡一般都沒什麼趣事，發現阮玉嬌和傳言中不一樣，還是讓他們感覺很新鮮的。阮金多對幾個女兒一向一視同仁——全都不喜歡，如今阮玉嬌給他長了臉，他也比平常多了兩分笑意，破天荒地跟著誇了阮玉嬌兩句，然後享受地聽著旁人的附和。

劉氏母女三個臉色一個比一個難看，胸口都跟堵住了似的，喘口氣都難受。劉氏背地裡沒少掐阮春蘭，罵她不會看弟弟，要不然小壯也不會非鬧著要跟阮玉嬌了，弄得她如今天天擔心阮玉嬌會害小壯，做什麼都打不起精神。不過她們三個再難受，面對別人的誇讚，也得跟著點頭。這時候要是特意說阮玉嬌不好，不是叫人知道她們容不下阮玉嬌了嗎？那個死丫頭竟然心眼這麼多，過去還真是小看她了。

阮玉嬌碰到別人誇時，倒是沒什麼特別高興，都是客氣話，這種誇讚太虛了，一陣風就能吹散。她早就學會了不去當真，每每都是不害羞、不扭捏，還能巧妙地奉承回去，叫人聽了心裡高興，對她好感大增。

阮玉嬌對這種情況很滿意。謠言就是謠言，只要她越來越好，過去的謠言都會不攻自破，她又哪裡需要特地去做什麼呢？只要過好自己的日子就對了。

阮玉嬌帶四個弟弟到河邊玩水，順便也看看能不能再撈條魚？這次他們帶了魚簍，一到河邊，阮玉嬌就用繩子把他們和自己牢牢地綁在一起。繩子很長，每個人都隔開一段，誰也不影響誰玩。她找了一塊乾淨的石頭坐下，笑看著他們。幾個弟弟心思都不重，笑鬧起來更是能給人帶來許多歡樂，叫人不用一言一行都謹慎小心，這種時候她感覺很輕鬆。

起初，她和小壯那一番爭端，不過就是她下意識地反駁「男丁比姑娘強」這一說法，沒想到竟意外讓幾個小子跟在她身邊，堅決要比出個結果來打敗她。不過相處幾日之後，這幾個小子卻將初衷給忘了，反倒給她和奶奶帶來了不少笑料。看到奶奶開心就是她最開心的事，對這幾個弟弟她便也多注意了幾分。

大房、二房同樣重男輕女，但因為二房沒有女兒，所以沒在大柱三兄弟耳邊念叨過什麼，他們對這方面體會也不太深，頂多就是看阮老太太常給阮玉嬌弄好吃的會嘴饞不高興，就一直不願意往她跟前湊。

小壯就不一樣了，大房兩口子好不容易才得了這麼個小子，阮金多將他視為傳香火的命根子，劉氏更是將他當做不被休掉的救命稻草，兩人的言行，無時無刻不在向小壯表明男丁有多重要，而他三個姐姐又有多卑賤。在小小男孩的心裡，已經有了個模糊的意識，那就是三個姐姐可以隨意使喚，將來她們都是要嫁出去換彩禮給他用的，而且她們就算嫁出去，還要帶著姐夫全家幫襯他、提攜他，所以他根本不用對姐姐客氣。

可幾個孩子這幾天卻有點改變想法了。無論如何，阮玉嬌這個大姐還挺好的，長得好看、會講故事、會許多他們沒玩過的東西，最重要的是阮玉嬌能討得大人的信任，獨自帶他們去哪裡玩都可以，連下水都行。只要跟著阮玉嬌，幫奶奶打完豬草，他們就可以好好玩了！

大柱、二柱跟著陳氏耳濡目染，學得嘴很甜，發現阮玉嬌能給他們帶來好處，立刻就大姐長、大姐短的，還會說好聽的話哄阮老太太開心。小柱不大點兒，天天被阮玉嬌牽著走，沒幾天就親近起來了。只有小壯還在犯倔，心裡轉不過那個彎來，覺得姐姐不捧他、哄他就是不對的事。

阮玉嬌可不慣著他這臭毛病，聽見大柱、二柱問她怎麼找更多的蚯蚓，就過去耐心地教他們，而小壯說話不叫她「大姐」，她是絕不會回應的。等大柱、二柱挖了一大堆蚯蚓當誘餌開始撈魚，小壯才挖出五、六條。其實這已經不算少了，但孩子都有好勝心，一看兩個堂哥有那麼多，心裡就很不痛快。

之後幾個孩子撈魚，阮玉嬌牽著小柱在邊上玩水護著他們。大柱、二柱兩兄弟齊心合力，誘餌又多，一刻鐘之後竟真用魚簍撈到一條魚。看著不到一斤，但兩個孩子樂得又蹦又跳，高興得不得了。

小壯心急了，板著小臉不停地撈，可他越急越撈不到魚，好不容易有一條魚游過來，還被他給驚走了。這麼幾次過後，他的蚯蚓用光了，還一無所獲，而大柱、二柱卻又一次聯手撈到了一條半斤多的魚，在旁邊哈哈大笑。

小壯看見阮玉嬌在笑著誇他們，哇的一聲就哭了出來。

他也不管地上有多髒，躺下就開始滿地打滾，哇哇大哭。「妳算個啥姐姐？妳是壞蛋！娘說得對，妳跟我不是一個娘生的，妳就對我不好！妳對他們好，不對我好，妳是壞蛋壞蛋壞蛋壞蛋！我再也不要理妳了。」

大柱、二柱嚇了一跳，但對他這樣子已經習以為常，撇撇嘴，根本不理會他。倒是小柱當真被嚇到了，也跟著哭了起來，委屈極了，大柱、二柱都垮了臉。他們最不會哄弟弟了，這下子沒得玩了。卻見阮玉嬌將小柱抱了起來，邊走邊輕晃著哄他，似乎很有成效。兩人頓時鬆了口氣，又拿起魚簍跑去撈魚去了。

小壯叫喊半天，嗓子都啞了，睜眼一看，差點氣歪了鼻子，騰地站起來就指著阮玉嬌喊道：「妳憑啥哄他不哄我？我才是妳弟弟呢！」

阮玉嬌淡淡道：「你不是說我跟你不是一個娘生的嗎，這會兒又套什麼近乎？再說你一聲姐都不叫，整天不是罵我病秧子就是說我丫頭片子不中用，我幹啥要哄你？給自己找不痛快啊？娘叫你離我遠點，你就該聽她的呀，回去找你娘唄，我只愛帶聽話的孩子玩。」

「妳胡說！我是妳弟弟，妳就得哄我，妳啥都得聽我的！」

「你作夢呢！照你這麼說，男丁就該比姑娘強，那你舅舅為啥還比娘過得差呢？你說娘是不是得全聽你舅舅的？你回去問問爹，讓不讓娘啥都聽你舅舅的？是不是要把家裡的好東西都搬去給你舅舅？娘都不聽你舅舅的話，我憑啥得聽你的啊？再說你沒聽過遠親不如近鄰嗎？親不親的有啥用，真遇到事了還不如鄰居呢。我可從來不指望你，所以你想叫我哄著你、啥都聽你的，等下輩子再說吧！」

阮玉嬌這話說得很重，因為她自己的事情多，根本沒那麼多耐心應付小壯。要是這次小壯生氣不跟著她，她高興還來不及；可若是小壯能醒悟了改改自己的脾氣，那她就更高興了。最重要的是，這幾日觀察下來，她覺得小壯也不是那麼無可救藥，如果教好這個孩子能讓奶奶更開心，那她很願意出力。

果然小壯沒有繼續無理取鬧，而是委屈地哭了起來。「妳欺負人！妳都那麼大了還欺負我，妳明明是我姐姐，嗚嗚嗚，妳欺負我……」

阮玉嬌沒理他，而是繼續抱著小柱哄，走到大柱、二柱邊上，指著水裡的魚給小柱看。「小柱看看，大哥、二哥是不是很厲害？小柱要快點長大，到時候也能和大哥、二哥一起抓魚了，還可以上學堂、考狀元，好不好呀？」

小壯看著她臉上溫柔的笑容，輕聲細語的樣子，心裡忽然生出一股羨慕之情。為什麼她對小柱就那麼好？天天牽著、抱著、哄著，還會親自給小柱擦臉、擦手，可對他就一個笑容都沒有？

小壯抽抽噎噎地看了半天，第一次拋開爹娘的話，把這些天發生的事想了一遍，然後發現阮玉嬌是真的只喜歡乖孩子。一開始大柱、二柱不叫她「大姐」，她也是不理會的，後來大柱、二柱淨說好聽的，還幫忙她，她才對他們好。還有小柱，小柱啥也不會，就會天天「姐姐」、「姐姐」的叫，還採了野花送給她，她就高興了。

那他呢？他好像只會天天嫌棄她、罵她、跟她吵，怪不得她不喜歡他呢。

也許是阮玉嬌那句「我可從來不指望你」讓小壯沒了依仗，發覺爹娘說的那套完全不頂用，他這次是真明白了阮玉嬌的意思。看著他們玩得開心，他壓根兒沒想過要硬氣的走開，只想加入他們，和他們一起玩、一起鬧。

磨磨蹭蹭了好半天，看著小柱已經被逗笑了，大柱、二柱也玩累了坐在石頭上休息，小壯才抽抽噎噎地挨過去，很小聲地說：「我以後也聽話。」

見阮玉嬌沒回應，他想了想，低頭道：「大姐、大姐，我以後也聽話。」

阮玉嬌這才看向他露出笑容。「聽話就是好孩子，記得以後要多幫奶奶幹活、逗奶奶開心，奶奶養大我們一大家子很辛苦的，一定要孝順奶奶。」

小壯看她笑了，頓時覺得自己做得對，聲音也大了起來。「我肯定孝順奶奶，我天天都幫奶奶割好多豬草呢！」

「嗯，你們都很厲害，幫了奶奶好多忙呢。來，我教你撈魚。」阮玉嬌將小柱放到大柱、二柱中間，讓他們看著，然後領著小壯到一邊挖蚯蚓撈魚。

雖然時間久了一點，但最後他們還是撈到一條魚，把小壯樂得合不攏嘴，非要自己提著裝了三條魚的魚簍。可能「對奶奶好」這句話在這幾天裡被阮玉嬌提了太多次，小壯衝回家第一件事，竟然是把魚簍送到阮老太太面前給她看。

「奶奶、奶奶，您看這是我們今天撈的！這條胖胖的魚就是我撈的，我厲不厲害？」

阮老太太探頭一看，驚訝地挑挑眉。「喲，撈著三條吶？厲害，小壯厲害，大柱、二柱、小柱都厲害！」她樂呵呵地摸了摸小壯的頭，催促道：「趕快都回屋換衣裳去，當心著涼了難受。」

小壯感受到阮老太太掌心的溫熱，心中莫名有些觸動。他娘好像從來沒這麼溫柔地摸過他的頭，怪不得奶奶和姐姐每天都那麼開心，原來跟她們在一起的感覺這麼溫暖。

阮玉嬌最看不慣孩子髒兮兮的樣子，忙燒了熱水讓幾個小子去洗乾淨，換下來的衣裳就扔在一旁的盆子裡泡著，然後她又煮了點薑湯讓他們每人喝一碗。以前做下人，若是病倒，說不定連命都能丟，所以她習慣了時刻小心不能生病，許多時候都會防患未然，一點都不嫌麻煩。

把幾個小子收拾得乾乾淨淨，她才開始宰魚，同樣是先熬了魚湯給奶奶喝，剩下的添水添菜燉成一大鍋。阮香蘭總想抽空去張家串門，所以急忙幹完家裡的活就去地裡了，這會兒沒在家，家裡就只有阮玉嬌他們幾個，小子們不愛喝湯，對她只給奶奶喝，一點意見都沒有。

阮玉嬌笑說：「奶奶，這魚是弟弟們抓的，湯是我熬的，這可是我們一起孝順您的，是不是比往常的都好喝！」

幾個小子一聽，立刻樂了，圍過來嘰嘰喳喳地道：「我們一起孝順奶奶的，肯定好喝，是不是，奶奶？」

阮老太太笑眯了眼，喝了一口便連連點頭。「好喝，這是奶奶喝過的最好喝的湯，可甜了！」

小壯糾結地看看碗裡的湯，疑惑道：「魚湯不是腥的嗎，咋能是甜的呢？奶奶您說錯了吧？」

「沒錯沒錯，奶奶看你們這麼孝順聽話，喝啥都能甜到心裡去。」阮老太太樂呵呵的，挨個兒摸了摸他們的頭，笑說：「往後你們也要聽你們大姐的話。姐弟齊心，互相幫忙，沒啥是幹不成的！」

本以為幾個孫子被兒子、兒媳婦盯得緊，她想管也管不了了，沒想到大孫女竟有本事讓他們跟在身邊乖乖聽話。不管她能管多少，起碼別讓孩子覺著他們爹說的全是對的就好，若將來孫子們能曉事明理，她就啥都滿足了。

阮玉嬌留幾個弟弟陪阮老太太說話，趁著燉魚的工夫，把他們的衣裳洗了。她用的是剛剛燒完剩下的熱水，正好夠洗衣服，也夠幾個人喝。可能是因為她小時候就身子嬌弱，一直比較注意自己的身體，幹活也會想想怎麼能又好又快，別把自己累著。她以前打掃家裡時，每天一早就要曬上一大盆水，或者在做飯的時候多留一點熱水，這樣刷碗、洗衣裳就都能兌溫水用了，不傷手也不傷身體。不像阮香蘭每次用冰涼的水洗得難受，來月事時還要肚子痛。

把衣裳洗完晾好，魚也差不多燉好了，她帶著幾個孩子去後邊菜園子摘了點青菜，拌成涼菜跟魚一塊兒吃。看幾個孩子圍在灶房嘴饞，她就給他們每人挾了一小塊魚肉吃，正好把最小那條魚的半個魚肚子吃沒了。

聽見家裡人回來的動靜，阮玉嬌笑著讓幾個孩子出去。「你們先去坐下吧，姐姐擦擦桌子，再把碗筷、飯菜端過去。」

「大姐我幫妳吧，下次妳還帶我出去玩，我可聽話了！」小壯自知從前表現不好，特別急著想讓姐姐喜歡上自己，然後就可以有很多好玩的、聽很多很多故事了。

大柱、二柱見狀也連忙嚷著幫忙。大柱一把搶過抹布就跑去擦桌子，二柱則捧起一摞碗跑過去往桌子上擺。小壯氣得直跳腳，著急道：「是我先說的，你們搶啥？搶啥？」說著他也不甘落後地捧了一摞碗、抓了一把筷子跟過去了。

幾個孩子的吵嚷引來大人們的注意，劉氏和陳氏快步進堂屋一看，三個孩子竟在搶著擦桌子、擺碗筷，還都做得不錯，小柱在旁邊拍著手笑。這時阮玉嬌端了兩盤菜過來，劉氏張嘴就要罵人，卻突然想起前幾天被兒子拆臺吃不上飯的事，忍了忍，等阮玉嬌走了就問小壯。「咋回事？你們咋還幹這些呢？是不是那死丫頭片子讓的？」

小壯終於把碗筷擺好了，看著比二柱擺得齊，心滿意足。他抬頭看她一眼，撇撇嘴道：「娘，您說誰呢？大姐才不是啥死丫頭片子，也不是大姐讓我們幹的，是我們搶著幹的。」他瞪著大柱和二柱。「明明我先說的，你倆搶啥？」

大柱、二柱對他做了個鬼臉。「就搶就搶，誰讓你慢了？」說完兩人又跑出去，要幫阮玉嬌端飯，不過阮玉嬌沒讓。熱的東西容易燙到他們，萬一摔了也浪費糧食。

等飯菜都擺好了，阮玉嬌就招呼大家吃飯。陳氏看了看院子裡晾著的衣裳，又看看仨兒子洗得乾乾淨淨的樣子，把想說的話全咽了回去。擺擺碗筷而已，其實也沒啥，幸虧劉氏那蠢貨把她想的都說了，不然丟人的指不定就是她了。

劉氏心裡認定是阮玉嬌使喚幾個小子幫忙幹活，自己好乘機偷懶，只恨找不著機會揭穿她，偷偷瞪了阮玉嬌好幾眼。結果一坐下就看到一條魚的魚肚子只剩下刺，立刻激動起來。「咋回事？嬌嬌妳給大夥兒做飯咋還能偷吃呢？」

阮玉嬌愣了一下，瞅瞅劉氏沒搭理她。

劉氏眉頭一皺，尖著嗓子道：「咋了，心虛了？」

小壯捣著耳朵不高興了。「娘您喊啥？咋那麼大嗓門呢？那塊肉我和哥哥們吃了，大姐才沒偷吃呢，您罵她幹啥？」

阮老太太哼了一聲。「是啊，妳罵嬌嬌幹啥？劉氏啊劉氏，妳可真是越活越回去，啥也不問明白就在那兒瞎吵，哪次是妳對了？妳到底是容不下嬌嬌還是咋地？我告訴妳，打從妳進我們老阮家門，我就沒讓妳養過嬌嬌一天，外人不知道咋回事，妳也不知道嗎？妳憑啥管嬌嬌？要不我去外頭找大夥兒評評理，看妳這個後娘做得對不對？」

說到「後娘」就是在罵她人品低劣了，劉氏臉臊得通紅，只覺分外難堪。阮玉嬌簡直有病，誰能想到她有好東西自己不吃，讓給幾個弟弟吃啊？也不知道這死丫頭給小壯灌了什麼迷湯，讓小壯一口一個「大姐」的還老維護她。被全家人看著，劉氏只恨不得地上有個縫能鑽進去才好。

阮金多狠狠瞪她一眼，斥道：「回妳屋去，這麼能挑事，我看妳是不餓！」

連著兩次燉魚都沒得吃，劉氏不甘心地辯解。「我就是誤會了，怕嬌嬌犯錯學壞……」

「行了，嬌嬌這兩天沒少給我長臉，孩子也照顧得挺好，有個當姐姐的樣兒。妳呢？給我回屋好好反省去！」阮金多臉色難看得厲害。他也想維護妻子和自己的面子，可阮玉嬌這幾天表現挺好，連他都挑不出錯。他第一次後悔當初因著幾分姿色就把劉氏給娶了回來，結果這些年劉氏變成了黃臉婆，嘮嘮叨叨個沒完，還只給他生了一個兒子，真是晦氣得要命！

沒人幫劉氏說話，劉氏找不到臺階下，只好放下筷子回屋了。她看見阮玉嬌又在幫老太太挾菜，再看看阮春蘭、阮香蘭和小壯就知道吃，一句話也不幫她說，氣得胸口發痛，揉了好半天才好點。同樣是養孩子，差距咋就那麼大呢？難道她還沒一個老太太會養？

飯桌上沒人顧得上說話，一個個都動作飛快地搶著吃菜。農戶裡不愛吃魚還有個原因，就是大家都搶著吃，可魚要是吃快了容易扎刺，吃慢了又撈不著幾口，吃魚的人家就沒一個沒被刺扎過的，自然也就不樂意吃了。不過家裡這陣子總吵吵，阮老太太不高興，就沒再買過肉，大夥兒好不容易吃一次葷腥，就算被扎也要搶了。

等大家都吃得差不多，小壯想到阮玉嬌的話，突然對阮金多問道：「爹，娘是不是啥都得聽舅舅的？舅舅家比咱家窮，娘是不是得把咱家的東西搬去給舅舅啊？您咋不多幫幫舅舅呢，你不是他姐夫嗎？」

阮金多一下子變了臉。「誰叫你這麼問的？你舅舅是劉家人，他過得咋樣跟我有啥關係？聽過爹娘管孩子的，誰聽過姐夫管小舅子的？再說你娘嫁到咱家，就是咱阮家的人了，她要是敢偷偷搬東西回娘家，我打斷她的腿！你也別理你舅舅他們，除了上門要東西還會幹啥？」

小壯嚇了一跳，搖頭道：「沒人叫我問，是我自己要問的。」

「沒人教你，你咋能想這些？是不是你娘教你的？還是你舅舅？」

「沒有，真沒有，我就是覺得我娘是我舅舅的姐姐，問問她是不是啥都得聽舅舅的？」

「嫁出去的閨女如潑出去的水，你娘嫁到咱家就跟老劉家沒關係了。你別管這些，誰再叫你問你就告訴他，你娘現在得聽我的，往後就得聽你的，跟你舅舅啥關係也沒有。」阮金多認定了是劉氏或劉家在小壯面前嚼舌根子，語氣越來越差。

小壯似懂非懂地點點頭，想再問他那為啥總說幾個姐姐能隨便使喚？但看他臉色難看便沒有問。

阮玉嬌沒忍住低頭笑了一下，往後看這個爹還怎麼自圓其說。一邊告訴小壯可以使喚姐姐一輩子，一邊又說他娘嫁到阮家就跟娘家沒關係，自我矛盾成這樣居然還理直氣壯。聽了這些話，小壯以後大概會越來越懷疑爹娘的教導了吧。還有劉氏，說不定要揹鍋，看她爹生氣的樣子，興許這就要去找劉氏算帳了！

不知道阮金多跟劉氏說了什麼，下午劉氏出屋的時候眼睛紅紅的，倒是安靜了不少，沒再像平時那般罵罵咧咧的。沒了她的大嗓門，整個家都清淨了。

阮玉嬌讓幾個孩子多睡會兒覺，自己則是坐在窗邊認真地繡荷包。過了一會兒，出去幹活的人都走了，阮老太太端了一碗水進來給她，勸道：「喝口水歇歇，別整天忙活，奶奶知道妳心氣兒高，不樂意讓人說妳不好，可咱活著是給自己活的，不是為了叫別人看的。妳要是因為別人幾句話把自個兒給累壞了，妳說值當不值當？」

阮玉嬌把針線放下，接過碗笑說：「奶奶，我可不是因為那些閒話，我就是想自己過得好點兒。這不是明天要趕集嗎？我正好沒事就再繡個荷包。奶奶您放心，別人說什麼我根本就不在乎，要是累，我肯定就歇著了，平時我不也總跟大柱他們玩嗎？不累的。」

「瞎說，看孩子也累啊，還是好幾個小子。」阮老太太不放心地拉過阮玉嬌的手，看著手掌消腫了才鬆了口氣。「妳呀，真是主意越來越大了，一個姑娘家這麼好強幹啥呢？在這家裡又討不到什麼好，妳就聽奶奶的，等將來找一戶好人家，嫁過去過得舒心了再幫家裡忙活也不遲，起碼那時候妳婆家能記住妳的好啊。」

阮玉嬌笑著搖了搖她的手，應道：「我知道了奶奶，您放心吧，我有分寸。」

阮老太太看著她，心裡嘆了口氣。自從出了退親的事，這個大孫女就好像一下子長大了，心裡自有一番成算，啥都不用她操心，可就因為這樣，她反而心裡不舒服。是她識人不清，沒看準張家人的脾性，要不哪能叫孫女遭罪呢？就是因為傷了心才能看清很多事，成熟起來啊，要是有可能，她真希望孫女一輩子都別長大，只可惜她老了，護不了孫女多少年了。

第十章

阮玉嬌不想讓阮老太太想那麼多，她從櫃子裡把之前做好的兩套小衣裳，和繡好的五個荷包、兩條帕子，都擺在床上給她看，像個孩子一樣笑問。「奶奶您看我繡得怎麼樣？針線活是不是更好了？」

阮老太太拿起繡了荷花的帕子到光強的地方看，不禁面露驚訝之色，轉瞬之間就板起了臉。「這是妳繡的？這繡功比之前強多了，妳是不是一個人偷偷練了？奶奶教妳的都忘了？」

阮玉嬌連忙解釋。「奶奶，不是您想的那樣，我沒怎麼練，就是沒事的時候總琢磨針法，琢磨怎麼才能弄得更好？我沒練幾次，還都是在中午光足的時候練的，保管不會傷到眼睛。奶奶的話我都記著呢。」

阮老太太看她的神色不似作偽，才緩了語氣，叮囑道：「不管日子好壞，還是人最重要，萬萬不能為了掙那點銅板就害了自己，妳可一定得記住嘍！」

「我不會忘的，奶奶放心！」

阮老太太這才點點頭，又去看她繡的荷包，見那圖樣一個比一個精緻，便不自覺地笑了。孫女一向在針線上頗有天賦，看到孫女進步這麼大，她心裡還是很高興的。再看那兩套巴掌大的小衣裳，比例協調、針腳細密，若是做成了成衣，想必誰買了都會滿意。她笑了笑，誇讚道：「嬌嬌就是聰穎，自個兒琢磨都能長進這麼多，這針線活連奶奶都比不上了。那句話是咋說的來著？啥青比藍強的？」

「是青出於藍而勝於藍。」阮玉嬌笑道：「奶奶看我哪個都好，其實我哪有那麼厲害啊，我這回就是多費了心思，想著能在鎮上找個活幹呢。奶奶，明天趕集讓她們先回來吧，衣裳還不知道鋪子能不能看得上，我不想叫她們知道。」

「成，今兒妳爹把她給訓了，應該能消停一陣，咱們耳根子也能清淨清淨。嬌嬌啊，她說啥妳都別往心裡去，其實咱們女人早晚都是要嫁人的，到時就是別人家的人了，跟娘家一年也來往不了幾次，妳不用管家裡啥樣，只要將來找個好人家，妳就不用再受他們的氣了。」阮老太太一直護著她，卻也知道在自己沒看見的時候，孫女肯定要受氣。她也沒更好的辦法，只能盡全力幫孫女找個好婆家了。當初以為張家有倆讀書人，她又是張家的恩人，張家肯定能好好待嬌嬌，沒想到啊，看走了眼。

阮玉嬌知道奶奶一向是為她著想的，想到近來家裡鬧得這麼厲害，心裡不禁有些愧疚。「奶奶，是我太好強了，引起這麼多爭端。其實我忍著她點也沒啥，總歸也相處不了幾年。」

阮老太太一愣，笑道：「怪妳自個兒幹啥？又不是妳挑事，她才是個攪家精，只不過她到底是妳弟弟妹妹的娘，這麼多年也就這麼過了，奶奶對她就睜一隻眼、閉一隻眼。妳可不用忍著她，不然她得寸進尺指不定又編排妳呢。嬌嬌妳不用怕，啥時候也不能讓她冤枉妳，奶奶給妳撐腰。」

阮玉嬌心中滑過一道暖流，甜甜地笑了。「我就知道奶奶最疼我了，我也最疼奶奶！」

這個家裡，她只在乎奶奶的看法，既然奶奶說她不用忍，那她自然是不會忍的。而且家裡這陣子的爭端也真不是她的錯，雖然都和她有關係，但那也是因為她不想再忍氣吞聲罷了。從前她性子好，從來不計較，聽見後娘一、兩句難聽的當沒聽見也就算了，頂多自己難受一會兒。如今她只不過看透了一些事，不願意被人算計、不願意被人踩著去抬高自己，他們就都不痛快，非要把她打壓下去維護好自己的名聲。

可那怎麼可能？她再也不會犧牲自己的任何東西去成全別人，無論是她在意的還是不在意的，只要是她的，別人就丁點也別想奪。想要壞她的名聲、拿她當丫鬟使喚，也得看看有沒有那個本事！

到鎮上趕集，除了買東西之外，還能賣出不少東西。因著人多，原則上帶去的只要不是太差，都能賣光的。阮玉嬌把第六個荷包繡完之後，見天色還早，就動了點心思，出門招呼道：「明兒個趕集，咱們去後山找找有沒有啥能賣的，咋樣？」

小壯最愛到處跑，一聽就興奮道：「好啊好啊，我去揹背簍，姐姐咱們趕快走吧，還能多玩一會兒！」

「對啊對啊，大姐咱們快走！」大柱、二柱也跟著催促起來。只要能跑出去玩，他們就高興得不得了。

阮玉嬌笑著搖搖頭，去跟阮老太太說了一聲，然後將鏟子、鐮刀放進背簍揹好，又帶了點水，就牽著他們出門了。路上阮玉嬌叮囑道：「後山很大，你們可不能亂跑，必須在我旁邊待著，不然走丟了會被狼叼走的。」

幾個孩子對山裡有野獸的事還是比較清楚，紛紛點頭答應不會亂跑。不過他們又想到另外的事，大柱、二柱對視一眼，問道：「大姐，咱們能找到東西賣嗎？要是找到了，掙回來的銅板歸誰？」

阮玉嬌沒想到他們會這麼問，心裡琢磨了一下。這年紀的孩子是該有自己的心思了，何況他們還是陳氏的孩子，平時跟著她幹點活沒事，但要是弄回來的東西能賣錢，就得考慮這錢怎麼分了。

她也沒覺得不應該，直接笑道：「當然是誰出力多誰分得多了，待會兒我們每人都收好自己找的東西，最後數一數記下來。要是明天全賣掉了，回頭我就給你們分了。」

大柱、二柱頓時面露喜色。「真的？太好了，我們也要有銅板了！大姐咱們快走，我要挖好多野菜，還要採果子。對了，那鎮上的人能買這些東西嗎？山裡那麼多。」

「你也說是山裡多了，鎮上沒有山啊，他們平時也吃不著。不管咋樣，先拿去試試，賣不掉大不了帶回來咱們自己吃。」

小壯不耐煩地道：「要銅板有啥用，能買啥啊？淨說這些亂七八糟的。姐姐，我想跟妳一起去趕集，好不好？我保證乖乖的，不亂走、不亂說話，一直跟著妳，妳要是怕我丟了，可以牽著我啊。」

小壯瞥了小柱一眼，伸出手晃呀晃的，看得阮玉嬌噗哧一笑。「這個你就別想了，你們幾個明天乖乖的在家裡玩，等我回來買兩串糖葫蘆給你們分著吃。」

小壯知道，她說話向來都不會更改的，一時間有些垂頭喪氣，不過到了山裡看見大柱、二柱開始賣力挖野菜，他便也著急著加入，把不高興的事給忘到了腦後。

阮玉嬌站在樹蔭下往四周看去，心裡也在想有什麼東西能拿去賣錢？弟弟們對野菜、果子的興致這麼高，她還是不要跟他們搶，反正她也不指望這個，她只是想讓家裡人知道，她沒有天天帶著他們瞎胡鬧罷了。

阮玉嬌看了一會兒，山裡野菜、野果、木耳、蘑菇之類的比較多，不過這會兒沒有木耳和蘑菇；至於草藥和稀奇的東西她都不認識，野雞、野兔她也不會抓。除此之外，大概就是漫山遍野的花了。

想起從前在員外府侍弄花園子那段經歷，阮玉嬌心中一動。山裡的花其實也很好看，只要搭配得好，說不定有些愛新奇的小姐們會喜歡呢。反正野花多得是，又不用成本，阮玉嬌說幹就幹，領著小柱就開始挑好看的花採。各種顏色、形狀的花，沒一會兒就採了一大把。

那邊大柱有些累了，抬頭擦了擦汗，發現阮玉嬌在採花，頓時驚訝地瞪大了眼。

「大姐，妳在幹啥？這些破花也能賣？」

阮玉嬌舉著一捧花調整了一下，笑道：「單是野花當然沒人買，但我把它弄得好看了，說不定就有人買呢！試試唄，不行拉倒。」

「哦。」大柱覺得她有點傻。這麼難得的機會還不趕緊多弄點能賣的東西，一堆破野花誰會買？

小子們對花都不感興趣，挖了好多野菜之後又跑去摘野果。這果子酸酸甜甜的挺好吃，只不過吃多了倒牙還容易餓，大人們不愛吃，孩子們也吃不了多少，這才剩了這麼多掛在樹上。

快到傍晚的時候，他們都累得有些動不了了，阮玉嬌把他們每個人採的野菜和野果數出來，讓他們記住，就全裝進背簍裡準備回家了。小柱不懂這些，但他們三個小子總共挖了半簍野菜、摘了半簍野果，就是想著要賣錢，非把背簍裝滿才這麼累，對於這麼大的孩子來說，已經很能幹了。

阮玉嬌揹著背簍有些沈，大柱和二柱主動幫她在後面托著。背簍裡裝著的東西可是給他們賺錢的，他們想到即將到手的銅板就嘿嘿傻樂個不停。

回家後，阮玉嬌立刻把東西放進倉房，倉房不大，但這會兒柴火堆在外頭，裡面的空間放他們這些東西就足夠了。阮玉嬌小心的將野菜和野果分開，又把它們蓋住，以免放置一夜就不那麼新鮮。接著她找了好幾個小罐子，裝滿水，分別往裡面插了不少野花。她拿剪刀修修剪剪，耐心地調整了半天，終於覺得賞心悅目了，十分滿意地將每束花都用繩子輕輕繫住固定。

幾個孩子看得目瞪口呆，小壯圍著幾束花轉了好幾圈，揉揉眼睛道：「這是後山那些破花嗎？咋看著這麼好看呢？」

大柱、二柱沒有說話，但也跟著連連點頭，盯著花束上看下看。明明花還是那個花，他們平時沒少揪下來瞎玩，可被阮玉嬌這麼一擺弄，咋就好像不一樣了呢？他們也說不出來哪裡不同，反正就是好看，特別好看！

阮玉嬌笑著把幾個罐子擺好，洗洗手道：「你們都說好看，那肯定能賣出去，等明天姐姐給你們買糖葫蘆啊。」

阮老太太知道他們折騰了這麼一大堆東西回來，又好氣又好笑。在她眼裡，這些全是賣不出去的東西，就算賣也賣不上價，還不夠揹來揹去的辛苦費。不過看到幾個孩子不捨得出倉房，一直在那盯著的樣子，她無奈地搖搖頭，由著他們去了，最後還因為他們怕東西被老鼠咬了，直接鎖上倉房。

阮玉嬌對這些是有想法的，第二天天還沒亮她就起來，用野菜弄了一小盤涼菜，果子也切了兩個拌了一點糖，好好放到籃子裡。籃子裡還放了一個小包裹，裡頭是她這些天做的針線活。

等阮老太太和劉氏、阮香蘭起來收拾好，她們四人便一起去村口搭牛車趕集。每人來回一個銅板，正因著要花錢，其他人才沒去。劉氏想去純粹是因為被阮香蘭鼓搗的，說跟張耀祖訂親怎麼也得有一身新衣裳，不然多丟人啊！劉氏跟阮金多商量了好多天才決定給她做一身便宜的。好歹也是件喜事，別顯得配不上人家。

她們到的時候已經有七、八個人了，只等她們到就要出發了。張母瞧見阮老太太和阮玉嬌，臉色一沈，直接扭過頭往裡邊挪了挪，連劉氏母女也沒搭理，讓阮香蘭一陣尷尬。阮家的鄰居邱氏和賣豬肉的葉氏也在，一看見她們就招呼她們上車。葉氏對唇紅齒白的阮玉嬌很是喜歡，拉著她坐到旁邊就笑道：「嬌嬌跟奶奶去趕集啊？」

一般小姑娘被長輩問話都是害羞的低頭，簡單回個一兩句，阮玉嬌卻唇角帶笑，輕聲細語地道：「這些日子做了些針線活，跟奶奶去鎮上看看有沒有地收？嬸子也知道我力氣小幹不了農活，就只能做這些想著出些力。」

葉氏爽朗地笑道：「繡花可是手藝活，嬸子想繡還不會繡呢，嬌嬌有出息，幹不了農活算啥！咦？妳咋還拿了這麼些花呢？這是咱後山那片野花嗎？咋這麼好看呢？」

阮玉嬌兩手裡全是花，阮老太太也幫著拿了不少，其他人早看見了，都有些不明所以，這會兒聽葉氏問出來，都看著那些花好奇地打量。

阮老太太笑道：「誒，嬌嬌這不是幫著看孩子嗎？昨個兒下午就帶幾個弟弟去弄了點野菜、果子，說掙了銅板分給弟弟們。她不好跟弟弟搶，乾脆採了一大堆野花，自個兒琢磨著弄了些花樣。這東西反正也不沈，拿去試試，不行就扔了。」

葉氏驚訝了一下，笑說：「嬌嬌這心思可真巧，這花我看著都想要呢！聽說嬌嬌把幾個弟弟看得可好了，淘氣小子最不聽話，嬌嬌這一下幫家裡省不少事。」

阮玉嬌微微一笑。「嬸子喜歡，我回頭再配一束給嬸子送去，嬸子可別嫌棄。弟弟們都挺懂事，愛跟我玩，我也喜歡帶著他們，沒多費力。」

阮玉嬌如此落落大方的樣子讓眾人刮目相看，不說別的，單說阮玉嬌這長相和身上的氣度就不像農戶裡的人，說她是鎮上的小姐也有人信啊。若能娶到這樣的媳婦，帶出去都有面子，可看看她手裡的花和背簍裡那堆野菜，眾人就暗暗打消了心思。長得好能頂啥用？農戶人家娶媳婦還是得娶個能幹的，阮玉嬌這樣的恐怕真嫁不到好人家了。

阮香蘭暗恨風頭全被阮玉嬌一人搶去了，她精心打扮了一番竟都沒人注意，不由的捅了捅旁邊的劉氏。劉氏反應過來，扯著笑招呼道：「張大嫂，妳自個兒去鎮上啊？我想著給香蘭做身新衣裳，待會兒咱們一起走吧？」

張母對她們起了隔閡，哪裡願意搭理她們？更何況阮香蘭被家裡拘起來幹活之後就沒法去幫她，從前使喚人幹活那點甜頭沒了，她更看不上這個兒媳婦。不過瞥了眼氣色不錯的阮玉嬌，她心裡又好似梗著一口氣，當即露出個笑臉，應道：「好啊，我幫著好好選一選，也正好給耀祖送點東西，他們兩個訂親以後還沒見過呢。」

阮香蘭聞言便紅了臉，低頭掩飾心裡的雀躍。劉氏高興道：「那敢情好，我也好久沒見著耀祖了，待會兒可得好好說說話。」

阮老太太臉色沈了下來，張母瞧見越發得意，跟劉氏熱火朝天地聊了起來，互相誇對方的孩子，好似這門親事就是天作之合、天生良配一般。張母還重點誇了阮香蘭幹活索利，天天下地，把家裡也收拾得妥妥當當，擺明要諷刺阮玉嬌。

葉氏和邱氏看不慣她們這樣，也拉著阮老太太和阮玉嬌閒聊。其他人都有些看熱鬧的意思，偷眼瞟著阮老太太和阮玉嬌的神色，想著上次阮老太太打人的狠勁兒，也不知道會不會在車上就鬧起來？不過沒想到雖然阮老太太有些生氣，阮玉嬌卻一直笑著說話，好像張母說的都跟她沒關係。

實際上也是，當初阮老太太就說了親事是阮玉嬌堅決要退的，那張老爹說不退了再商量商量都沒能攔住，還說只有退了親才能讓孫女痛快，人家壓根兒就不稀罕嫁張耀祖。

不管這事大夥兒信不信，如今看了阮玉嬌的態度，都明白她是真沒把張家當回事了，不禁又有些幸災樂禍。這種心理很微妙，平時他們因著張耀祖讀書好，對張家一直客客氣氣的，偶有不滿也直接忍了。而阮玉嬌的舉動就好像幫他們狠狠打了張家的臉，雖然他們跟張家也沒啥不對頭，但看到張耀祖被人嫌棄，還是在心裡頭直樂。

讀書好又咋樣？張母整天眼高於頂，看誰都嫌棄，其實不也就這樣嗎，跟他們有啥區別？

眾人各懷心思地聊了一路，看著和和氣氣，實際上言語機鋒不知打了多少。好不容易到了鎮上，大家其實心裡也鬆了口氣。

阮玉嬌扶著阮老太太下車，正笑著跟葉氏、邱氏道別，就聽見一道陌生的聲音。

「嬌嬌？」張耀祖看著眼前比從前美上不少的溫柔少女，幾乎不敢相信她就是自己訂親的未婚妻。

阮玉嬌轉身看到一個書生打扮的男子，卻沒有什麼印象，下意識地問了一句。「你是？」

張耀祖立時僵了臉，不可置信地瞪大了眼。「嬌嬌妳不認識我了？」

其他人沒一個走的，都留在這裡看熱鬧。她們可是知道阮玉嬌過去極少出門，卻不知道她竟連張耀祖的樣子都沒記住，這可真是出人意料啊！看張耀祖的臉色都變成什麼樣了。

阮老太太沈著臉道：「別叫得這麼親，我們家嬌嬌跟你沒關係，你讀書讀到狗肚子裡去了？」

「老太太您咋說話這麼難聽呢？過去的事都過去了，上次咱們也都說清楚了，好歹咱往後還是親家，您別太過分了！」張母氣衝衝地說了一句，大步走到張耀祖身邊扯他。「沒看見人家咋對你的？還站這兒幹啥？咱們走！」

阮玉嬌這下明白這人是誰了。上輩子沒上過心，未婚夫成了妹夫，她自然就不再留意，後來突逢家變，被賣進了員外府，生活煎熬，她早就把這個人給忘得沒影了。不過知道了對方身分倒好像想起了一點，但也只是一點，畢竟對方這形象似乎和成親後的樣子有點差距。

阮玉嬌收斂了表情，面容嚴肅地道：「原來是妹夫，奶奶管得嚴，我沒見過妹夫幾次，一時沒記起來，失禮了。不過奶奶說得對，男女有別，妹夫還是叫我阮姑娘為好，要不跟著三妹一起叫我一聲大姐也成。」

這話讓張耀祖想起自己的親事已經換了。之前母親給他帶信說過的，頓時尷尬萬分，而阮玉嬌一口一個「妹夫」，還說沒記住他，讓他極為難堪。注意到幾個鄉親的目光，張耀祖沒臉再留，急匆匆地說了一句「是張某失禮，讓阮姑娘見笑了」便立即離去。

張母狠狠瞪了阮玉嬌一眼，也急忙跟上；而從頭至尾都被當做隱形人的劉氏母女，更是臉色難看的厲害，不願意看到阮玉嬌得意的樣子，話都沒說一聲就走了。看方向，她們是要去追張耀祖的，畢竟難得見一次面，當然不能錯過這個相處的機會。

葉氏輕咳一聲，笑道：「天色不早了，咱們趕緊著找地賣東西吧！我這一籃子雞蛋還不知要賣到啥時候去，我先走了啊。」

「誒，大嫂子，我跟妳一塊兒走。」邱氏附和一聲，算是解了尷尬的氣氛。

阮玉嬌對眾人笑道：「我和奶奶可能要多待一陣，就不和嬸子們一起搭車回去了，到時候嬸子們先走，不用等我們。」

「誒，好，那妳們當心著點。」

大家隨意招呼了兩聲便散了，阮玉嬌見阮老太太還是有些不高興，便笑道：「奶奶怎麼啦？今兒咱們趕集應該高興才對，管別人怎麼樣呢？其實丟臉的從來不是我，我做人問心無愧。明白的人只會說他張耀祖品行不正；不明白的人，我也無需在乎他怎麼想，您說對不對？」

阮老太太看她當真不在意，才露出笑來。「對對對，嬌嬌想得對，就該這樣！他家做出這種事來是他家丟人，若不是毀人前途太缺德，奶奶定要鬧到他們書院去好好說道說道。」

阮玉嬌笑道：「往後他就是我妹夫，咱們別理會他了，去賣東西吧，去酒館。」

「酒館？去那兒幹啥？」阮老太太納悶地看著孫女，想著她總不會是想給她爹買酒吧？

阮玉嬌顛了下身後的背簍，神神秘秘地笑說：「在街頭賣東西太慢了，也不一定能賣得出去，我想試試上門去賣。」

阮老太太明白了孫女的意思，卻是不大看好這種方法。他們農戶人一輩子跟田地打交道，到了鎮上難免有些畏縮，鎮上的人看他們也往往帶著點輕視，若是就這麼上門去賣，恐怕會被人嘲諷。不過看著孫女躍躍欲試的樣子，她便點頭同意了。被笑話兩句有什麼大不了的，她幫孫女擋著點就是了，不管將來日子咋樣，起碼孫女在她身邊的時候得過得舒心。

阮老太太也揹了個背簍，裡頭是空的，阮玉嬌將兩人手中的野花小心翼翼地放進這個背簍裡，免得拿著不方便。之前在車上是怕不小心壓壞，這會兒揹著就沒關係了，還能放在裝水的罐子裡養養。

兩人問了路，先是去一家生意據說不錯的酒館。早晨還沒開張，店家一邊招呼著小二擺放桌椅，一邊撥弄著算盤，看上去挺忙的樣子。阮老太太露出個笑臉上前說道：「店家，我們是臨溪村的，在山裡弄了點野菜、野果，您看您家要不要？」

阮玉嬌掀開籃子上的棉布，給店家看裡頭拌好的野菜和野果，誰知店家看都不看就皺著眉頭，不耐煩地擺擺手。「不要不要，到別處去。」

阮老太太看了孫女一眼，不想讓她一開始就受挫，又問了一句。「店家您要不嚐一口試試？我孫女拌的這個可好吃了，下酒正好。」

小二嗤笑一聲。「妳叫吃就吃啊？誰知道妳們是什麼人，把人吃壞了咋辦？快走快走，再不走我攆人了啊！」說完還嘀咕了一句。「村裡頭拿來的也不知乾不乾淨。」

阮玉嬌皺眉道：「你這就是懷疑村裡人的品性了。敢情你家吃的飯菜不是村裡人種出來的？奶奶咱們走，鎮上的店多著呢，不和這狗眼看人低的東西打交道！」

「嘿！妳怎麼說話的妳？」

第十一章

阮玉嬌已經拉著阮老太太走了，將店裡的叫罵聲拋到腦後。她本以為生意最好的酒館應當比較客氣，沒想到那店家和小二卻對農戶人很嫌棄。心裡琢磨了一下，她跟路邊一位穿著很樸素的老大爺打聽平時去哪裡買酒？

那老大爺一看就是手頭不寬裕的人，自然不能常常買酒，而且也不會去大店裡買貴的酒，就跟阮玉嬌說了兩家酒館。一家是十足的便宜，沒錢的人饞了最愛去的酒館；一家則是略貴一些，但店家和氣，酒也好喝一點，他們手頭鬆快點的時候就會去這家店。

阮玉嬌聽後，當即決定就去第二家店，太便宜那家的下酒菜估計也賣不出去，因為買酒的都是窮人。生意好的如剛剛那家酒館，實在有些看不起人，也不會願意和不認識的人買下酒菜，只有老大爺口中這第二家店生意還算不錯，店家待人也和善，最適合她們去碰碰運氣。

阮玉嬌帶著阮老太太去那家酒館，進了店裡看到店家正在擺酒罈，忙掀開籃子走上前道：「店家，我弄了兩道下酒菜，吃著很是爽口，您看您要不要留一些？」

店家愣了一下，擦擦手，回頭看到籃子裡的東西，笑道：「喲，這是山裡頭的野菜、野果子？」

阮玉嬌笑著道：「我們是臨溪村的，村裡也沒什麼好東西，就這野生野長的吃著有點味道，就帶來試試能不能多個進項。店家要不您先嚐嚐？您這店裡看著就乾淨，酒也香，肯定生意好著呢，要是再多配倆下酒菜，客人吃著開心，您也多賺一點不是？」

店家一聽就笑了。「妳這丫頭可真會說話，那成，我就嚐嚐，先說好，不適合我可不留啊。」

「那是，做生意自然要適合才行。」肯嚐就好，阮玉嬌笑著將籃子放到桌子上，拿了筷子給店家。

店家本意是不想駁了小姑娘的面子，看阮老太太在旁邊緊張的樣子就知道，她們肯定在別處碰壁了。這野菜、野果子誰沒吃過？都是不起眼的東西，哪能當下酒菜賣？不過當店家嚐了一口涼拌野菜之後，想法就變了，他又挾了一筷子細細品味，奇道：「丫頭妳這是咋拌的？這味兒還真不錯！」正適合下酒！

阮玉嬌笑說：「都是我自個兒琢磨的，要是您買了我的野菜，我就好好跟您說說。店家您喝口水再嚐嚐這野果，野果子雖然只拌了糖，但吃著可是大不一樣。」

店家心生好奇，喝了口水漱口，連吃了兩塊野果子。這果子他知道，酸酸甜甜的，但主要還是酸，吃一個還行，吃第二個就不好吃了，一般沒人喜歡，但只是簡簡單單拌了糖，這還真不一樣了！汁多爽口，吃了一塊還想吃下一塊，正好天熱，拿這個配酒不是正好嗎？看來這小姑娘是有備而來，兩樣菜全是最適合下酒的啊！

店家又一樣嚐了兩口，定下了心思，擦擦嘴道：「妳帶來多少？我先看看新鮮不？」

阮老太太高興地幫阮玉嬌把背簍取下來放到地上，笑說：「新鮮、新鮮，昨兒晚上剛摘的，今兒一大早就趕緊著來了，您看看，水靈著呢。」

店家翻了幾下，看確實都很新鮮，才滿意地點點頭。「行，這些我都要了，妳們想要個什麼價錢？」

阮老太太壓根兒沒想到能賣出去，也沒尋思價錢，不由得看了阮玉嬌一眼。阮玉嬌笑道：「店家，您看這野菜和野果子本來是不值錢的，是因為我拌的菜好吃您才留下。我也不多跟您要，我教您拌菜的法子，您就給我五百文錢，然後這野菜、野果都是一文錢一斤，您看咋樣？」

阮老太太嚇了一跳，野菜、野果子從山裡白來的，一文錢一斤她都覺著貴了，孫女居然拌個菜還要五百文，這不是剛要成的生意又要黃了嗎？她偷眼瞄著店家的臉色，在後頭悄悄拽了拽孫女的衣裳，想著怎麼才能把話給圓回來？

店家摸摸下巴上的短鬚，說道：「丫頭，這果子拌的是糖，沒啥好說的，這野菜，我不會拌，但拿回去叫我媳婦琢磨琢磨，指不定就拌出來了，為啥還要給妳五百文這麼多？」

阮玉嬌淡淡笑道：「店家您是實惠人，知道我們農戶人家有點進項不容易，自然不會坑我。雖說這東西簡單，可也不是隨隨便便就能拌出來的，不然您怎麼今兒個才吃著這份野菜呢？再說今兒我來了，您就多了倆下酒菜，同樣是多了個進項，看您開著這麼大的店，進項就比我要多得多，哪還差這點錢？」

店家爽朗地笑了起來，連連點頭道：「不錯不錯，小丫頭說得對。今兒不光是一份野菜、果子的事，而是讓我想到了再多弄點花樣，酒能賣得更多，單憑這個也值五百文了，成！咱就這麼說定了。我姓莊，妳叫我莊叔就成了，小姑娘怎麼稱呼？」

阮玉嬌笑說：「莊叔客氣了，我姓阮，這是我奶奶。莊叔看得起我這點手藝，我這就給您說說拌野菜都放什麼東西吧。」

莊叔點點頭，對阮老太太道：「嬸子您坐，我叫人把這些秤一秤，馬上就好。」

阮玉嬌跟著莊叔到一邊的小廚房拌野菜，而店裡的小二則忙著秤那背簍。背簍不重，將一簍子東西都買了也不差一點重量，莊叔為了方便就讓他直接連背簍稱了。總共差不多五十斤，就是五十文錢。

老太太捂了捂怦怦直跳的心口。這是五十文啊，幾個孩子在山裡白來的東西竟賺了五十文！壯勞力去碼頭扛大包一天也才十幾文而已，這要是叫人知道，後山還不得被人給拔禿了？

秤完重，阮玉嬌和莊叔就出來了。拌涼菜沒啥難的，莊叔把步驟和需要放的東西都記了下來，剩下的就是多練練手了。把五百五十文結給了阮玉嬌，莊叔笑道：「這些我賣著試試才知道好不好賣，妳再來送還是這個價，不過我跟別人收可是要壓價的，妳們回去莫說漏了嘴。」

他對阮玉嬌很是看好。漫山遍野的東西只有這丫頭能賺到錢，就說明她有眼光；而且阮玉嬌處事不驚的態度也讓他刮目相看，她真不像一個沒見過世面的農家女，他願意幫一把手，這點小利對他來說九牛一毛。

阮玉嬌笑道：「莊叔放心，我回去只說三斤一文，不會叫您難做的。」說得低一點，旁人就算知道了往上抬抬價也沒有多少，一文錢一斤確實是有些貴了。

出了酒館，阮玉嬌回頭往牌匾上看了一眼，上面寫著慶豐酒館，還挺特別的，不知跟城東那家慶豐糧鋪有沒有關係？這算是找到一條掙錢的路子，雖然到冬天就斷了，但在那之前還能掙好一陣。阮玉嬌的心情當真很不錯，把空背簍給了阮老太太，自己則將裝花的背簍揹上準備去別處賣花。

阮老太太也替她高興，一直笑咪咪地說：「咱家嬌嬌就是能幹，奶奶就知道妳錯不了，是個好孩子。」說著她想到莊叔的話，突然問道：「嬌嬌妳之前說要把賣野菜、果子的錢平分，可你這答應了店家不說價格，回去咋分啊？」

阮玉嬌怔了下，低頭想了一會兒，笑道：「這樣吧奶奶，本來分給他們三個的就應該是五十文，回頭我說我的花賣了不少錢，跟他們一起分，這樣別人就只當我的花好賣了。」

「行！還是嬌嬌機靈，這樣他們也不會挑事。那咱現在去哪兒？」經過剛才的事，阮老太太已經不知不覺以阮玉嬌為先了，她自己沒發現，自然而然地就問了出來。

阮玉嬌也沒覺得有什麼，看了看四周，說道：「這邊人少，咱們去人最多的街上走走，最好是胭脂鋪、首飾鋪的附近，看看能不能遇到願意買花的姑娘？」

阮老太太一聽，越發覺得孫女聰明了。不管成不成，最怕的就是沒有想法，只要點子多，總有一個是能成的。她來過鎮上太多次了，知道去哪條街，當即領著阮玉嬌快步過去。

趕集的日子，鎮上人來人往的，祖孫倆到了主街上就看到幾家賣胭脂、首飾的鋪子，進進出出的姑娘們委實不少。阮玉嬌拿了一束花捧在懷裡，裝作看路邊小攤的樣子，慢慢走著，偶爾還要聞一下花束，彷彿被香味吸引，很喜歡的樣子。

滿街捧著花的就只她一個人，自然很快就被注意到了，更叫人注意的卻是她手中的花束，也不知是怎麼搭配的，高高低低、五顏六色的，看著甚是喜人。

一個七、八歲的小姑娘突然拉著她娘喊道：「娘您看，那個姐姐的花真好看呀！」

小姑娘的娘和抱著小姑娘的爹都一齊朝阮玉嬌看去，看到那花都驚訝了一下，小姑娘的娘笑道：「是很好看，不知道是她自己弄的還是買的，好有心思。」

他們一家都是鎮上的，平日裡還真的很少見到什麼花，牆角長的一般都是小白花、小黃花，哪有阮玉嬌手裡那一捧好看？小姑娘的爹見她們母女倆都喜歡，直接邁開腿。

「喜歡就去問問，要是有賣，咱也買一束回家。」

小姑娘的娘忙去拉他。「買花幹麼？不能吃、不能喝的……」

「就當熏屋子了，難得妳們倆這麼喜歡。」

三人到了阮玉嬌面前，小姑娘的娘便笑問。「大娘、妹子，妳們這花是自個兒採的還是買來的啊？」

「是我採來賣的，嫂子您聞聞，香著呢。」阮玉嬌看生意上門，忙把花束往前遞了遞。

野花的香味很濃，三人全都聞到了那股香味，小姑娘更是樂得拍手直笑，吸引了不少人過來看。

小姑娘的爹開口問道：「這一束幾文錢？」

阮玉嬌笑道：「十文。」

不說小姑娘一家，就是之前已經賣過東西的阮老太太也被阮玉嬌給嚇了一跳。這是啥東西？是山裡頭的野花啊！隨便摘幾朵野花紮起來要賣十文？要是都這麼賣，誰還去幹苦力？全都進山採花去得了！

阮老太太有些擔心孫女是被之前的順利給迷惑，以為錢是好掙的呢。不過當著別人的面，她也沒給孫女拆臺，只想著等會兒私底下得好好跟孫女說說。孫女掙錢她是高興，但萬萬不能急功近利，否則要歪了心思的！

那小姑娘的娘也是驚得不輕，盯著花束道：「這花十文？十八文都能買斤肉了，妳採來的野花還不是自己種的，居然要十文？」

阮玉嬌把花束慢慢轉了一圈，讓她仔細看看，不緊不慢地說：「嫂子，隨便揪一朵野花自然是不值錢的，我賣十文是因為我把花擺弄得好看。若不是樣子好看，就算有一籮筐野花放著，您也不一定過來看，是吧？就像同一塊布料，有人做衣裳不好看就沒人買，有人做衣裳好看就賣得貴；同樣的青菜，咱自家做的就沒什麼稀奇，那大酒樓做得好吃，有的咱都吃不起，您說是不是這個道理？」

因著十文的高價，周圍已經圍滿了人，本還有人說阮玉嬌心黑，一聽她這話，又都覺得好像很有道理。酒樓做菜不也是用豬肉、青菜做的？人家廚子做得好吃，賣一兩銀子的都有，這姑娘把花弄得好看自然也應該貴點。雖然不少人依然覺得一點野花賣十文實在太貴，但卻有些認同阮玉嬌的觀點了。他們不買歸不買，可也不會指責阮玉嬌什麼。

這時人群裡突然傳出一道笑聲，一位穿著不錯的姑娘拉著一位男子走了出來，姑娘笑道：「哥，她說得對啊，咱家酒樓可不就比別人家賣得貴嗎？那都是因為咱家酒樓的菜好吃啊！之前還有人說咱家掙黑心錢，也不想想這世上的東西本就有貴有賤，單說豬肉，村裡就比鎮上便宜三文錢呢。糧食也一樣啊，買賣買賣，你情我願，想買就買，不想買就不買唄，指責賣東西的人幹啥？」

男子點了下頭。「嗯，確實如此。」

眾人這才發現，這對兄妹是鎮上最大的酒樓太白樓的少東家和小姐。兩個月前，太白樓的菜漲價了，說是從京城聘了個廚子回來，當時有不少人說閒話，但菜確實變得好吃了，人們慢慢也就接受了。有這麼一個參照，更沒人好意思說阮玉嬌的花不值錢了。

阮玉嬌對那姑娘笑了笑。「一束花十文錢，姑娘要買一束嗎？」

姑娘當即點頭。「好啊，給我挑四束最好看的，酒樓櫃檯放一束，家裡放一束，再給祖母和我娘各送一束，她們肯定喜歡！」

她身旁的男子聞言也沒說什麼，直接拿了四十文錢出來交給阮老太太。阮玉嬌笑著把背簍放下，小心地從裡面挑了四束花給他們，叮囑道：「要儘快把花放到水裡，還能開個三、五天呢。」

如果不嫌有些蔫，影響美觀，還能放得更久，香味也很久都不會散。對於富裕點的人家來說，十文錢買一束漂亮的花擺在屋子裡還真不算個事！

阮玉嬌拿出來的花束下頭還滴著水，看著特別新鮮好看，香味也好聞。在賣掉四束之後，又有四位姑娘各買了一束，看穿著都是家境還不錯的，似乎是從附近的胭脂鋪子裡出來的。

最先來的那一家三口瞧見花快沒了，頓時有些急，小姑娘拉著她爹的手指著花喊。

「要花、要花！要香香的花回家！」

小姑娘的爹猶豫了一下，看看女兒期盼的小臉，咬咬牙，拿出十文錢。「給我們一束！」

阮玉嬌拿了一束放到小姑娘手裡，笑著道：「小妹妹要多多吃飯快點長大啊，長大了就能自己去採花了。」

「我長大能像姐姐一樣好看嗎？」

「妳會比姐姐更好看，要聽爹娘的話。」阮玉嬌笑著跟小姑娘道別。她看著那對夫妻對孩子寵溺的眼神，心裡升起了些許羨慕，不過這種感覺轉瞬即逝。重活一世，她已經不再希冀什麼父愛、母愛了。

她只準備了十束花，最後一束被一個漢子買了，說要買回去哄媳婦的。花賣光了，大家也慢慢散開，不少人都在議論阮玉嬌心靈手巧，弄點野花都能賺錢，生在誰家真是誰家的福氣了云云。

阮玉嬌揹好空背簍，對阮老太太笑道：「奶奶，這下子都賣光了，咱們回去買條豬肉慶祝一下吧？」

「好好好！嬌嬌真是能幹，妳爹他們都比不上妳。走吧，東西賣光了，咱也去逛市集，妳想要啥奶奶給妳買。」剛剛的擔心煙消雲散，阮老太太樂得合不攏嘴，腳步都輕快多了。

人群外的張耀祖看著她們祖孫歡快的背影，抿緊了唇，突然有些懷疑這門親事換得真的對嗎？剛剛母親還在說阮玉嬌幹不了農活就是廢物，可眼看著阮玉嬌採了一堆野花就掙了一百文，輕輕鬆鬆不用挨累，這難道不比幹農活好？

阮香蘭看到他的眼神氣得夠嗆，忍不住開口道：「原來姐姐這麼能幹，原來咋還不說呢？一直叫奶奶養著，病了還要吃藥，這些年可讓奶奶操了不少心。」

劉氏冷哼一聲。「她能幹啥？還不是瞎貓碰上死耗子，要不是剛才那個太白樓的小姐幫她說話，她還不得被人罵死？一點破花也敢賣十文一束，我看她是想掙錢想瘋了！」

張耀祖看看身邊曬黑了、手也糙了的阮香蘭，心裡多少有些不得勁。這個模樣的阮香蘭跟其他農婦有什麼區別？偏她還要擺出一副柔柔弱弱的姿態，配上她如今的樣子，頗有些違和，說是東施效顰也不為過。他又看了一眼阮玉嬌的背影，恍然大悟。原來阮香蘭是在模仿阮玉嬌，可阮玉嬌說話天生就嬌嬌柔柔的，一顰一笑也很有氣質，長得又好看，阮香蘭哪裡能模仿出來？看著都難受。

他不禁插嘴說了一句。「之前我見她揹著一背簍東西，如今都沒了，想必是都賣掉了吧。興許阮姑娘於買賣之道確實有些天分。」自阮玉嬌讓他難堪之後，他就改了稱呼叫「阮姑娘」了，只不過他心裡還是會默念「嬌嬌」二字，想著他就該娶個這樣貌美溫柔的女子才能享紅袖添香之樂，怎麼當初就鬼迷心竅看上了阮香蘭呢？

阮玉嬌重活一次，從骨子裡就變了，自然連說話的談吐和渾身的氣質都和從前天差地別。也許像她這樣的在京城的街上一抓一大把，但在這小鎮上還是挺顯眼的，如今她已是頗為收斂，卻被張耀祖看到了好的那一面，和阮香蘭放在一起做對比。一個連鎮上都沒來過幾次，一個卻在員外府見過不少世面、學過不少規矩，高下立現，誰都能看出哪個更好點。

張母還在琢磨兒子那句話，懷疑地問道：「她那一簍子野菜、野果難不成全賣了？這麼快？剛剛我看見她們賣雞蛋的才賣掉了一點兒，阮玉嬌都沒去擺攤，她咋賣的？」

劉氏嗤笑一聲，不在意地道：「賣啥賣？她一天不幹正事就會琢磨這些亂七八糟的，我看她是知道賣不出去又揹不動了，乾脆找了個地全扔了吧？那背簍我看著可不輕，她那小身板能揹多久？」

阮香蘭輕輕蹙眉，瞄了張耀祖一眼，說道：「大姐這樣有點浪費了，要是揹回家能吃好幾天呢。那些野菜、果子還是小壯他們弄的，說是賣了錢要平分，他們知道還不得難受呀？」

「啥？那些是幾個孩子弄的？哼！怪不得，我就說阮玉嬌哪兒來的本事弄那麼一簍子。使喚小孩，也就她幹得出來！」張母不屑地撇撇嘴。「耀祖，我們走，給你買點紙啊墨啊的，看你缺啥咱就買啥，待會兒再跟香蘭去買點布料做衣裳。」

有了之前阮玉嬌輕聲慢語講道理的樣子做對比，她們三個女人這樣在背後詆毀別人就有些令人不喜，何況她們言辭粗鄙，實在讓張耀祖很不耐煩。他抽了個空，跟張母悄悄說：「娘，這門親事真就這麼定了嗎？妳不覺得阮姑娘比阮香蘭好多了嗎？」

張母心裡一個咯噔，忙說：「兒，你可不能這麼想啊，你別看阮玉嬌剛才胡言亂語賣出幾束花就當她是個能幹的，她在村裡可是啥也不幹，跟她奶奶打豬草還要使喚幾個弟弟幫她，聽說做飯、擦桌子都叫弟弟幫忙呢。你說說她這樣的娶回家能幹啥？那就是個供著的祖宗！反正咱家不能要，不然往後你都得被她給拖累了！」

兒子突然反悔，讓張母想到阮玉嬌出落得越發好看的容顏，心裡暗罵她是個狐狸精，才一出門就勾搭男人。她們已經撕破臉了，若兒子把阮玉嬌娶回來，往後家裡還有她站的地方嗎？再說這事也不可能反反覆覆。她急忙勸道：「你還不知道呢，她叫她奶奶去咱家退親，把娘摁在地上揍了一頓，還罵你是忘恩負義的人渣，說你配不上她。娘在那麼多人面前鬧了個沒臉，當時想死的心都有了啊！」

張母抹起眼淚，張耀祖心就偏過來了，震驚道：「她居然是這樣的人？看來知人知面不知心，這表面溫柔的人竟有一副蛇蠍心腸。」

「可不是嗎？耀祖啊，娶妻娶賢，香蘭天天從早忙到晚，勤快著呢，而且身子也好，將來肯定好生養，不像阮玉嬌那個病秧子，指不定跟她娘一樣，說沒就沒了。這次你可一定得聽娘的，別再想那個阮玉嬌了。」張母趁熱打鐵，又說了一個張家極重視的問題，就是子嗣。

張家子嗣不旺，張老爹沒有兄弟，張耀祖也就只有一個妹妹，全家最盼著的就是將來張耀祖的媳婦能多生幾個男娃。阮玉嬌小時候病弱差點都沒養活，怎麼看都不是好生養的樣子，這樣的確實不好娶回家。

張耀祖也不是多喜歡阮玉嬌，只不過他身邊最好看、最出色的就是阮玉嬌，還是他曾經的未婚妻，他心裡多少有些不甘。但聽母親細數阮玉嬌的缺點，他也慢慢把心思放下了。娶妻娶賢，他是應該聽母親的。

阮香蘭躲在旁邊拐角處用力地蹂躪著衣角，死咬著下唇不敢出聲，心裡卻不停地罵著阮玉嬌。為什麼阮玉嬌那賤人就是陰魂不散？張耀祖已經是她的未婚夫了，跟阮玉嬌沒關係了，為什麼阮玉嬌還要奪走張耀祖所有的目光？這明明是她好不容易求來的機會，就想跟張耀祖說上幾句話，叫他別忘了自己，為什麼阮玉嬌偏要把所有風頭都搶去？

她恨死了！她一定要把阮玉嬌攆出去，一定要讓阮玉嬌從村子裡消失！她好不容易搶來的夫君，絕不能再被阮玉嬌給勾走了！

他們這邊表面和氣的繼續逛著，卻慢慢有些搭不上話了。幾人各懷心思，聊什麼都有些沒意思。而那頭阮玉嬌和阮老太太已經逛了好一會兒，開始找適合的成衣鋪準備找活了。

第十二章

成衣鋪有大有小，本來因為酒館的事，阮老太太想要去中等的店鋪試試，可阮玉嬌卻有不同想法。針線活靠的就是手藝，她的手藝好，人家為什麼不用她呢？除非是老闆娘性子不好、相處不來，又或者人家當真只招鎮上的人，不然她就應該去找最好的鋪子，這樣接到的活才會好，掙到的錢也才會多，一件頂多件普通衣裳，才不至於讓自己太累。反正就算被拒絕也沒什麼大不了的，為什麼不去試試？

鎮上最大的一家成衣店叫做錦繡坊，在東邊很繁華的地段，有尋常店鋪的五間那麼大。阮玉嬌和阮老太太到的時候，店裡已經有不少客人在挑選成衣或布疋，店裡人都忙著招呼，不過看到她們進門，一個小二還是立刻就過來笑著詢問。「二位客官想選點什麼？」

阮玉嬌一看對方沒因為她們的衣著而厚此薄彼，心便放下了一半，拍拍籃子裡的小包裹道：「小二哥，我是來找活的，想找你們掌櫃的問問。」

「找活？」小二一愣，抬起頭打量了她一眼，客氣地道：「姑娘，咱們店裡不招人，也不收荷包、絡子，不如您去別處問問看？前邊不遠就有一家還不錯的店。」

阮玉嬌看著店裡生意興旺的樣子，有些不甘心就這麼離去，想了想，笑道：「小二哥能不能幫忙去問一聲？若是掌櫃的有空看看我的針線活，說不定會願意收我呢？」她把包裹裡的一件小衣裳拿出來給他看。「您瞧，我活計不差的，您能幫幫忙嗎？」

小二看見小衣裳就改了主意。雖說店裡確實不招人，但這姑娘手藝相當不錯的樣子，他問一聲想必也不會被掌櫃的責怪，就當好心幫忙。小二接過小衣裳，說道：「那您二位先在這邊等一下，我去後頭幫您問問。」

「那就麻煩小二哥了，多謝多謝！」阮玉嬌感激地道了謝，挽著阮老太太走到一邊靜靜打量著店裡的衣裳。

錦繡坊有上下兩層，下面鋪子掛的都是老百姓和稍微富裕些的人家能穿得起的，且依分類擺了各種各樣的布疋，方便客人挑選。但她記得在員外府時聽過，官員家的女眷和真正很富有的人家，都是直接去二樓挑選，或者直接叫錦繡坊的人帶貨上門去給她們挑，不必跟人擠，顯出了她們那個身分該有的特權。

到她上一世死去的時候，錦繡坊依然生意火爆，沒有任何一家能夠比肩，所以她猜想，這家的東家應當很會做生意且很會做人，若是能成為這裡的女工，想必會有很多保障。至少，在她縫製出將來才會出現的衣服樣式時，能得到不菲的回報，還不必擔憂自己的人身安全。

片刻之後，那位小二哥快步走出來，笑著對她們說：「掌櫃的同意見妳們了，請跟我來，這邊請。」

阮老太太有些激動，阮玉嬌拉著她的手握了握，跟著小二一同去了後面的房間。房間裡，一位三十歲上下的婦人正在看阮玉嬌做的小衣裳，她打扮簡單，卻看得出衣服、首飾都比旁人好得多，想來就是這裡的掌櫃了。

掌櫃的見到她們就笑了笑，視線落在阮玉嬌身上，好奇道：「姑娘，這小衣裳是妳做的？聽說妳想來錦繡坊做女工？」

阮玉嬌笑道：「掌櫃的，我這裡還有一些，都是我這幾天做的針線活。我是臨溪村的，想接一些做衣裳的活回去做，給家裡多個進項。」

掌櫃的點點頭，拿出她籃子裡的幾樣東西細細翻看，隨口問道：「為什麼來我家？又為什麼不直接做一件成衣？」

「錦繡坊是鎮上最大的成衣鋪，衣裳多、布疋多，客人也多，我還聽說錦繡坊做事一向公平、公正，對於我一個小姑娘來說，這裡是最好的選擇了。至於這小衣裳，不怕掌櫃的笑話，這次我也是想過來試試，自然不能大張旗鼓的叫人知道，所以就裁了舊衣裳試試，不知掌櫃的對我的手藝滿不滿意？」過往的閱歷給了阮玉嬌自信，但第一次在外頭找活幹，還是讓她心裡有一點忐忑。

阮玉嬌的針線活自然是很好的，她本就在這上頭有天分，又跟著孫婆婆學了好幾年，就算到了京城，也是拿得出去的。不過錦繡坊並不缺女工，若只是活計好，還不足以打動掌櫃的。掌櫃的剛剛將她叫進來的原因，就是見這小衣裳裁剪得線條很好，隱隱超過了鋪子裡掛的同類衣裳，她這才想見到人試一試。

「這樣吧，妳在這裡剪一件嫁衣出來，要突顯新娘的窈窕身段，卻又不能顯得太貼身輕浮，妳能剪出來嗎？」

阮玉嬌微微一笑。「能。」

員外府裡有一位妾室嫵媚誘人，卻挑不出她衣著打扮的毛病，便是因著她在這上面下足了工夫。阮玉嬌曾做過她的二等丫鬟，幫著收拾屋子，日日相處，對她那一套很是瞭解。不過因為阮玉嬌的容貌越長越好看，那位妾室便趁她沒被注意到之前，將她打發去廚房做小丫頭了。

待小二拿來布料，阮玉嬌收斂心神，按掌櫃的給的尺寸在布料上畫了幾道線，便開始下剪刀裁剪，看得阮老太太是心驚肉跳。布料這東西在農戶家頗為珍貴，輕易不會做新衣裳，做的時候無不是小心再小心，畢竟裁多了浪費，裁少了又不適合，哪有像阮玉嬌這樣想也不想就下剪子的？

倒是那掌櫃的看到阮玉嬌的動作，眼睛一亮。內行看門道，外行看熱鬧，掌櫃的能獨自管理這麼大的錦繡坊，眼力絕對是頂尖的。從阮玉嬌下剪子她就知道，這姑娘手藝比她店裡最好的女工也不差什麼，甚至更好，而且這姑娘還不是只知道悶頭幹活，顯然是有自己的想法的。

沒一會兒，阮玉嬌就剪好了幾片布，鋪開、拼湊到一起，給掌櫃的大致說了下自己的想法，然後笑道：「掌櫃的覺著還成嗎？」

掌櫃的又仔細看了布片的線條，終於露出滿意的笑容。「不錯，剪得很好。」她看向阮玉嬌，問道：「妳剛剛說要拿一些衣裳回村裡做，這樣來回不是很不方便嗎？我們錦繡坊有給女工住宿的地方，雖然是大通鋪，但十幾個女工一起住在後街，上工、下工都很方便，做得活更多，工錢自然也更多，妳不考慮嗎？」

這就是要收阮玉嬌的意思了，阮老太太露出不可思議的神色，可隨即卻皺起了眉。針線活這東西若一天裡做個小半天也還成，但若從早到晚一直在做工，那眼睛不早晚得熬壞了？她有些擔心地看著阮玉嬌，生怕這孩子為了賺錢就什麼都答應了。

不過阮玉嬌根本不為所動，笑著婉拒了。「多謝掌櫃的為我考慮，我想有個能長久幹下去的活計，但我也要留在家中照顧奶奶，在沒能力把奶奶帶來鎮上之前，我必須得住在家裡才能放心。掌櫃的您看有沒有不著急的活計可以交給我，我回去做好就給您送來，保管不耽誤事。」

阮老太太聞言怔了一下，面露感動。掌櫃的也沒想到她不做長工竟是這麼個理由，不過她店裡本就不缺人手，讓阮玉嬌把不急著要的活計帶回去倒也無妨。最重要的是，從剛剛阮玉嬌的話中，她聽出了這個小姑娘的野心。

十五、六歲的農家女，一般都是聽父母吩咐幹活，乖乖等著嫁人，最大的想法興許就是能嫁個好人家了，旁的根本不會想，也不懂。像阮玉嬌這樣想著找個長久的活計，還要在將來把奶奶帶到鎮上來生活的姑娘，她還是頭一次見。不過這也讓她對阮玉嬌生出幾分期待來，下定決心要收下阮玉嬌。若將來阮玉嬌只是個普通婦人，她就當多了個女工；可若阮玉嬌真有了什麼成就，那她這一日可就是慧眼識珠了！

同意了阮玉嬌的做工方式，兩人便又商量了一下工錢。店裡一樓那種普通的衣裳分三等，做好一件的工錢分別是五文、十文、二十文。更好的衣裳，價錢就沒有上限了，看那衣裳賣出了多少錢再給她提成，基本能拿到賣價的兩成，若是做得好，日後還能再往上提。

這個工錢很良心，勞力一向不值錢，阮玉嬌一個剛進來的女工跟幹了幾年的女工一個價，也算是掌櫃的對她的照顧。當然阮玉嬌的目標不是這種誰都能幹的活計，而是真正要比手藝的貴重衣裳，那種才是抬高身價的關鍵。不過路要一步步走，飯要一口口吃，她不著急，當即笑著保證一定會仔細做，不出差錯。

兩人簽了契約，將之前提到的條件都寫在裡面，阮玉嬌也是這時才知道這位女掌櫃姓喬。她掃過契約雖知道沒問題，不過她如今應當是不識字的，便再找寫信先生念了一遍之後才按了手印。

店裡掛著的那些成衣都是按照大眾尺寸做的，一般不是太胖、太瘦的人都能穿，若客人要求高一點才要量身定做。這種衣裳自然就是不著急要的，於是掌櫃的便給了阮玉嬌三種布料，讓她在五日後將一樓的三類衣裳各做一件給她送來。

哪個女工都想做貴的衣裳掙更多的錢，但錦繡坊請來的女工也是分手藝高低的，手藝高，自然能做貴的；低的，就只能做那最最普通的了。這次叫阮玉嬌做三類衣裳，也是要看看她的實質手藝，到時再來決定讓她做哪類衣裳。

阮玉嬌明白，收好布料和針線，沒再說什麼就走了。她臨走之前，掌櫃的又把她繡的荷包和手帕各留了一條，說若是有需要刺繡的衣裳會考慮叫她做。這可是好事，阮玉嬌自然給她了。

包裹裡還剩五個荷包和一條帕子，阮老太太便領著阮玉嬌去了從前賣繡活的一個繡莊。這繡莊倒是不大，但已經傳了三代，生意一直很不錯，阮老太太過去常來賣東西，那時還是老闆娘的父輩當家呢，如今跟老闆娘也還能說上幾句話。

老闆娘看著也是三十歲左右，瞧見阮老太太便笑了。「什麼風把您老給吹來了？您聽我句勸，您眼睛不好，還是少動針線吧。」

阮老太太擺擺手樂道：「不是我，我孫女早就不讓我碰了。是我孫女繡了幾個荷包，拿來給妳看看。」

老闆娘上下打量著阮玉嬌，笑道：「喲，您這孫女長得可真水靈，肯定是被您嬌養著的吧？看您這歡喜的樣子，想來繡活定是不錯的。」

老闆娘特會說話，把阮老太太逗得很高興。阮玉嬌上前打了個招呼，然後將荷包、帕子取出來給她看。老闆娘本來是客氣客氣，不過看到東西後，就發現這姑娘居然比她奶奶的繡活還要好，登時拿起來又仔細看了看，笑道：「大娘，您孫女得了您的真傳啊，好好練練肯定錯不了。這些我收了，每個五文，咋樣？」

阮玉嬌點頭道：「沒問題，多謝老闆娘照顧了，往後要是有適合的活計可以找我，我一定會用心的。」

老闆娘笑著道：「好、好，小姑娘長大了，往後可得好好孝順妳奶奶啊。」

「嗯，我一定會的！」

阮玉嬌的繡活雖好，布料和線卻一般，老闆娘賣給別人也賣不了多少，這個價自然是適合的。阮玉嬌主要是讓老闆娘看到她的繡功，這樣將來若需要繡什麼屏風、桌屏之類的就能想起她來，也算一條路子。當然，就算沒有這份活也無所謂，如今她跟喬掌櫃簽了契約，不愁沒活計。

這一趟趕集把要辦的事全辦成了，不光阮玉嬌鬆了口氣，阮老太太也高興壞了。離開繡莊之後，阮老太太就拉著阮玉嬌要去買東西。「走走走，嬌嬌這麼能幹可得好好慶祝一下，妳想吃啥？那邊有點心鋪子，咱們去買點點心。」

鋪子裡的點心貴巴巴的，而且阮玉嬌自己就會做，哪裡肯花這個冤枉錢？她忙拉住阮老太太，說道：「奶奶，我不吃點心，咱們去買四串糖葫蘆吧！給幾個弟弟一人一串，這是我第一次賺的錢，還要給奶奶買好東西，奶奶您就跟我走吧！」

阮老太太拗不過她，只得跟著走了，一路上還在勸她要對自己好點，別總惦記別人。阮玉嬌就笑著聽聽，心想她可沒惦記別人，就只惦記奶奶一個人而已。先前說要給弟弟們買兩串糖葫蘆分著吃，但既然東西都賣出去了，阮玉嬌就直接買了四串，一人一串，都多吃點，解解饞。

糖葫蘆一文錢一串，買好了之後，她就拉著阮老太太去了首飾鋪。阮老太太以為小姑娘愛美，也沒說啥，還幫著她選。「嬌嬌，這個咋樣？妳戴上肯定好看。」

阮老太太趕集帶了一兩銀子，就是想多給孫女買東西好好補償她，畢竟前陣子是受了大委屈，差點沒挺過來。這會兒看見個雕花的銀手鐲樣式挺好，估計一兩銀子差不多夠了，雖說貴，但這東西能留著將來當嫁妝，自然是越看越喜歡，覺得買這個比旁的東西都好，保值。

誰知阮玉嬌卻搖搖頭，指著另一邊的銀簪子笑道：「掌櫃的這個怎麼賣？」

掌櫃的看了一眼道：「五百六十文。」

那銀簪子是祥雲樣式的，上面還嵌了五顆深紅色的小圓珠。雖說珠子並不珍貴，但這麼一點綴，卻讓銀簪子多了幾分高貴的感覺。當然材料就是那麼個材料，看著高貴，不代表賣得有多貴，銀簪子偏輕，五百六十文的價格已經很高了。

阮玉嬌又看了看別的簪子，說道：「掌櫃的給便宜一點吧，五百五十文我就買。」

阮老太太急忙拉住她，蹙眉道：「嬌嬌妳想要簪子？妳戴這個不好看，這邊這個好看點。」

阮玉嬌笑道：「奶奶，我不是給自己買的，簪子是給您買的。」

「啥？給我？」阮老太太瞪大了眼，這才知道剛才孫女說要給她買好東西是什麼意思，急忙擺手拒絕。「不行不行，這麼貴的東西給我買啥？我一個老婆子不戴不戴……」

「我第一次掙錢當然要孝順奶奶了，奶奶您再這樣我生氣了！」阮玉嬌打斷了她的話，拿起簪子在她髮邊比了一下，滿意地點點頭。「這個適合奶奶，真的好看。」

阮老太太還是拒絕。「妳掙的錢自個兒留著用，甭給奶奶買，奶奶是來給妳買鐲子的，妳咋不聽話呢？」

「我不要鐲子，奶奶把銀子留著，往後我真想要什麼再跟您說。」

掌櫃的大概是怕她們再爭下去什麼都買不成，乾脆道：「這個簪子就五百五十文了，適合妳就直接拿走。」

阮玉嬌應了一聲，麻利地拿出五百五十文給了掌櫃的，這簪子就買下來了。

阮老太太阻攔不及，拍拍腿道：「妳這孩子主意咋這麼正呢？說啥都不聽。」

掌櫃的好笑道：「您老就知足吧，有這麼好的孫女孝順妳，這可是大福氣啊！」

阮老太太嘆了一聲，也不好再說什麼，阮玉嬌已經幫她順好頭髮將銀簪戴上去了。拿過旁邊的銅鏡放在阮老太太面前，笑說：「奶奶您看，多好看！回去我再給您做身衣裳，您就是咱們村最好看的老太太了！」

阮老太太好氣又好笑地道：「一把年紀啥好看不好看的？妳淨會亂花錢，得了，妳給奶奶買了，奶奶也給你買一個，妳可不許不要。」

阮玉嬌才不怕她，放下銅鏡拉著她就跑，出了門笑道：「我不要，奶奶您可別買，要不回家又要吵好多天了。我給您買就不一樣啦，反正我掙了多少他們也要惦記，還不如給您買東西，我孝順奶奶，誰也不能攔。」

「那也不用買這麼貴的東西啊，妳這是賣菜方子得來的，咱倆不說誰也不知道，妳偷偷藏著不就行了嗎，幹啥都花了？妳說妳氣不氣人？」

「那我第一次賺回來的就想孝順奶奶啊，奶奶放心，等我做好三件衣裳給錦繡坊就又有錢了。衣裳有貴有賤，往後我不說是多少錢他們就不知道了，到時候我再偷偷攢著。」阮玉嬌挽著阮老太太的胳膊笑道：「等我以後掙了大錢，再給奶奶買金簪子、玉鐲子，還要到鎮上來買房子，我們搬到鎮上來過好日子，您就只管好好養著身子，等著孫女孝順您吧！」

阮老太太被她逗樂了，總算不再糾結那半兩多的銀子，笑說：「妳呀，越大越不聽話了，行，往後奶奶都聽妳的，就等著妳孝順我，當個啥也不管的老太太。」

辛苦了一輩子，阮老太太從沒想到老來的福氣是一個孫女給的，雖然阮玉嬌只是這麼一說，阮老太太卻能聽出她的認真。這輩子養了兩個兒子、四個孫子，恐怕將來真的只有這個孫女對她最孝順。這樣也好，不枉她疼了孫女這麼多年。

阮老太太心裡是滿滿的感動，也沒再非拉著孫女買東西。她看出來了，這孫女做啥都有成算，她還是別瞎摻和，免得惹出爭吵給孫女添麻煩。

這次出來總共賺了六百八十文，在錦繡坊買了些布料花了五十文，銀簪子花了五百五十文，糖葫蘆四文，還剩下七十六文，可謂是賺得快，花得也快了，銅板還沒捂熱就差不多花沒了。不過阮玉嬌覺得這樣正好，她往後就要賺得多、花得多，讓奶奶越過越好，讓那些人看得著，用不著。而她只需要把手裡的活計經營好，多幾個進項，將來離開家時自然什麼都不愁。

因為事情辦得都很順利，所以她們到鎮口的時候，發現牛車還沒回去，正好可以和大家一起回去，不用走路了。這會兒已經過了晌午，幾人沒吃飯都有點餓，坐在牛車上休息沒怎麼說話。阮玉嬌和阮老太太吃了肉包子，倒是氣色很好，過來同她們笑著打了個招呼，看上去心情不錯的樣子。

邱氏看見她們倆的背簍都空了，驚訝道：「阮大娘，妳們這是把東西全賣了？」

這時候張家母子和劉氏母女也走了過來，正巧聽見阮老太太高興地說：「可不是嗎？我們嬌嬌可本事了，這才半天兒的工夫就把帶來的全賣啦，都沒用我吱聲！」

大家一聽都來了精神，你一嘴我一嘴的問那野菜、野花都是咋賣出去的？阮老太太也樂意跟她們說，臉上的驕傲掩都掩不住。

這時眼尖的張母突然看見阮老太太頭上戴了個銀簪子，瞥了劉氏一眼，裝作吃驚地道：「這簪子可真好看！大娘，您這是剛剛買的？這得半兩銀子吧？」

劉氏一聽，忙往阮老太太頭上看去，登時臉就拉了下來，卻又不好發作，勉強扯著笑臉說道：「娘，您咋突然想起買銀簪子了？也沒聽說有啥喜事啊，最近也就是香蘭訂親了，剛剛給她買了點布想著做身新衣裳呢。」

這就是說阮老太太沒正形了，孫女訂親都不給買點好東西，自個兒卻買了個銀簪子。都是老太太了，若沒啥大喜事買銀簪子幹啥？家裡人累死累活的是叫她美的？這事確實不大適合。車上的幾人也都等著阮老太太答話。是有人想過阮老太太偏愛阮玉嬌，說不定會給她買點啥，可還真沒想過阮老太太頭上會多出個簪子來。

幾人又去打量阮玉嬌，尤其是劉氏和阮香蘭，幾乎要將阮玉嬌盯出個窟窿來，認定了老太太肯定給她買了更好的，指不定藏在什麼地方呢。

卻見阮老太太驕傲地一笑，抬手抹了下銀簪子道：「張家的，妳這眼力還挺好，這簪子可不得半兩銀子嗎？花了五百五十文呢！」

阮老太太伸出一個巴掌在眾人面前翻了個五，教劉氏倒抽一口涼氣。「五百五十文？」

阮老太太接著又道：「不過這可不是我自個兒買的，這啊，是我乖孫女孝順我的。唉唷，我可真是老來得福啊，沒白疼我的大孫女，頭一回掙錢就全給我花了，比誰都孝順！」她瞥了張母一眼，就差沒說張母眼瞎了，弄丟了這麼好一個兒媳婦。

這下抽氣聲更多了，所有人都不可置信地看著阮玉嬌，包括葉氏和邱氏都是滿眼懷疑。張母更是直接嗤笑道：「大娘，您就算想給您孫女臉上貼金也別撒這麼大謊啊，還孫女孝順您的？她不就賣點破花賺了一百文嗎，您這是唬弄誰呢？」

阮玉嬌笑了下。「原來張大娘看見我把花賣了。今兒個也是好運，正巧有一家酒館願意收我的野菜和野果子，一文錢三斤，全都賣了，繡的幾個荷包也賣了三十文。」

有人急著插嘴。「那野果子也才十幾文吧？這所有東西加起來也就一百五十文啊。」

阮玉嬌也沒計較她的無禮，繼續道：「要不怎麼說我好運呢？我來的時候怕野菜和野果子賣不出，就琢磨著把野菜拌了下，那店家說我拌的野菜味道正好下酒，把我的方子買去了，給了我五百文錢呢。」

「呀！拌野菜還有啥方子？妳咋拌的？」

阮玉嬌不好意思地道：「這我就不能說了，因為方子已經賣給了人家，那位店家說，往後我可以採野菜和果子去賣，但不能再用那方子拌野菜，也不能傳出去，不然要叫我賠十兩銀子呢。」

「哇，十兩這麼多！」

雖然沒能問出賣五百文的方子是啥，大夥兒都有點不甘心，但一聽弄不好要賠十兩，倒也沒人再揪著問了。不過人家小姑娘弄點野花賣了一百文，拌個野菜又賣了五百文，這都是白來的東西，掙了這麼多，咋能不叫人嫉妒呢？除了葉氏和邱氏，幾個人看阮玉嬌的眼神都有點變了。

阮玉嬌一向教人有些同情可憐，隱藏在其下的就是對她的輕視。結果她們每天辛辛苦苦的幹活，阮玉嬌卻從山裡摘點東西，輕輕鬆鬆就賺了半兩多的銀子。可大山是全村的大山，又不是阮玉嬌一個人的，她們心裡免不了就有點不舒服了。

第十三章

張耀祖還站在旁邊，張母生怕張耀祖看見阮玉嬌會掙錢又覺得她好，就陰陽怪氣地道：「阮大娘，您可得好好教教您孫女，這過日子最重要的就是節儉，得持家有道。她這次是走運掙了這麼多，往後咋樣還不一定，咋一下子就花光了呢？這將來到了婆家還不得把婆家給敗光了？」

不等阮老太太發火，阮玉嬌就淡淡地道：「張大娘這話可就錯了，子孫孝敬長輩說到哪兒都不叫敗家吧？我們家又不是窮到等這半兩銀子吃飯。再說您也說了我這次是運氣好，運氣好就等於天上掉餡餅，既然是意外之財，我拿來孝敬奶奶又有何不可？反正也不影響平常過日子，要是全指望這天上掉下來的餡餅過活，那才要餓死了。」

張耀祖看她對母親這般不敬，才相信母親說的這不是一個好姑娘，便狀似深明大義地道：「阮姑娘莫氣，我娘也是為了阮姑娘好才勸告兩句，若是阮姑娘不喜歡聽，我們便不說了。不過阮姑娘興許是不當家，不知柴米貴，有如此想法也情有可原，等將來阮姑娘知道過日子的難處，便能理解我娘的一番苦心了。」

阮玉嬌噗哧一笑，像是聽到了什麼大笑話，讓幾人都有些莫名，接著她說：「妹夫可真有意思，說的好像你當過家，知道柴米貴似的。」

張耀祖頓時有些窘迫。他從小讀書，兩耳不聞窗外事，哪裡懂得這些？不過是順著母親的話說。此時見阮玉嬌這般不識好歹，他有些惱羞成怒，卻礙於自己是男子，不好再說什麼。

阮香蘭見不得心上人難受，皺眉道：「大姐，妳少說兩句吧，張大娘和張大哥也是為了妳好，不想妳以後後悔。」

「對啊，妳說得好聽，還不影響過日子，也不看看妳會幹啥？好不容易掙倆錢還給花了，妳以為錢是那麼好掙的，說有就有呢？」張母說完瞥了阮老太太一眼，一副不屑的樣子。

她從挨打那天就憋著口氣，這會兒逮住阮玉嬌的錯處就可勁兒的說，非要叫阮大娘自打嘴巴。阮大娘不是最疼大孫女嗎？不是說那會兒孫女名聲差都是她胡咧咧嗎？這回她就叫阮玉嬌徹底栽個跟頭，看她還有啥說的，敗家娘們可是誰家都不會要的！

哪知阮老太太神色淡淡，看著她就像看個耍猴的，完全沒有惱怒的跡象。她正不明所以，就見阮玉嬌輕笑了一聲，拿下背簍給大家看了看裡頭的一大卷布，笑說：「是我沒說清楚，教長輩們替我擔心了。這些年我跟著奶奶做針線，活計做得還能入眼，剛剛已經跟錦繡坊簽了契約，成了他家的女工，往後只要幫錦繡坊做衣裳就能拿工錢了。

另外繡莊的老闆娘也說我繡功不錯，將來繡了荷包、帕子都可以送去她那兒。我也算有了兩個穩定的活計，不然奶奶肯定不同意我給她買簪子的。你們不知道，剛才我好說歹說她才答應，奶奶還念叨我好久呢。可這畢竟是我頭一回掙錢，奶奶對我那麼好，我好不容易長大了，掙到錢當然也想要對奶奶好。」

阮老太太突然紅了眼眶，之前心裡也感動，卻沒有這一刻感觸這麼深。面對這些人的質疑和張母、劉氏的不懷好意，她更加清楚了孫女的不容易。她一直沒怎麼說話維護，就是因為她知道自己護不了孫女多少年，將來的日子終歸還是要靠孫女自己過。既然孫女自己立起來了，那她只要在旁邊看著就好了。可看到這麼堅強毫不示弱的孫女，她心裡真是疼得厲害。有些人怎麼就不能好好過自己的日子，偏要盯著旁的人呢？

看到阮老太太這樣，葉氏和邱氏都開口幫著打圓場，而看熱鬧的幾人也心裡有些過意不去了。想想也是，人家阮老太太這些年多辛苦才把這個孫女養好，他們全村都看在眼裡。如今阮玉嬌走運得了點銀錢給她買簪子，有啥不應該的，怎麼就成了敗家了？

雖說一下子把錢花光確實不大適合，可聽見阮玉嬌竟成了錦繡坊的女工，那還有啥挑的？這已經比村裡的姑娘都強了！若是將來阮玉嬌不再這麼大手大腳，還有了個穩定的收入，那這次就純粹只是人家孝敬老人了，旁人誰也不該多嘴。

方才眾人只顧著震驚阮玉嬌花大錢的事，這會兒回過神來就發覺張母和劉氏說話咋就那麼酸呢？還有張耀祖，他一個讀書的小夥子又不懂家長里短，跟著瞎摻和啥啊？這咋看著這麼像一幫人合夥欺負人祖孫倆呢？

當即就有人對劉氏說了。「阮大嫂，妳回去可別罵妳閨女，老太太對嬌嬌多好啊，嬌嬌孝順老太太也是應該的。」

「可不是嗎，嬌嬌出息了，這才十五吧？就能幫家裡賺錢了。張大嫂，妳也別替她擔心了，錦繡坊的女工可不是誰都能當的，咱村裡這還是頭一份兒呢，多給咱村的姑娘長臉啊，往後肯定壞不了。」

嫉妒是一種飄忽不定的情緒，誰都怕被人看出來，顯得自己心眼不好。有了張母和劉氏這倆出頭鳥，幾人紛紛把矛頭對準她們，以此來掩飾自己對阮玉嬌的嫉妒，將張母和劉氏說得臉色鐵青，差點沒厥過去！

張母、劉氏等人已經被阮玉嬌成為錦繡坊女工的事震驚了，一來沒人想過到鎮上找活除了洗衣裳的之外，還能做簽約女工，二來她們眼中的廢物縫縫衣裳就能拿工錢，實在太出乎她們預料了。這個被她們可憐、輕視的小姑娘居然有了份體面且穩定的活計，彷彿有個無形的巴掌啪啪打在她們臉上，叫她們頗為下不來臺，不禁暗恨阮玉嬌不早說明白，害她們又當眾丟人。

恰好趕車的張大爺買完東西回來打破了僵局。張大爺自然對她們女人間的矛盾不感興趣，見人都到齊了便招呼眾人上車，張羅著回去了。阮玉嬌扶著阮老太太上車，好似剛才的事都沒發生過一般，同葉氏聊起了碰見的趣事，倒讓其他人心裡舒服不少。為了表現自己是「正義」的一方，幾人紛紛同她們祖孫攀談起來，奉承話不要錢似的往外冒。

而張母和劉氏母女就比較尷尬了，挨著坐在邊上，沒人搭理她們，她們也覺得丟臉不知該說些什麼？只能聽著那些人誇讚阮玉嬌，堵心得厲害。

張大爺說走就走，一點不耽擱。張耀祖還要留在鎮上讀書，同張母告別之後便站在原地目送她們離去，然而他的目光卻不自覺地挪到了阮玉嬌的臉上，移不開了。他惱恨她不念舊情，卻又忍不住被她的風采吸引，她同那些農婦果真是不同的，遇到再大的詆毀也只是有理有據地反駁，言笑晏晏，不像他娘和劉氏的潑婦樣，雖然那是他的長輩，但剛剛真的有些丟人，害得他都跟著一起沒臉。

他又有些責怪母親不問清楚就編排人家，他和爹都是讀書人，一向是溫和講道理的，偏母親總是掐尖要強，沒少跟人吵架，叫他幫也不是，不幫也不是。這下好了，不僅沒踩到阮玉嬌，還叫人看出阮玉嬌是真的很嫌棄他，等她們回村，想必很快就會把這事傳開。到時候阮玉嬌就不再是被拋棄的可憐女，反倒是他一個大才子才是被挑剔不要的那個。

張耀祖心亂如麻，也沒心思再想阮玉嬌，轉身就悶頭往書院走，腦子裡全是怎麼扭轉大家對他的印象。他在村子裡應當是被人羨慕、被人敬仰的，不該像個笑話一樣被人在背後說三道四。回頭他得跟母親說一聲，退親本就是他家理虧，往後就該和阮玉嬌劃清界限，少摻和她的事，免得叫人以為他們家風不正，欺負前未婚妻。只要沒人提及，慢慢便什麼都淡了。

其實就算沒他叮囑，張母這會兒也不說話了。這還是退親之後她第一次見阮玉嬌，從前她對阮玉嬌的印象就是一個害羞靦覥的小姑娘，文文靜靜的坐在一邊不多嘴、不插話，看著就有點弱不禁風不討她喜歡。是以就算這些天聽了不少這姑娘的傳言也沒當回事，畢竟一個小丫頭能有啥本事？

可她萬萬沒想到的是，這個小丫頭如今面對任何人都淡定自若，輕聲細語地就把形勢扭轉，沒有臉紅、沒有結巴、沒有惱羞成怒，一下子顛覆了她對阮玉嬌的所有認知。她看著阮玉嬌同眾人閒談，沒有絲毫的拘束和不自在，心裡更是哪裡都不得勁。一個她看不起的小丫頭過得這麼好，這不是說她沒眼光嗎，她哪還能痛快得了？

不管是張母審視的目光，還是劉氏、阮香蘭嫉妒、怨恨的瞥視，阮玉嬌全都當沒看見，而她也沒同她們搭話，讓牛車上自然而然地形成了一個小圈子，將她們排斥在外，成了不受歡迎的人。阮玉嬌還大方地將收野菜、野果子那家酒館的名字告訴了她們，說她們如果空閒了可以去後山採摘拿去賣。

這下子幾個婦人心裡那點不舒坦就全沒了。阮玉嬌那些天上掉餡餅的事她們撈不著，錦繡坊、繡莊那邊她們也沒那手藝，但野菜、野果子不同，這是她們每個人都能拿去換錢的活計，是真真正正能撈得著的實惠！幾人頓時拉著阮玉嬌一通感謝，笑容都真摯了不少。

自己吃肉，帶人喝湯，如此才能交下更多的人脈，這都是阮玉嬌跟員外府的大丫鬟和管事嬤嬤身上學來的。眼看氣氛熱絡了起來，阮玉嬌揚起唇角，平淡的心也浮上一絲喜悅。

總算，她也給奶奶長臉了，不會再叫人說奶奶教養了一個無用的廢物。

到家之後，被家裡人知道阮玉嬌把半兩多的銀子花光了，自然又是一場風波。但阮老太太一輩子也沒件像樣的首飾，阮玉嬌用這筆意外之財買簪子孝敬她，還真是誰都挑不出理來。再者阮玉嬌成了錦繡坊的女工，將來家裡就多了個穩定的進項，這可是大好事，讓人想撒氣都撒不出來。

劉氏見阮玉嬌的布裡有一塊是給阮老太太準備的，便沒好氣地道：「既然嬌嬌這麼能幹，乾脆把妳三妹的衣裳也一塊兒做出來，叫咱們也瞧瞧錦繡坊出來的衣裳。」說著就把新買的布放到了阮玉嬌面前。

阮玉嬌看也沒看，不軟不硬地回道：「怕是不行啊，娘，您看掌櫃的叫我做三件衣裳，做不好不給工錢，我這幾日要急著趕工呢。」

「那就等妳做完這幾件再給妳三妹做。」

「做完這些交給錦繡坊，不就該做下一次交的衣裳了嗎？」阮玉嬌滿臉驚訝。「娘是要我跟錦繡坊請幾日假，空下來給三妹做衣裳嗎？」

阮金多一聽會耽誤掙錢，立刻瞪了劉氏一眼。「咋哪兒都有妳?!三丫她自己不會做？妳不會做？嬌嬌給錦繡坊做件衣裳有五文錢呢，哪能耽誤？」

劉氏這才閉了嘴不再說什麼，心裡卻越發不舒服，只覺自阮玉嬌病好了之後，就沒一件順心的事。該不會那死丫頭把晦氣都傳到她身上來了吧？

阮玉嬌不理她的黑臉，將眼巴巴等著的四個弟弟叫過來，把糖葫蘆發給他們，笑道：「快吃吧，幾個小饞貓！姐姐把東西都賣光了，所以就多買了兩根，一人一根，不許搶啊！」

「嗯嗯，知道了，姐姐！」四個小子接過糖葫蘆就迫不及待地咬了一口，全都露出一臉幸福的樣子，彷彿吃到的是什麼世間美味。

接著阮玉嬌又拿出二十個銅板，笑說：「之前咱們說好的，賣了東西分銅板，野菜和野果子一文錢三斤，總共賣了二十文，按照咱們記好的數量，大柱八文、二柱六文、小壯六文。」

三兄弟歡歡喜喜地把銅板抓在手裡，不可思議地道：「我掙的！這真是我掙的！」

阮玉嬌不能說野菜的實際價格，但也不會坑孩子們的錢，便又拿出三十文說：「這是我繡荷包掙的。既然是第一次咱們一起掙錢，那這個姐姐就拿出來獎勵你們，每人十文，你們收好了，將來努力掙錢，攢得越來越多，才能好好孝敬奶奶、孝敬爹娘。」

這下劉氏不幹了。「誒，妳咋能給他們這麼多呢？幹啥呢這是？娘您也不管管，他們小孩子家的要啥錢啊？還不都給弄丟啦？」

阮老太太白了她一眼。「當初說幾個孩子分錢的時候妳咋不管呢？這會兒才咋咋呼呼的，就這麼著，我幾個孫子幹得好，都懂事，這是獎勵他們的！」

阮老太太知道孫女這是找藉口把五十文都給幾個孫子，雖說若不是阮玉嬌能言會道，那些野菜恐怕也賣不出去，但既然孫女要把錢全給弟弟，那就這麼著吧，大方點總比鑽錢眼兒的好。

阮老太太一發話，其他人就算有什麼想法也不能說了。這下陳氏樂了，她兩個兒子一下子就有了三十四文啊，多能耐！想到這都是阮玉嬌的功勞，她拉著阮玉嬌一頓誇，笑得見牙不見眼的，好像阮玉嬌是她親閨女。

這一天除了劉氏偶爾陰陽怪氣之外，一家子都很歡樂，特別是幾個小的，比之前更喜歡姐姐了，阮玉嬌去哪兒，他們就要去哪兒，簡直像幾條小尾巴。

不過因為阮玉嬌要做衣裳，之後幾日倒沒怎麼帶他們玩，多是在打完豬草之後給他們講會兒故事，然後趁著送水的機會帶著他們在村子裡走一走，其他時候都讓他們在院子裡玩。

這期間倒是有不少人找上門，拐彎抹角地想問出野菜的拌法，以為阮玉嬌一個小姑娘會抹不開臉面說漏嘴。一個拌法半兩銀子呢，誰不惦記？結果誰也沒想到她嘴這麼嚴，不管別人說啥她都能溫和帶笑地回話，滴水不漏還不叫人難堪，弄得大家也是沒脾氣，乾脆放棄了。

見拌法實在問不出來，又有人問她野花的花束是怎麼弄的？這個阮玉嬌倒沒隱瞞，直接當著她們的面給她們講了。什麼顏色相間、高低搭配啊、大小適當等等。她就那麼隨便一擺弄，一束好看的野花就出來了，可到了別人手中，怎麼弄都不對頭。

不過也沒誰以為她藏私，畢竟她怎麼弄的大家都能看見，這玩意兒就圖個感覺，有的小姑娘弄得就好看點，有的就跟狗啃似的。阮玉嬌聽說她們有人弄了花束去鎮上賣了，不但沒人買不說，還被嘲諷了一通。有那麼兩、三個人去試過後，其他的自然就全都歇了心思。

阮家這才清淨下來，沒再整日擠滿大姑娘、小媳婦，而她們弄這一齣，也讓阮金多放棄了叫阮玉嬌弄花去賣的想法。本來聽說她一束花能賣十文錢，阮金多都激動壞了，想著後山那一望無際的野花，都興奮得睡不著覺。結果一盆冷水澆下來，叫他想明白了天上掉餡餅的事不是天天有，上次要不是人家太白樓大小姐開口，說不定阮玉嬌的花也賣不出去。

這些人不再鬧騰，阮玉嬌也靜下心來專心做衣裳。喬掌櫃的要求對阮玉嬌來說沒什麼難的，即使是分了三等面料，她也都是按最高要求做的。無論是剪裁還是縫合，全都比錦繡坊一樓掛著的要好上一些。喬掌櫃自然十分滿意，便定下往後都讓她做一樓最高等的那類，一件二十文，五天做三件。

這下阮玉嬌可算是揚眉吐氣了！一件二十文，一個月十八件就是三百六十文，平均一天十二文，只比那些扛大包的壯勞力差一點罷了，這十里八村哪家的姑娘比她強？

當阮玉嬌帶回第一次的三十五文工錢和這個好消息的時候，阮家整個都沸騰了！阮老太太高興得跟撿了金子似的拉著阮玉嬌直問。「掌櫃的真是這麼說的？往後就叫妳做二十文那種了？全都是？」

阮玉嬌笑著點點頭。「掌櫃的說我衣裳做得很好，若是一直好好做，將來指不定還能再加工錢。」

陳氏倒抽了一口氣，瞪大眼問。「還能再加？那錦繡坊這麼大方？」

「大方啥？這是咱們嬌嬌有本事，上次簽契約的時候，我就看出來掌櫃的很賞識嬌嬌，果然沒錯，人家這是看上嬌嬌的手藝了！謝天謝地，嬌嬌往後定是不愁吃喝，我也能放心了。」阮老太太笑呵呵地。看到孫女有出息她比誰都高興。

阮金多也難得的對阮玉嬌笑了下，說道：「那嬌嬌妳就別管家裡的事了，跟掌櫃的說說，看能不能多給妳點活計？做衣裳掙錢比啥都強，把妳那些活分給妳二妹、三妹。來回耽誤事的話，妳就住到錦繡坊去，跟那些女工一起，也能多做幾件。」

阮老太太一聽登時拉下了臉，瞪著阮金多怒氣衝衝地道：「你說的這叫啥話？你還有個當爹的樣嗎？嬌嬌本來身子就弱些，要是起早貪黑地做活那還有好？我看你是鑽錢眼裡去了，拿出息的閨女當牲口使呢，你自個兒咋不天天去碼頭扛包呢？」

扛大包多累啊！風吹日曬吃著乾餅子，連口水都喝不上，他咋能去？再說又沒分家，他憑啥那麼累？

對上阮老太太憤怒的雙眼，阮金多就把話咽了回去，小聲道：「我還不是為了咱們家著想，她有這個本事幹啥浪費？」

阮玉嬌面色平淡地道：「做得太多、太快容易出錯，可能就拿不到這麼高的工錢了，要不錦繡坊裡的女工怎麼還有五文錢一件的呢？五天三件是掌櫃的要求的，我給她做好就行了，家裡這點活我都能做，我想多陪陪奶奶。」

做飯、打豬草都是為了讓奶奶過得更舒坦，送水是為了光明正大地尋恩人，順便打破她好吃懶做的謠言，她幹這些正好，可不願意分給別人。

不過她沒把活分出去，阮春蘭、阮香蘭兩姐妹卻半點不感激她，反而對她更加嫉妒。她們一點也不覺得自己比阮玉嬌差，偏偏她們每天累死累活的討不到好，阮玉嬌隨便縫縫衣裳就能賺那麼多，看著阮玉嬌的風光，她們兩個恨不得扯碎她的臉，看她還能不能笑得那麼得意！

事情就這麼定了，誰也沒能因為阮玉嬌能幹而肆意的奴役她、作踐她，反而因為她掙得不少而堵住了別人的嘴。如今誰再想嘲笑她什麼，都得先尋思尋思自個兒是否比她強，不然說出來豈不是貽笑大方？

而阮玉嬌這樣五天去一趟鎮上交衣裳，也讓全村都知道了這個消息。阮家被退親的那個大姑娘出息了，一個月能掙上三百六十文！

不少人覺著驚奇，驚奇之餘還催著家裡老老少少的女人去錦繡坊找活。有的直接被小二擋了回來，有的說自己手藝好，死死央求，卻被喬掌櫃試一下就給拒絕了。先後去了二十多人，沒一個能進錦繡坊的，甚至連其他一些小的成衣鋪都沒進去。

這下子阮玉嬌更出名了，連附近沾親帶故的外村人都聽說了她的事，頓時有不少人家都動了心思，想把這個會賺錢的姑娘娶回去。幹不了農活算啥？不是能做飯、收拾家嗎？旁的活有其他人做，只要阮玉嬌能照顧好家裡且一直掙錢就是好媳婦啊！

一時間上門來給阮玉嬌說親的人多了起來，雖說真正條件好的人家還是會怕阮玉嬌不好生養沒湊熱鬧，但有意的人家裡倒也確實有幾戶還可以的。阮老太太本想等退親的事過去一陣再給阮玉嬌相看，但這會兒旁人主動上門，她也沒有拒絕，便積極地打聽起消息來。

阮老太太疼孫女，自然認為孫女千好萬好，再加上如今孫女不能幹農活兒的事也算不上什麼缺點，這眼光就高了起來，打聽幾日一直沒找著合意的，不禁就有些犯愁。

阮玉嬌見了有些好笑，勸道：「奶奶著什麼急呢？我才十五，再留兩年也不礙事的。」

「啥不礙事？先訂親再成親，要準備的多著呢，這時候再不決定就晚了，好小子都得叫人挑走！」

「那也是沒緣分，這種事強求不來，既然沒碰見適合的就順其自然唄，總不能為了嫁而嫁，您不是說要給我挑一戶好人家嗎？」

阮老太太看著孫女淡定自若的樣子實在有些無奈。「說是這麼說，可總得上點心啊！咱家嬌嬌這麼好，可不能隨便嫁了，總得比張家好才行，不然……我去打聽打聽老許家那個三小子？他也要考秀才呢。」

許家小兒子許青柏，倒還真考上了秀才。阮玉嬌記得上輩子他是村裡唯一一個考上的，但奶奶似乎說過他有些高傲。看著奶奶興致勃勃的樣子，阮玉嬌提醒道：「要考秀才的讀書人多數都有些傲氣，且他們的家人也大多瞧不上村裡人，之前張家不就是想找鎮上的姑娘嗎，只是礙於奶奶您的恩情才沒好說出口罷了。那許家，我看還是算了。」

阮老太太一想也是這麼個理兒，但不試試她總有些不甘心，便道：「妳放心，我只悄悄想法子打聽下他家的情況。他家老二媳婦和他們的娘倒是都挺厲害，可許家二小子和當家的都怕媳婦，嫁個怕媳婦的，往後分家了自個兒過日子不會吃虧。我先打聽打聽許家三小子性子咋樣，妳也別跟人說啊，萬一不成，叫人知道了要笑話咱們的。」

阮玉嬌自然不會說，她本來就退過親，再說親事就務必謹慎，若傳出什麼風言風語對她是很不利的，她可不想因為這種無謂的事惹出麻煩。

阮老太太心裡有了主意，便把其他幾戶人家都放棄了。她這次想明白了，就算許家老三不適合，那也不一定非得在村裡找啊！如今孫女在鎮上有活幹，連錦繡坊的喬掌櫃都賞識不已，那為啥就不能在鎮上找婆家呢？她記得孫女說想去鎮上生活，那嫁去鎮上不是更好？

第十四章

不過這親事可不是阮老太太說不願意就沒人說，這些日子有不少人相中阮玉嬌的事都快把阮香蘭給氣死了！她之前因為打聽不好的去處還被罰餓了一頓，哪能看著這事就這麼黃了？可跟她說這消息的小姐妹早就嫁到鄰村去，沒事不會回來，她天天忙著幹活也抽不出空去聯繫，就沒法做下一步動作。

心急如焚地過了幾天，終於被她等到人了，阮香蘭急忙裝作肚子疼，跑去找小姐妹問情況。她這個小姐妹叫李冬梅，上次就是隨口一說，瞧見她這麼上心還挺驚訝，直到聽她說是給阮玉嬌找婆家便懂了。自小阮玉嬌就是一眾姑娘嫉妒的對象，別說阮香蘭，她也看阮玉嬌不順眼，大家都是丫頭片子，憑啥阮玉嬌就有奶奶疼著、護著啥都不用幹？阮香蘭想用親事坑阮玉嬌一把，李冬梅是舉雙手雙腳的贊同，毫不猶豫就開始給她出謀劃策。

上次她們說的是稍遠點的一個村子，那村子在山裡頭，聽說很窮很苦，種不了多少糧食，全靠打獵得來的獵物換糧食，所以沒姑娘願意嫁過去，以致於村子裡光棍很多，只能攢銀子買媳婦。後來漸漸有人牙子和不在乎閨女的人家把姑娘賣過去，一個尋常的姑娘能賣五兩銀子呢，像阮玉嬌這麼好看還細皮嫩肉的，估計賣個十兩都有人買。

李冬梅就是因為鄰村有一戶人家賣了閨女才知道這件事，這種條件說出來阮老太太肯定不會答應，她們兩個就商量著找人做個套。李冬梅婆家在鄰村，就說她婆家有個遠房表親過來借住，然後裝得一表人才、家境富裕等等好條件，叫阮老太太滿意。阮香蘭就說動爹娘幫著勸說，一旦阮老太太點頭收了銀子，那這事就成了！

至於事後發現不對怎麼辦？那還不好說。她婆家在鄰村，又不是想找麻煩就能找的，再說阮家就老太太一個人在乎阮玉嬌，難道她家還怕個老太太？阮金多他們收了聘金恐怕壓根兒就不會管，這件事最後只會不了了之，她一點都不怕。

當然，她肯幫阮香蘭幹這種缺德事是不可能白幫的，兩人商量了半天，最後說定跟山裡漢子要十兩銀子，她們倆一人一兩，對阮金多他們只說聘金是八兩銀子。

張耀祖家裡那麼要臉面的讀書人才會給五兩聘金，尋常人家給一兩、二兩就算不錯。八兩，真的很多了！

阮香蘭跟李冬梅商量完心情大好，回到家還止不住的樂。等劉氏從地裡回去，她急忙就把劉氏拉到她屋裡，小聲跟劉氏說了這件事，只不過她隱瞞了是賣到山裡的真相。她也想好後路了，她是張家的準兒媳，家裡將來是要靠她相公免稅的，就算這事東窗事發，肯定也不會讓家醜傳出去，只會幫她遮掩，不會把她怎麼樣，如此她才敢這般大膽，算計著要把這個處處比她強的姐姐弄到山裡去。就阮玉嬌那身子，在山裡那麼艱難的環境裡鐵定活不下去，她就想看看到時阮玉嬌還能不能這麼得意！

劉氏聽完皺起眉，看她像看傻子似的。「妳缺心眼兒啊？八兩銀子的聘金，這麼好的親事給那死丫頭？妳不知道誰是和妳一個肚子裡爬出來的啊？有這好事妳咋不想著妳二姐呢？到時候妳二姐夫家有錢、妳家有勢，好好幫著妳弟弟，咱家不就全妥了嗎？」

阮香蘭一愣。她什麼都想到了，就是沒想到把親事說得太好叫劉氏給惦記上，忙道：「我怎麼可能把好親事說給阮玉嬌呢？娘，那家男人有隱疾，不能生孩子，還打媳婦，他前一個媳婦就是叫他打死的，要不能給這麼高聘金嗎？您想想，這種人哪能幫弟弟啊！指不定二姐嫁過去就叫他給打死了。」

劉氏嚇了一跳。「妳這孩子咋不早說呢？別人知道這消息不？妳奶奶可不好唬弄，萬一叫她知道了還不知多鬧騰！」

「不知道、不知道，冬梅只跟我說了，叫我瞞著呢。」

「這樣……那成，我晚上跟妳爹商量一下。」聽了阮香蘭的話，劉氏眼睛一亮。這麼「好」的親事，她一定要給阮玉嬌說成了！

劉氏知道小壯現在喜歡跟著阮玉嬌，特地避開小壯，悄悄跟阮金多說：「孩子他爹，你不是叫我給嬌嬌找個人家嗎？今兒個李家嫁出去那閨女回娘家，說了一個我覺著還不錯。」

「給嬌嬌說親？」阮金多一怔，隨即擺了擺手。「這事不急。嬌嬌如今能掙錢，這麼早把她嫁出去幹啥？叫她再在家留個四、五年，能掙個二十兩銀子，到時候再給她找人家就是了。」

劉氏有些懵。「四、五年？那嬌嬌都二十歲了！」

阮金多毫不在意地道：「二十又咋了？妳又不是不知道她那身子骨，指不定跟她娘一樣懷不好孩子，好人家哪有願意要的？乾脆等她二十給她找個死了婆娘的，嫁過去直接當娘，也免掉她生子的辛苦了。」

這話可真是令人心寒，連劉氏都忍不住懷疑阮玉嬌到底是不是阮金多親生的？好好的閨女要嫁去給人當填房，還說得這麼冠冕堂皇，不就是想拘著人家多掙點銀子回來嗎？這可真像老太太說的那樣，拿閨女當牲口使呢！

不過那死丫頭不是她生的，阮金多越不在乎，她越高興。想到那死丫頭跟前頭死掉的女人越長越像，她就想看那死丫頭受盡苦楚，如此才能消掉她心頭的恨意。

可是高興過後，劉氏難得聰明了一回，拉著阮金多道：「當家的，你是為嬌嬌著想，怕她不好生養叫婆家嫌棄，但老太太不會這麼想啊！你也知道，老太太一直把嬌嬌當大小姐養著，她說啥也不會讓嬌嬌去給人當填房的。我還沒跟你說李家閨女提的人呢，男方是她婆家的遠房親戚，長得一表人才，是個識字的，家裡也有田產在，就是太過挑剔了，想找個長得好的、知書達禮的，願意出八兩銀子的聘金呢！這不我一聽就想到咱家嬌嬌了嗎？哪還有比她更適合的呀！」

阮金多頓時驚住了。「八兩銀子？真的？八兩都能娶三、四個了，他幹啥找個農家姑娘？別是個騙子吧。」

「哪能呢？這可是老李家親家的親戚，知根知底的。當家的你聽我說，嬌嬌今年都十五了，看老太太這幾天對親事這麼上心，也不可能留她多久。她一年掙四兩銀子是不少，可她能不能在家留上兩年還不一定，指不定哪天她說累了、病了，老太太還得叫她歇著，倒不如就把她嫁到這戶人家，她日子過得好不說，還能給咱們八兩聘金，肯定是不虧啊！」

這倒是讓阮金多遲疑了起來。阮玉嬌是他娘的心頭肉，要是把阮玉嬌留幾年再嫁還真能把他娘給惹毛了。再說劉氏說的也不無道理，就阮玉嬌這些年病過的次數看，若真有個頭疼腦熱的，老太太指定得叫她歇著，那還掙啥錢？沒見他先前一提多做幾件衣裳，他娘就急了嗎？

阮金多琢磨半天，咋想都是一次弄齊八兩銀子比叫阮玉嬌掙錢可靠多了。他點點頭道：「成，妳說得沒錯，人家這麼好的條件料想著有不少人搶呢，妳趕緊著跟娘說說這事，把親事定下來。對了，到時候娘肯定得給嬌嬌出不少嫁妝，妳多長點心，攔著點。一個丫頭片子賠錢貨，給她東西都是白瞎，都該留著給咱小壯。」

「那是當然，你放心，我肯定好好看著。」劉氏見他同意，立即喜上眉梢。身患隱疾還打死過媳婦的男人啊，讓那死丫頭嫁過去簡直太痛快了！叫她假裝嫌棄張耀祖，不稀罕那門親，弄得三丫像個撿漏的，等她們姐倆將來一個天上一個地下的時候，所有人都會知道到底誰生的閨女才有福氣！

晚上幾個小子跟著阮玉嬌洗臉洗腳，乾乾淨淨地回屋睡覺。劉氏看到小壯爬到床裡頭自個兒乖乖睡覺，話都沒跟她多說兩句，心裡更是憤恨。她期盼數年、懷胎十月生下來的兒子，對著她只會大呼小叫，卻這般聽那死丫頭的話，叫她怎麼能不恨？這下好了，很快她就能把阮玉嬌嫁出去，叫那死丫頭再也不能跟她搶兒子！

阮玉嬌睡醒一覺起來，就感覺到有什麼地方不對勁，比如劉氏和阮春蘭、阮香蘭看她的眼神怎麼都透著興奮呢？還破天荒地跟她打了個招呼，把她嚇了一跳。這母女三人總是看她不順眼，真不明白她們怎麼突然轉了性？

阮玉嬌心生防備，只是等到家裡人出去幹活也沒出什麼么蛾子，便暫時放下心思，帶著幾個小的同阮老太太出門打豬草。她的身子弱，主要是因為她娘懷胎的時候思慮過重，懷的不好，後來又難產，所以幼時就比較容易生病，一直細細養著喝了不少湯藥才長這麼大。

而阮老太太怕她累著，一般不讓她出門，風吹日曬的時候也多叫她待在屋子裡躲著。時日久了，即使她已經不常生病，也因為缺乏鍛鍊比旁人身子弱。力氣小是真沒辦法改變了，但她這陣子日日出門，又是打豬草又是送水，還要去鎮上交衣服，走得路、曬得太陽多了，反而感覺身體好了不少。至少如今她一上午打半簍豬草都不覺得累了，叫阮老太太既心疼又欣慰。

四個小子已經養成了習慣，天天跟在阮玉嬌後頭，能幹啥就幫著幹點啥，累了就在旁邊玩一會兒。快中午的時候，阮玉嬌收起鐮刀，擦了擦額上的汗，就見他們四個在一旁玩過家家，小壯正當著新郎官迎娶新娘子小柱呢。

倆小人兒手拉著手，還假裝要掀蓋頭，把阮玉嬌逗得直樂。「你們幾個知道啥叫成親嗎？還挺像那麼回事的。」

小壯立刻笑道：「知道啊！村裡有喜事我們都去看過呢，再說這些天總有人上門來，不就是給大姐妳說親的嗎？」他突然噘起了嘴。「大姐妳要嫁人嗎？我不要，我要大姐在家陪我玩！」

大柱、二柱雖然也喜歡阮玉嬌，但他們早聽陳氏說過，阮玉嬌這兩年就要嫁出去，倒沒覺得怎麼樣，只是說道：「大姐妳就算嫁人，也要常常回家啊，我們還想讓妳給我們講故事呢。」

「什麼呀，不要大姐嫁，大姐嫁了就成了別人家的人了。你們沒聽我爹說嗎，嫁出去的姑娘如潑出去的水。我爹都不讓我娘理我舅舅，到時候姐夫肯定也不讓大姐理我們啊。」小壯對這方面特別注意，有理有據，很是著急。

阮老太太沒好氣地說：「小壯別聽你爹瞎咧咧，啥潑出去的水？你大姐是奶奶的親孫女，是你的親姐姐，啥時候都斷不了這份親，自然得來往走動的。往後你當家了可得對你大姐好啊，那樣你大姐才願意回娘家看你。」

小壯似懂非懂，只知道連連點頭。「奶奶放心，我肯定對大姐好，叫大姐天天回家！」

阮老太太好笑地搖了搖頭，也沒跟他解釋姑娘家不能成天回娘家，看著兩個背簍滿了就招呼他們回去。

阮香蘭上午在家收拾屋子，下午才去地裡。他們回去的時候就見大門敞開，裡頭坐了個婦人，阮香蘭正給她端水喝。

婦人正是李冬梅的娘李王氏，瞧見她們立刻露出笑臉迎了上來。「老太太你們可回來了，我這都等妳半天了。」說著目光落在阮玉嬌身上，笑得別有深意。「喲，這就是嬌嬌吧？都這麼大了，真是出落得越來越俊了！」

阮玉嬌不認識她，但想來又是個說親的，便問了聲好，轉頭對阮老太太說：「奶奶我收拾一下去給我爹他們送水，妳們聊吧，晚點我回來做飯。」

阮老太太知道她不耐煩聽那些人亂誇，忙點點頭。「去吧、去吧，早點回來啊。」

阮玉嬌轉身進了灶房，隱約聽見李王氏跟阮老太太說她親家有個遠親要找媳婦，條件很好，跟她最適合不過云云。她笑著搖搖頭，想不明白這些人怎麼這麼熱心做媒？雖說給說成了能得謝媒禮，可這些人連她什麼樣都不瞭解，哪來的依據說他們合適？反正她是不指望這些陌生人能說出什麼好親事，如今在家裡還算自由，沒多大束縛，她還不想輕易就踏進另一家門呢。

對說媒的事不感興趣，阮玉嬌也沒仔細聽，很快就帶上水，領幾個孩子出門了。到地頭送完水之後，她就慢慢悠悠地在村子裡走，別人問她幹啥去，她就說幹完活看孩子玩呢，是以也沒誰奇怪她為什麼到處走。

只可惜她依然沒找到恩人。她覺得自己沒記錯，也可能就是恩人沒在家，或者常待在家裡不出門，正好與她錯開了。她在村裡走了許久，又是毫無所獲，不禁有點洩氣。只憑樣貌要找出恩人猶如大海撈針，不知要等到猴年馬月才能報恩？

小柱看見她皺眉，忍不住拉了拉她的手，疑惑道：「大姐？生氣？」

小壯聽了急忙跑過來。「啥？大姐生氣了？跟誰生氣？」

阮玉嬌失笑。「哪有生氣，只是日頭有些曬罷了，你們幾個乖乖聽話我就高興，去哪兒跟人生氣去？」

小壯像個小大人似的點點頭。「這倒是，我們是最好的弟弟，哪能惹大姐生氣呢？奶奶說了，做弟弟的必須保護好姐姐，往後長大了也要給姐姐撐腰。」他拍了下胸脯，昂著腦袋道：「姐妳放心，我多吃點飯快點長大，誰也別想欺負妳！」

「那好啊，我就等著小壯長大保護姐姐了。」阮玉嬌看著他同阮金多、劉氏都略有些相似的面容，心裡卻沒有一絲絲排斥。人同人的相處大抵就是如此吧？真心總能換來真心。小壯如此純粹的喜歡她這個姐姐，她也願意拋開同其他人的恩怨，只將小壯當個好弟弟看。至於日後他們會不會因為與別人的矛盾而漸漸疏遠，就不是如今該考慮的了。

今日開心就好好開心，將來的事等將來再說。

大柱、小柱羨慕地看著他們。陳氏已經給他們講清楚了，阮玉嬌是小壯的親姐姐，跟他們只是堂姐弟關係，遠著一層。如今住在一起沒得說，等將來大房、二房分家，阮玉嬌還要嫁人，他們慢慢也就沒什麼來往了，說不定一年見一次都是多的。

陳氏說這些的意思是叫他們長點心，幹點活是沒啥，但不能阮玉嬌說啥就聽啥，他們二房三兄弟才是一家人，阮玉嬌和小壯是外人，叫他們往後再有掙錢的事多想想二房，別傻傻地被阮玉嬌使喚。

雖然他們覺得阮玉嬌沒有使喚自己，但好像陳氏說的也都在理。他們將來可不就是要分成兩家人嗎？既然早晚都要生分，那乾脆從一開始就不要太親密吧，免得將來阮玉嬌嫁人時，他們還要傷心。看小壯如今不就極捨不得阮玉嬌嗎？他們還是聽娘的，把親疏遠近分清楚一點好。

阮玉嬌能感覺出他們兩個和小壯、小柱的不同，不過也沒多想，畢竟孩子大了都有自己的想法，何況他們都是男娃，本來就不怎麼聽話，沒什麼奇怪的。

幾人正笑鬧著，忽然聽不遠處傳來「唉唷」一聲痛呼。阮玉嬌皺皺眉，讓孩子們離遠點，自己則小心地繞過草垛去看，卻看見一位白髮的老婆婆跌倒在地，爬不起來了。

阮玉嬌連忙跑過去，放下籃子扶起老婆婆。「老婆婆，您怎麼樣了？摔到哪兒了？厲不厲害？」

老婆婆臉都疼白了，捂著腳腕連連皺眉。「腳……腳扭了，沒事，我歇一會兒就好了。」

阮玉嬌看了一眼，著急道：「老婆婆您家在哪兒啊？我去幫妳喊人吧，這得趕緊回去看大夫才行，傷到筋骨可不是小事，耽誤了醫治容易落下毛病的。」

老婆婆抿抿唇，無甚表情地搖了搖頭。「不必了，我沒有家人。」

阮玉嬌聞言一愣。沒有家人的老婆婆？她打量了一下老婆婆的樣子，遲疑道：「您是莊婆婆嗎？」

老婆婆扯了下嘴角，笑容帶著自嘲。「原來我老婆子孤苦伶仃的事誰都知道啊。」

這話讓阮玉嬌聽得心酸。也許是上輩子對奶奶亡逝的執念，她對老人家一向都很心軟，但凡看到有困難的老人都想幫一幫。上輩子照顧孫婆婆便是緣由於此，這輩子也同樣，她根本不放心讓莊婆婆一個人在這兒。

阮玉嬌想了想道：「大柱、二柱，你們倆跑去叫李郎中，就說村西頭的莊婆婆在這裡扭傷腳了，請他趕緊過來看一下。對了，別忘了叫人幫忙，我力氣小，可能抬不動莊婆婆。」

大柱、二柱立即點頭。「大姐妳等著，我們馬上回來。」

兩人眨眼就跑沒影了，阮玉嬌倒了碗水給莊婆婆喝，安慰道：「莊婆婆您別著急，郎中馬上就來，您先忍忍歇一會兒。來，喝點水吧。」

小壯在旁邊幫不上忙，也不知該幹啥，好奇地問了一句。「莊婆婆您咋會沒家人呢？您家人都去外頭幹活了嗎？」

「小壯！」阮玉嬌皺眉喝止，使了個眼色道：「妳去看著點小柱，別把他嚇著了，就在那邊挨著草垛坐會兒吧。」

莊婆婆默默喝著水，等他們都以為她不會開口的時候，她突然低聲說了句。「我的家人啊，都死光了。」

明明是一件很悲傷的事，被莊婆婆說出來卻平平淡淡，甚至連一點表情都沒有。可阮玉嬌就是知道她心裡不會這麼平靜。也許多年的往事已經不會讓她觸之流淚，但心中的悲痛定然是無法磨滅的，始終牢牢地刻在心中，就如上輩子的她。

忽然之間，阮玉嬌對莊婆婆的經歷感同身受。同樣是失去了重要的親人，同樣是自己一個人受盡苦楚，她突然理解了莊婆婆為什麼多年來不願意同別人來往，變得越來越孤僻古怪。若是她前世沒有遇到孫婆婆教導她、開導她，恐怕她也會沈浸在失去奶奶的悲痛中無法自拔吧！

小壯知道「死」是什麼意思，當下不敢再多嘴，總覺得莊婆婆面無表情的樣子有些嚇人。不過他在旁邊看看莊婆婆，又看看大姐，突然想通了一件事。怪不得奶奶總叫他保護姐姐呢，如果這莊婆婆有個好弟弟照顧的話，怎麼會弄成這副可憐的樣子呢？要是有一天他姐姐沒了家人，孤苦伶仃，他一定要把姐姐接到自己家好好照顧，絕不讓姐姐變得像莊婆婆這樣！

阮玉嬌瞥見他突然很有鬥志的樣子，實在無法理解。她發覺這幾日家裡的人都怪怪的，不知道都在想些什麼？不過這也說明她察言觀色的功夫還不到家，得繼續努力才行。

不多會兒大柱、二柱就氣喘吁吁地拉著李郎中跑回來了，大柱喘著氣道：「大、大姐，我們把、把李郎中請過來了！」

李郎中不敢耽擱，忙上前給莊婆婆看上，片刻後眉頭緊皺著嘆了口氣。「莊婆婆年紀大了骨頭脆，這一下是骨折了，至少要養三個月才能著力，半年以後才能正常走路。要是想恢復成原來的樣子，怎麼也得等一年以後吧，這還要保證能好好養著，服藥、換藥都不能停下。」

阮玉嬌怔了怔，再看莊婆婆毫無表情的樣子就有些心疼。骨折得多痛、多折磨人？莊婆婆竟除了最開始呼痛幾聲便跟沒事了一般，要不是莊婆婆臉色越來越白，她還真以為是李郎中看錯了呢。而最讓人揪心的是李郎中的話。三個月不能著力，半年才能走路，這對一個沒有家人的老婆婆來說是多麼殘忍？

那不能停下的藥誰來給她熬？她餓了、渴了、要方便的時候，誰來照顧她？這樣一個傷了骨頭無人照顧的老人，怕就只能數著日子等死了。

李郎中就是知道莊婆婆的情況才會嘆氣，不只如此，還有內服、外敷的藥物所需的錢財。若量少他就直接幫一把了，可老人骨折非同小可，用藥的銀錢也是少不了的，救急不救窮，他只是個郎中，真的幫不了這個忙。

氣氛一時有些沈痛，誰都沒有說話，還是莊婆婆打破了沈默，淡淡道：「我老婆子早就等著這一天呢，也好，能早些去和他們團聚了。」

這個「他們」是誰大家都知道，可是這樣卻更顯出莊婆婆的淒涼。阮玉嬌道：「李郎中，您先幫忙把莊婆婆抬回家治一下，其他的我來想辦法。」

「妳？」李郎中詫異地看她一眼。不是不相信她，而是這種事她一個小姑娘根本幫不上忙，就算她想幫，她爹娘也不會同意的。

不過看到阮玉嬌堅定的雙眼，他就沒再說什麼，點點頭，招呼帶來的兩個兒子把莊婆婆抬回家。兩個大小夥子都十七、八歲了，力氣大，一個揹起莊婆婆、一個在後頭扶著，走路穩穩當當的，讓阮玉嬌跟著放下了心。

莊婆婆的事是阮玉嬌聽阮老太太偶爾提過的，多的不清楚，只知道莊婆婆的丈夫早亡，她一個人拉扯大一兒一女，很是艱難。可天有不測風雲，莊婆婆的兒子在十幾歲的時候跟人起衝突被打死了，據說是意外，對方賠了點銀子就算了，官府都不管；而她女兒嫁人沒幾年竟也病死了，剩下的親外孫長大後上了戰場就再也沒回來。

跟她有血緣關係的人一個個都走了，每隔幾年她都要白髮人送黑髮人，承受錐心之痛。從前她還多少有點牽掛，但自從外孫死了她就徹底成了個活死人，如今這樣一日日麻木地活著，也只不過是因為答應過女兒和外孫會好好保重身體罷了。

她的痛苦無人理解，村裡還謠傳她是掃把星，刑剋六親，誰都不敢靠近她，彷彿離得近點都會沾上晦氣。於是莊婆婆就搬到了城西人煙稀少的地方，住在一個破房子裡過活。從前為了給女兒治病，她欠了不少債，賣掉房子和地才還清，她只剩一小片菜地，這些年日子過得就越來越苦了。

第十五章

到了莊婆婆的家，阮玉嬌看到搖搖欲墜的大門和柵欄，下意識地皺起了眉。等進屋後，看到有些透光的房頂就更是擔心了。這樣一個透風漏雨的住處，能養好病嗎？再說這裡總共就一個臥房、一個小倉房和一個簡單搭起來的灶臺，一眼望去空蕩蕩的，都看不見什麼吃的，以莊婆婆如今的樣子還能活得下去嗎？

阮玉嬌心裡堵得難受，上前握住莊婆婆的手道：「您別擔心，我會想辦法過來照顧您的。骨折雖然嚴重，但好好養著總會好的，您千萬別放棄，活著總能看見希望。」

莊婆婆似乎已經決定等死了，搖搖頭道：「妳是個好心的姑娘，我謝謝妳，不過我的事妳就別管了，別給自己惹麻煩，回家去吧。」

莊婆婆難得說這麼多話，雖然也才幾句而已，卻能聽出她有一副好心腸，不願意連累別人，這讓阮玉嬌更加下定了決心。她若沒碰上也就算了，既然碰上了，她自然不能看著莊婆婆就這樣死去。這又不是什麼絕症，若莊婆婆的家人泉下有知，肯定也無法接受讓莊婆婆這樣死去的。

阮玉嬌知道說多了沒用，直接去灶臺上燒水熬藥了。等她餵莊婆婆喝完藥，李郎中也將莊婆婆骨折的地方處理好了，正叮囑莊婆婆養傷的禁忌。莊婆婆看樣子不怎麼上心，有一句沒一句的聽著，根本沒在意。阮玉嬌只好認真記下，心裡想著怎麼才能過了阮金多那一關，讓他們能同意自己照顧莊婆婆？

把莊婆婆安頓好之後，他們回家都已經過了飯時了。一家人都在家裡等著，阮金多一看她就氣道：「妳幹啥去了？不知道時候到了得做飯啊？讓我們這麼一大家子等妳，妳好意思不？」

「就是，嬌嬌妳也太任性了，妳自己貪玩也罷，咋還拖著幾個弟弟呢？妳要再不回來，妳爹都快急得出去找了。」劉氏幸災樂禍地搧風點火，還不忘添上一句。「我跟妳爹可就小壯這一個兒子啊，經不起嚇，妳這當姐姐的往後可得注意著點。」

阮金多本就生氣，聽她這麼一說，直接拍桌子站了起來，可還沒等說話，阮老太太就不幹了。

「幹啥？你倆這是幹啥？餓這麼一會兒就受不了，那咋不自個兒去弄點吃的呢？孩子回來晚了肯定是遇著事了，你們倆不說趕緊問問，還一上來就是一通罵，我看最該罵的就是你們，一點當爹、當娘的樣子都沒有！」

小壯看阮老太太護著阮玉嬌，也趕緊說：「就是就是！我們才沒貪玩，我們是去救人去了。要是沒有我們，那個老婆婆指不定會咋樣呢，我們是做好事，咋不誇我們還要罵我們呢？」

這話讓幾人聽得一頭霧水，劉氏急忙問。「救啥人？到底咋回事？救了人沒給你們點好處啊？」

阮玉嬌皺了下眉，回道：「莊婆婆摔骨折了，我們正好碰見就幫忙請了李郎中，還把她送回家安頓了一下，這才回來晚了。」

一聽是莊婆婆就知道，什麼好處都別想了，那老婆子比誰都窮，哪裡能要什麼報答？劉氏撇撇嘴道：「就妳好心，請了郎中不就得了，還跟去人家家裡幫忙，把我們等著吃飯休息的這些人全給忘了，一點正事都沒有。」

小壯有點發懵地道：「救人不是正事嗎？」

劉氏被噎了一下，有些尷尬，也有些不知如何解釋，支支吾吾地說：「這……這救人也得看對方是啥人啊，要是有錢人，你救了指不定能得一大筆銀子呢，像莊老太太那樣的，救了也白救啊。」

阮老太太怒道：「劉氏！妳說的是人話嗎？是不是哪天我倒下了妳也懶得管我，直接把我丟出去了事啊？」

「哪能啊，娘，您這咋還多想了呢。您是我娘，我肯定得孝順您，那莊老太太不是跟咱沒關係嗎？我、我這……」

「行了，別說了！最沒正事的就是妳，妳給我閉嘴吧！」阮老太太一聽她說話就頭疼。這種娘還不得把小壯給教歪了？幸好小壯現在最聽阮玉嬌的話，不然她真是要被這不著調的給氣死。

阮玉嬌嘆了口氣，說道：「奶奶，莊婆婆真的很可憐，李郎中說她的傷處至少要三個月才能著力，半年才能正常走路，我看她一個人住在那兒沒個人照顧，這樣下去肯定是養不了傷的。我想……」

阮香蘭吃驚道：「幹啥？妳不會想把她接到咱家來吧？妳瘋啦？一個不認識的老太太，妳管她幹啥啊？」

眼看阮老太太皺起眉頭，阮香蘭連忙道：「我也不是說不該幫忙，我就是想著，幫也得分情況不是？咱們家實在沒有空屋子，再說也不能見個人受難就這麼幫，不如去跟里正說說，請里正想法子吧，這事不是歸里正管嗎？」

阮玉嬌掃了眼眾人的表情，繼續道：「奶奶，我不是想把人接回來養，我是想著，平日裡我快點做活，得了空就去莊婆婆那兒幫幫忙。她一個老人孤苦伶仃的不容易，咱們鄉里鄉親的能幫就幫一把，您覺得呢？」

阮老太太自然是沒意見的，只擔心她太累，拉著她道：「妳想去就去吧，總共也沒多少活，奶奶一個人就能幹。」

「那怎麼行，我不可能為了別人的事讓您累著的，我只是有空的時候去，不會耽誤別的事。」

明明只是一句保證，可落在阮金多的耳中卻成了偷懶的證據。「妳幹活、做衣裳還能抽出空去照顧別人？那妳平日裡都閒著幹啥了，咋不知道多做兩件衣裳呢？」

阮香蘭好不容易看到阮玉嬌挨罵，忍不住道：「爹，家裡的分工根本就不公平，我看大姐的活是太閒了，該多給她分點才是，不如就把家裡這攤子交回給大姐吧，反正大姐都是做熟手的。」

阮玉嬌瞥了她一眼，道：「妳覺著妳幹得多，我幹得少，不如咱倆換換，我去地裡頭幹活，妳負責想法子掙錢，妳看咋樣？」

阮香蘭頓時就說不出話來了。她負責掙錢？她能有啥法子？她早偷偷去鎮上試過了，最小的成衣鋪都不要她，她要是同意了不是自取其辱嗎？

阮玉嬌又道：「妳說家裡這攤子我做得熟倒是真的，妳瞧瞧妳幹的這些活跟我以前比，差了多少？一去後院一股子熏人的味，妳要是不趁著這時候把這些學會，將來到了婆家不是給爹娘丟人？別忘了老張家選妳是為了什麼，妳要是嫌妳手裡的活累，說不定老張家就會嫌妳好吃懶做。」

這是把當初挑剔她的話全扣在阮香蘭頭上，讓阮香蘭再也找不到想偷懶的理由，就連阮金多都嫌阮香蘭是沒事找事。他在讓阮玉嬌掙錢呢，就算空閒了也不可能幫別人幹活啊！

小壯肚子突然響了起來，見大家看他，有些窘迫地道：「幹啥？還不能餓了？也不知道吵啥呢，我們天天就幹那些活，幹完了就玩，我們把玩的工夫拿去照顧莊婆婆還不行啊？爹，我不要大姐做衣裳，她天天下午做衣裳就不能跟我玩了。」

小祖宗發話，阮金多也沒法子。他怕小壯鬧起來真不讓阮玉嬌做衣裳，連忙收起自己的小心思，笑道：「你大姐那是幹正事呢，幹得好了別人都誇她，你不想叫人誇她嗎？行了，爹不說了，她幹完活就叫她跟你玩啊，不過你不能去莊婆婆那邊，那不是好地方，你要是去了，我可就不讓你跟著你大姐了。」

劉氏立刻道：「嬌嬌妳願意幹啥是妳的事，可不能再帶小壯去了啊，給我們小壯沾上晦氣，我跟妳沒完！」

陳氏雖然不像她那麼疾言厲色的，但也攬著三個兒子開口附和了一句。「是啊嬌嬌，妳還小，不懂這些事，有些人是不能靠近的。」

阮玉嬌微微一笑。「我知道了，那我以後若是幹活快了就抽空去看看莊婆婆，妳們放心，我不會帶弟弟們去的，家裡的活也不會耽誤。今天是情況緊急，我才回來晚了，以後不會了。」

阮老太太雖然有些擔心，但看阮玉嬌心意已決，自然是站在她這邊，一錘定音。「這事就這麼說定了，誰也不要再有意見，我和嬌嬌去做飯，你們該幹啥幹啥去。」

阮玉嬌發現事情比她想像中的容易，心裡鬆了口氣，卻不知阮金多看著她的背影皺起了眉，更覺著把她嫁出去是對的。反正很快就能說成親事換八兩銀子，而阮玉嬌又保證幫人不耽誤掙錢，那這些天她願意幹啥就幹啥去，誰還管她？

阮玉嬌說要照顧莊婆婆，自然不是隨便說說。第二天大家吃過飯，她就去跟李郎中拿了藥到莊婆婆家熬上，手腳麻利地給莊婆婆打水洗臉，弄了早飯。

莊婆婆有些過意不去，一直拒絕。「妳快回去吧，妳我非親非故，哪能叫妳照顧我？」

阮玉嬌笑道：「我始終相信人和人碰到一起就是緣分，我撞見您摔倒若是不管不問那成什麼了？您就當我是為了我自己，不想讓自己良心不安。」

莊婆婆知道她是有意安慰，類似的話她一早上說了不少，可阮玉嬌就是不聽，還一點都不嫌棄的伺候她這個老太婆，讓她平靜如死水一般的心起了波動。不過她這些年見慣了村裡人的冷眼和惡意，覺得阮玉嬌只是小姑娘心軟，絕對堅持不了幾天。

誰知自那天起，阮玉嬌便每天早起去給莊婆婆煮飯、熬藥，然後再回家做飯，跟阮老太太一起打豬草。等打完豬草、送完水之後，她交代幾個弟弟好好跟著阮老太太，不要出院子，就又去莊婆婆那裡幫忙做飯，收拾一下家。下午更是直接將要做的衣裳帶到莊婆婆那兒，一邊做，一邊照看莊婆婆，一整天幾乎都沒閒下來的時候。

阮玉嬌想幫莊婆婆可不僅僅是有空過去就行，莊婆婆吃藥換藥都得用錢，還得買一些養身子的吃食。而莊婆婆在受傷三日後就把家底掏空了，再喝的藥都是阮玉嬌跟李郎中賒來的。她必須得想法子掙點錢，暫時不知能有什麼機會，只得偷偷繡起了荷包，打算等送衣服的時候順道去繡莊賣。

村裡人漸漸發現她老往村西頭跑，問過幾次知道了就把這件事傳得人盡皆知，一時間給她說親的那些人家都打了退堂鼓。那莊婆婆可是個晦氣的人，阮玉嬌天天過去，誰知道沾沒沾上晦氣？萬一娶到家裡剋了一家子人，那他們可後悔都來不及了！

阮老太太本來還挺看好一戶人家的，結果試探了兩句竟聽到這麼個理由，登時被氣了個倒仰，等晚上阮玉嬌一回家就拉著她念叨。「妳說這都是什麼人啊，莊老太太好端端的，非說人家晦氣，因著這麼個莫名其妙的理由還把妳給嫌棄上了，這幸虧是沒嫁過去，不然還指不定被嫌棄成啥樣呢。」

阮玉嬌好笑道：「反正您還沒漏口風，就當這事黃了唄，他們不願意娶，我還不願意嫁呢。」

阮老太太恨鐵不成鋼地在她額頭上點了一下。「妳咋還能笑出來呢？晦氣這東西可是可大可小的，萬一謠言傳出去，往後誰還管妳是啥樣人，只管說妳晦氣，那可咋辦？到那時就真找不到人家了！」

「那我就跟奶奶過一輩子唄！我還想留在奶奶身邊多孝順奶奶呢，我是您養大的，可不願意嫁到別人家去孝順別的什麼人。」阮玉嬌一邊繡著荷包，一邊跟阮老太太說話，手上動作飛快，一點不耽誤。

阮老太太猶豫一下，試探著說：「要不……妳在家待著，奶奶去照顧莊老太太？」

阮玉嬌想也不想就拒絕了。「我做這麼多事就是要讓您享福呢，哪能因為我的事再叫您勞累呢？奶奶您就別多想了，您既然想給我找個通情達理的婆家，那肯定不能是這些聽風就是雨的人家啊。您想想，從前她們咋不來呢？一聽說我每月掙三百六十文，她們就跑來給我說親了。結果您還沒表態，她們聽說我照顧莊婆婆，又都不樂意了，這樣的人家嫁過去有啥意思？」

「唉，誰說不是呢，是奶奶太著急了，還沒妳個小姑娘看得明白。」阮老太太嘆了口氣，又笑起來。「這些人家不算，咱往後也不考慮了，不過還有一戶人家跟他們比，就適合多了。本來知道他們家是外村的我還覺著不好，如今看來，不管嫁得遠近，終歸要人好才行啊。」

這倒是讓阮玉嬌有些驚訝。「外村的？誰啊？」

「就是那天李家的媳婦來跟我提的那個。我這兩天沒事的時候去打聽了一下，小夥子是李家閨女婆家的遠親，聽說才來了沒幾天，相貌不錯，家境也好，就是小夥子讀過書、識字了，眼光就高，一直想找個溫柔知禮的賢內助。這不是李家閨女回娘家一說，他們就想到妳了嗎？聘金是八兩銀子，老張家都給不了這麼高，顯然對妳很是重視了，這麼高聘金娶回去的媳婦，咋也不能虧待了啊，妳說是不？」阮老太太笑咪咪的。本來說親這回事都是長輩拿主意的，但這陣子阮玉嬌越來越能主事，阮老太太不自覺地就開始啥都找她商量了。

這門親事阮老太太還算是滿意的，畢竟大家都鄉里鄉親的，李家和他們親家過得都還不錯，沒聽說平時跟人爭執不講理什麼的，想來他們的親戚也該不錯。最重要的是八兩聘金，阮老太太都沒聽說過，這一下比老張家那門親都強了。張家是有個書生，可這一家有不少田產啊，日子過得咋樣主要還是得看家裡富不富。

不過阮玉嬌聽了卻半點想法都沒有，直接搖頭道：「這家不行，除非對方答應在咱們村安家才能考慮。奶奶，我肯定不能遠嫁，我就要在您身邊，您可千萬別趕我走啊，但凡要嫁到別處去的我都不去，這門親您直接拒了吧。」

阮老太太一怔，好笑道：「妳這話說的，難不成往後嫁了人還要帶著奶奶？」

「那又如何？我願意奉養未來夫君的爹娘、長輩，難道他就不能幫我奉養我的奶奶？若是不願，這樣的男人不嫁也罷。」死而復生，阮玉嬌對很多事都看開了。人活著最重要是自己開心，也讓自己在意的人也開心，沒必要為了任何人去委屈求全，像什麼嫁了人就得聽婆家的話、家裡家外全都打理得妥妥當當、沒事不要回娘家等等，憑什麼呢？她是奶奶養大的，又不是婆家養大的，大不了不嫁就是，又不是不會掙錢。

她說得認真，阮老太太卻只當她年少不知事，笑著搖搖頭，便不再提這一茬，轉而又擔心起她的身體。「妳這背著人偷偷繡荷包，是想賣錢給莊老太太買藥吧？」

阮玉嬌繡完最後一針，把荷包放下，不好意思地笑笑。「奶奶會不會覺得我太傻？自己沒攢下什麼，還要掙錢給一個不認識的人。其實我就是看到莊婆婆那樣於心不忍，她的生活已經很苦了，我實在不能看著她淒涼的熬日子。」

阮老太太嘆口氣，拍拍她的手道：「我知道，我也不是怪妳多管閒事，妳這孩子從小就心腸好，不叫妳幫忙才是難為妳。奶奶就是心疼妳要做這麼多，怕妳累壞了。這樣吧，需要多少銀子妳先從奶奶這拿，等莊老太太好了，妳再慢慢把銀子還奶奶，總歸比這樣勞累得好。」

拿阮老太太的銀子是阮玉嬌從來沒想過的，張口就要反駁，卻在看到她擔心的眼神時把話咽了回去，話頭一轉，笑道：「那我就恭敬不如從命啦！早等著奶奶說這句話呢，我就知道奶奶最心疼我。」

「妳個鬼靈精，就知道逗奶奶！行了，我這就給妳拿五兩銀子，妳自個兒收好了看著用，要是不夠再跟我說。」阮老太太知道，下次等孫女鬆口還不知要等到啥時候，乾脆一次就給她五兩，也免得她用光了又自己找活做。

阮玉嬌抿抿唇，沒說什麼就把銀子收了，好好地藏了起來。她們祖孫之間不需要說生分的話，奶奶對她好，她也對奶奶好，這就夠了。以後，她一定會讓奶奶過上衣食無憂的生活。

又到了該交衣服的日子，阮玉嬌把家裡的活都忙完就趕緊去了鎮上。路過繡莊的時候，她先去把自己繡好的十個荷包賣給了老闆娘，得了五十文錢。沒想到剛要走，老闆娘又把她叫住，笑說：「妹子，妳先等等。我這兒有客人訂了個桌屏，差不多兩個巴掌那麼大，半個月後要，妳看妳要接不？」

這可是意外之喜，阮玉嬌立即點頭，欣喜道：「當然接！還要多謝老闆娘您想著我。」

「哪裡哪裡，是妳繡功好才能入得了客人的眼。桌屏上就繡蝴蝶和花，喏，這是花樣子，妳照著這個樣子繡就行了。繡成之後給妳二百文，妳看咋樣？」

這麼大的桌屏其實圖案也就一個巴掌大，對於繡慣了的阮玉嬌來說也就是三天的事。三天二百文可是很大一筆數目了，阮玉嬌哪裡還有意見，連忙說了好些感謝的話，把這個活接了下來。

拿了繡桌屏的布料和線，阮玉嬌心裡很是慶幸，幸好上輩子學什麼都用心，如今才能得到這麼好的機會。之前她用野菜、花啊什麼的賺了錢，跟別人說是天上掉餡餅，其實不是的，至少她心裡覺得不是。若她從未認真學過那些，就算天上掉餡餅也砸不到她身上啊！

這次出行剛開始就這麼順，當真是好兆頭，阮玉嬌站在錦繡坊的門口，已經忍不住心生期待了。她能不能再幸運一點？

錦繡坊作為鎮上最大的成衣鋪，不只賣一些尋常的衣服，還會接許多官商人家訂做的衣裳，而這些無論是用料、剪裁還是刺繡，都必須精益求精，力求做到最好。這一向是由錦繡坊固定的幾位頂尖女工去做，她們的待遇也比普通女工要好上許多，阮玉嬌打得就是這類衣服的主意。既然在繡莊能接到繡桌屏的活，那在錦繡坊能不能接下價高一點的活計呢？

將做好的三件衣裳交給了小二，阮玉嬌拿著六十文工錢，提出想見喬掌櫃一面，有事相求。小二知道喬掌櫃對她很賞識，二話沒說就去通報，很快將阮玉嬌帶到喬掌櫃的房間裡。

喬掌櫃打量了她一眼，見她面色紅潤，不像有什麼事的樣子，笑問。「祥子說妳有事求我，是什麼事？」

阮玉嬌笑了笑，斟酌著說道：「我家親戚摔傷了，我想多掙點錢給她買藥，便想著問問您這裡有沒有好一點的活給我做。」

喬掌櫃有些驚訝。「妳如今掙的也不少，難道不夠買藥？」

「如今掙的這些……不瞞您說，都是要交到家裡的，這次來求您，是我背著爹娘自己決定的。」

這下子喬掌櫃明白了，定然是阮家爹娘不寵女兒，且不喜女兒去照顧別人，所以阮玉嬌才求到她這裡。不過這也讓她更加驚訝了，上次她看到阮玉嬌和阮老太太兩人祖孫情深，還以為她們是相依為命，哪知道背後還有這麼多事，真是家家有本難念的經。

喬掌櫃心中對她有些同情，也想到從前自己那段艱難的日子，沈吟片刻，說道：「妳才剛進咱們店裡不久，做的便都是二十文一件的衣裳了，若是直接給你更好的活計，恐怕會引起其他人的不滿。這樣吧，王員外家的老夫人月底過壽，她兒媳婦跟咱們訂了件衣裳打算在壽宴上穿，我已經交代了另一位女工來做，只是王員外家要求比較高，還在另一家店裡訂做了一件，到時要送去給老夫人挑選，被選中的自然有賞銀，沒被選中的就只給個手工錢。妳看這活怎麼樣？」

阮玉嬌自聽她提起員外府就緊緊攥住了雙手，低下頭才勉強掩蓋住眼中的恐懼與恨意，心裡翻騰得厲害。死而復生這麼久，她一直在忙碌自己的事，在家裡、店鋪兩個地方來去，刻意沒有往員外府的方向去，心境也平和很多。可如今乍然聽到員外府的消息，她才發現自己心中還是恨的。恨他們草菅人命，更恨他們逼迫不成就將她丟進了乞丐窩，極近羞辱。

待掌櫃的說完，她強迫自己露出一抹笑容，感激道：「多謝您，我一定會用心做的。」

喬掌櫃看出了她的些許不自在，不過只當她是緊張，便也沒在意，溫聲鼓勵道：「這次雖然要同其他女工、其他店鋪爭，但我相信妳的手藝。一旦妳做的衣裳被員外府的老夫人選中，妳在咱們錦繡坊的地位也就初步奠定了。這次的活計很重要，意味著妳到底能不能服眾，能不能在將來接到更多更好的活？不過妳也不要太緊張，平常心對待就行，不成也沒什麼，妳還年輕，往後機會多得是。」

阮玉嬌心中一凜，急忙拋卻繁雜的想法，認真道：「掌櫃的您放心，不管最後結果怎麼樣，我一定會盡最大努力，不辜負您的期望。」

「好，那妳就跟祥子去領東西，順便聽他說說要求和需要注意的地方。這件衣服最後能不能被選中，能賣到什麼價，就看妳的了。」

「嗯！謝謝喬掌櫃給我這個機會，真的謝謝您！」阮玉嬌再次鄭重地道謝之後才跟著祥子離開。

祥子就是最開始幫她問招不招女工的那個小二哥，沒想到他在錦繡坊還是比較受喬掌櫃看中的，當初碰巧是求的他也算是阮玉嬌幸運了。

祥子跟阮玉嬌詳細說了員外府的衣服的要求，然後笑道：「阮姑娘，妳這次要走運了，我瞧著妳手藝一點也不比玉娘差，不然掌櫃的也不會給妳這個活，這次要是成了，妳可就是咱們店裡的頭號女工了！」

阮玉嬌被他的情緒感染，心情好了不少，微笑道：「那就借小二哥的吉言，等我真得了賞銀，肯定忘不了小二哥的提攜。」

「阮姑娘真會說話，怪不得喬掌櫃喜歡妳。這些布料、針線妳都拿好，祝妳這次能奪魁啊！」祥子笑嘻嘻的，說出的話倒很真心。他也是窮苦人家出來的，自然明白那種想出人頭地的感覺。難得阮玉嬌手藝好，性子也好，若是熬不出頭就真的太可惜了。

第十六章

阮玉嬌笑了笑，將這份料子壓到背簍最底下擋好，然後便同他告辭離開了。回去的路上她往員外府的方向望了望，仍有些意難平。一條人命到底有多低賤？阮金多和劉氏就那麼隨隨便便地把她賣掉了，雖然在員外府遇到過幾個善心的人，可大部分人卻都捧高踩低，不拿小丫鬟當人看，尤其她的容貌一年好過一年，被小姐、姨娘嫉妒作踐，被大、小丫鬟嘲笑排擠。

在那短短幾年裡，她不知經歷過多少陰暗，若不是孫婆婆幾次護她、耐心教導她，恐怕她早就被啃得連骨頭都不剩了吧？雖然她救過孫婆婆，可孫婆婆病好後也成了她的救贖。那時她瘋狂地跟孫婆婆學各種各樣的東西，不只為了保命，還為了攢夠銀子贖身後能過上好日子。可惜最後還是百密一疏，不小心被那好色的少爺看中，得了那麼個結果。

阮玉嬌深吸一口氣，快步往家裡走去，一路心亂如麻。各種報復、算計、狠戾的陰暗想法層出不窮，直到她看到了自家的院子，聽到了奶奶和幾個弟弟的笑聲，忽然停下腳步，濕了眼眶。

她到底在想什麼？不是早就決定過得幸福才是最重要的了嗎，剛剛怎麼跟魔怔了似的，沈浸在仇恨中不可自拔？她已經有了防備，絕不會再淪落到上輩子那樣悲慘的境地，那又何苦執著於報仇，將自己的生活弄得一團糟？她如今有溫暖的親人、有賞識她的喬掌櫃、有美好的未來，她更應該珍惜這樣的生活才是。

仇，還是要報的，等將來某一天，她有了和員外府對抗的能力，或者有了借力打力的機會，她一定不會放過。但在那之前，她要努力打拚，改善自己和奶奶的生活。

阮玉嬌眨掉眼中的淚花，心情已經恢復平靜，只覺得頭腦從來沒這麼清醒過，未來的道路也清晰可見。只要努力，就能一直大步地走下去！

掙私房錢成了阮玉嬌如今的首要目標，她每天做衣裳的事大家已經習以為常，自然沒人發現她做的衣裳和往常有什麼不同，也沒注意到她又繡起了花。而阮玉嬌除了跟阮老太太說了實話以外，對別人都很小心，多數都是將偷偷做的針線活帶到莊婆婆那邊去做。

李郎中過來給莊婆婆換藥的時候，對阮玉嬌的堅持很是驚訝，再看莊婆婆恢復的情況確實不錯，不禁捋著鬍鬚連連誇讚。「小丫頭心腸好啊，做事也可靠，您老遇著這麼個小福星可是走運了。」

莊婆婆往在灶臺熬藥的阮玉嬌那邊望了一眼，遲疑地道：「這……我的藥錢應當早就用完了吧？」

李郎中點頭道：「是啊，不過您別擔心，之前的里正幫您付清了，這兩日的藥錢阮家丫頭也已經給我了，不會斷了妳的藥的。雖說我跟一個小丫頭拿錢有些不好意思，不過您也知道，我家裡剛給大兒子娶了媳婦、蓋了房子，若不收這錢，恐怕家裡要鬧起來，唉。」

莊婆婆皺起眉頭，立刻就說：「怎麼能用那丫頭的錢？往後你別給她拿藥了，我不吃藥也不換藥，我好多了，就這樣吧。」

「這……」李郎中錯愕地站起身，為難得不知該怎麼勸才好？想勸她繼續治療，可里正都不再幫忙了，難道就讓阮玉嬌一個非親非故的小姑娘負責？這話他可說不出口。可若就這麼看著她不治療，這麼大歲數的老太太，結局會怎麼樣不用想都能預見，他當真是不知該如何做了？

正巧阮玉嬌端了藥進來給莊婆婆，看見他們表情不對，緊張道：「怎麼了？莊婆婆恢復得不好嗎？是不是我哪裡沒做對？」

李郎中忙擺擺手。「不是不是，妳照顧得很好，莊婆婆恢復得很不錯。只是……」他猶豫了一下，還是說了出來。「莊婆婆方才說不想再拿藥了，我也不知該怎麼勸她？」

阮玉嬌聞言一愣，再看莊婆婆可不就是一副倔強的樣子？讓這個好強一輩子的人麻煩她一個小姑娘，心裡肯定很過意不去吧？她笑了笑，將藥碗端到莊婆婆面前，勸道：「您先把這碗藥喝了吧，我熬了好久呢。」

莊婆婆自然不會浪費她的心血，也不怕苦，接過來就趁熱喝了，然後嘆了口氣，第一次握住阮玉嬌的手，勸道：「婆婆知道妳是個好孩子，可我不能拖累妳，聽話，回家去吧，莫要再管我了。」

阮玉嬌想了想，轉頭對李郎中道：「李郎中，莊婆婆這邊我還會繼續照顧，不過我就不去您那兒拿藥了，這陣子辛苦您了。」

李郎中沒想到她會這麼說，不過轉念一想，也在情理之中。連他這個當家的都不能救濟莊婆婆太多，阮玉嬌一個未出嫁的小姑娘又能怎麼樣呢？何況她還有那樣一對爹娘，沒挨打挨罵就算不錯了。李郎中看看莊婆婆，搖搖頭嘆了口氣，道：「我也沒做什麼，辛苦的是妳才對。那行，藥換完了，我就先回去了，莊婆婆您好好休息，改日我再來看您。」

「好，慢走。」

待李郎中走後，阮玉嬌才道：「幸好莊婆婆您剛才提出來了，不然我還不知道怎麼跟李郎中說不再拿藥呢。往後我就在鎮上拿藥，不叫人知道，不然村裡人多口雜，很快就能發現我偷偷找活的事了，到時肯定少不了麻煩。」

莊婆婆頓時愣住了，半晌才道：「妳、妳這孩子咋這麼死心眼呢？」

阮玉嬌的照顧讓莊婆婆十分感動，但同時卻又十分憂慮。她看著家裡家徒四壁的樣子，實在不知該如何償還那些藥錢？倒是阮玉嬌勸了她。「您如今就安心養傷，什麼都別想，等將來好了，再想法子把錢還我就好，您著急的話可要快點好起來啊。」

莊婆婆點點頭，認真又嚴肅地道：「我一定會還妳的！」

其實阮玉嬌自己掙錢給莊婆婆看病，完全是發自內心的。她不想看到老人淒涼孤苦的樣子，那些錢她根本沒想過要讓莊婆婆還。她還這麼年輕，有手有腳、有穩定的收入，何愁將來會過得不好，又怎麼可能跟莊婆婆計較這些藥錢呢？不過她知道莊婆婆性子倔，也不願意受人施捨，所以才這麼說，希望能讓莊婆婆心裡好受一些。

前世的孫婆婆也是類似這樣的性子，不愛笑、不愛說話，心腸卻是極好的。她已經學會了怎麼同這樣的長輩相處，自然和莊婆婆相處得越來越融洽，偶爾也能聊上幾句話。至少如今的莊婆婆再也沒提過死字，一個能堅強活了這麼多年的人，本也不是會輕易尋死的，一旦有了希望，還是更願意努力活著。

阮玉嬌用三天繡好了桌屏，順利拿到二百文之後心裡很是高興，在鎮上買了米和大骨頭回家給莊婆婆補身子。而她手中那件給員外府老夫人做的衣裳也做得很順利，已經做出雛形開始往上繡花了，一切都在往好的方向發展，讓她的心情也一直不錯。直到有一天吃飯的時候，她發覺氣氛有些不對，阮老太太緊繃著臉，好像在同誰生氣。

阮玉嬌有些擔心，忙問道：「奶奶您剛剛去哪兒了？出什麼事了嗎？」

阮老太太皺了下眉，冷哼一聲。「沒事，跟人吵了兩句，沒啥大不了的，吃飯。」

阮玉嬌正疑惑，便聽劉氏不樂意地道：「娘，這還叫沒啥大不了的？八兩銀子的聘金啊！這麼好的親事您都不同意，您到底想給嬌嬌找個啥樣的婆家？不是我嘴毒，這事傳出去外人咋想咱們，咋想嬌嬌？還不得笑話咱們眼睛長到天上去了。」

阮金多也沈著臉道：「娘，這話雖說不中聽，但也有點道理吧？人家願意出八兩銀子娶嬌嬌，這是多大的體面，咱這十里八村都沒一家出這麼高聘禮的，您咋說啥也不答應，還說讓人家來村裡定居？那不成入贅了嗎？」

阮老太太氣道：「胡咧咧啥？咋就入贅了？我一沒讓他住咱家，二沒讓他往後的孩子姓阮，咋了就扯到入贅了？再說我捨不得嬌嬌遠嫁不行？這跟眼高眼低又有啥關係？我就想在咱村裡和鎮上給嬌嬌找，這麼多小夥子難道一個好的都找不出來？幹啥為了多那點聘金就把嬌嬌嫁外地去？到時候我指不定要一、兩年才能見著嬌嬌一面，誰知道她會不會受欺負？」

阮玉嬌這才明白他們為什麼生氣，原來那門八兩聘金的親事還沒推掉。

因著男方一直不放棄，阮老太太無奈只能提出讓男方在村裡定居的條件，讓他們知難而退，卻因此惹了李家媳婦不高興，說了難聽的話。阮玉嬌頓時心裡對李家和男方都有些不喜。親事本就是結兩家之好，你情我願的事，哪有女方婉拒了還糾纏不休的？強扭的瓜不甜，難道還想用八兩銀子把她買回去不成？

阮玉嬌給阮老太太順了順氣，說道：「奶奶既然跟李嬸說清楚了，想來他們往後就不會再來騷擾您了，別氣，為這種事氣壞了身子不值當。」

阮金多正沒處發火，一聽她開口就把筷子拍在桌子上。「哪有妳的事！是不是妳攛掇妳奶奶啥了？妳一個被退過親的姑娘能找著這麼好的親事，就該燒高香了，還想嫁什麼高門大戶啊？」

阮玉嬌沒什麼表情地道：「我沒想嫁得多好，只想離奶奶近一點。奶奶養我這麼大，你總不能不給我機會孝敬奶奶吧？」

「妳奶自有兒孫孝敬，哪用得著妳個丫頭片子！再說這事有妳說話的分嗎？父母之命，媒妁之言，妳個小孩子懂啥？淨在那瞎摻和。」阮金多緊緊皺著眉，瞪著阮玉嬌，對她極其不滿。其實他這話也是說給阮老太太聽的，他這個一家之主連閨女的親事都做不了主了？憑啥？

阮老太太自然是聽懂了，她也早看透了這一家人沒一個疼阮玉嬌的，頓時沒了跟他們爭辯的念頭，冷冷地道：「我不管你們怎麼想，總之，嬌嬌要麼嫁到村裡，要麼嫁到鎮上，只能留在我身邊，這門親絕對不行，你們不要想了！要是叫我知道你們打什麼歪主意，就算鬧到里正那裡，我也得把這事掰扯明白了，我就不信這天底下還沒有王法了，不願意嫁人都不行！」

阮老太太目光在他們臉上一一掃過，看他們那副不甘心的樣子就來氣，哪還吃得下飯？站起身重重哼了一聲，直接回房去了。

阮金多剛要繼續訓阮玉嬌，小壯就鬧了起來。「幹啥呀？爹，你剛才幹啥罵大姐？你要把她嫁到回不了家的地方？我不幹、我不幹！我要大姐在家跟我玩！奶奶都不讓大姐嫁，大姐不許嫁！」

阮玉嬌對他笑了一下。「小壯放心，大姐絕不會嫁那麼遠的，要是遠嫁的話，我肯定得把奶奶帶走才行。」

阮家就在這兒，阮老太太哪裡是隨便帶走的？不過小壯卻覺得這是個好主意，立刻笑著拍起手來。「好啊好啊，大姐把我和奶奶都帶走，大姐去哪兒我就去哪兒，我要跟著大姐！爹，你愛把大姐嫁哪兒就嫁哪兒，我跟大姐一起去！」

這話讓阮金多和劉氏都變了臉色，劉氏沒忍住，在小壯背上拍了一巴掌，氣道：「你個混帳到底知不知道你是誰生的？爹娘都能拋下，你咋這麼白眼狼呢？」

小壯冷不丁被打了一下，直接耍賴躺地上嚎了起來。「您憑啥打我？我不要您這樣的娘！我就要大姐，就要跟她走，您再打我，我再也不回來了，您老了我也不養您！」

若是平時聽到這樣的話，阮玉嬌肯定要訓他兩句再教他道理，但此時看到劉氏被氣得臉色鐵青的樣子，她突然覺得心中暢快。她不能發的火、不能出的氣，有人替她出了，還往他們心裡扎了幾刀，如此甚好！

阮玉嬌快速挾了些好菜到碗裡，隨後端起自己和阮老太太的飯碗，說道：「奶奶沒吃飯，我給她送進去。總之我不同意這門親事，誰願意嫁誰嫁。」

她這態度無疑是火上澆油，把阮金多氣得七竅生煙，但她已經腳步飛快地進了阮老太太屋裡，阮金多想發火都發不出來，立刻對劉氏罵道：「還不趕快把兒子抱起來哄哄！妳咋當娘的，把兒子打壞了我叫妳好看！」

小壯才不讓劉氏抱，他一直都討厭劉氏拘著自己，跟阮玉嬌學了一些道理之後就越發討厭她了。小壯直接繞過劉氏衝到阮金多身邊，斬釘截鐵地說：「爹！您記得給大姐說親的時候說清楚，嫁別的地方必須帶我這個弟弟，不同意不行，我不要跟大姐分開！」

小柱懵懵懂懂地，慢半拍地反應過來，也跟著喊道：「要大姐、要大姐！不跟大姐分開！」

陳氏好笑地給小兒子擦了擦嘴，點點他的鼻尖道：「他們說笑話呢，快吃飯，你大姐都去吃飯了。」

「哦，吃飯，娘也吃！」小柱比較好騙，還不懂他們在說什麼，當即聽話地吃起飯來。

小壯就騙不過了。阮金多突然後悔萬分，他怎麼會讓兒子跟那個死丫頭片子一起玩？看看如今兒子的樣子，都不知那死丫頭給小壯灌了多少迷湯，他就這麼一個兒子，竟然被個賠錢貨給哄了去，真真是後悔莫及。

為了哄兒子，阮金多只得暫時答應他不會讓阮玉嬌遠嫁，心裡卻煩得很，只覺得那八兩銀子跟做了一場夢似的，還沒摸到就夢醒了；而劉氏生著氣，二房看熱鬧，一時間誰也沒再說話。

阮香蘭暗暗著急，本來十拿九穩的事，怎麼就這麼艱難呢？阮老太太和阮玉嬌竟然一點都不動心，就因為她倆不想分開？這也太可笑了！哪家姑娘嫁人了還要時刻惦記娘家人的？偏偏她家就出了這麼一對奇葩，叫她好好的計劃突然棘手起來。

最重要的是，這事不知怎麼傳出點風聲，已經有人去李家打聽了，想把自己家閨女嫁個這麼好的人家呢。若是再不給阮玉嬌定下來，這事就懸了，指不定還會露出馬腳！可到底怎麼樣才能讓阮玉嬌點頭呢？

陳氏掃了他們幾眼，忽然笑道：「大嫂，八兩銀子真不少，要是我有閨女，我也想要這門親事呢。不過咱家老太太的脾氣妳也知道，她都發話了，這門親肯定不成啊。依我看，妳要是不想錯過這門好親事，大可以讓春蘭嫁啊，咱家又不是只有嬌嬌一個閨女。」

阮春蘭猛地抬起頭，看向阮金多和劉氏，心裡生出了些許期盼。誰知還沒等他們說話，阮香蘭就急忙道：「她哪成，人家要的是我大姐那樣長得好看還能幹的，二嬸您看我二姐黑瘦黑瘦的，連抬頭看人都不敢，誰能花八兩聘金娶她呀！」

劉氏本來動了點心思，一聽她這麼說又皺起了眉。「說得對，那男方不就是眼光高才一直沒娶妻嗎？嬌嬌這是走大運了，偏偏她自個兒還不珍惜，像咱們都要害她一樣，我這個後娘當得容易嗎我？」

劉氏莫名其妙開始訴苦了，阮香蘭聽得有些無語，不過總算不提阮春蘭的事了，她悄悄鬆了口氣。阮春蘭卻冷冷地瞥了她一眼，低下頭緊緊捏著筷子，幾乎要把筷子捏斷。

這些天阮玉嬌天天忙著幹活和照顧莊婆婆，常不在家不知道情況，阮春蘭卻知道得一清二楚，心裡早就嫉恨上了。上次張家那門親事，阮老太太就是直接定給了阮玉嬌，黃了之後家裡又定了阮香蘭，從來都沒考慮過她。這次又是這樣，八兩銀子的聘金，家有田產，男方還一表人才，多麼體面的親事，為什麼誰都不考慮她？她黑瘦又怎麼了？她本來也很好看，只是被他們使喚著天天幹活才弄成這樣，這難道是她的錯？

尤其是剛剛阮香蘭的語氣，那麼輕視、那麼不屑一顧，她憑什麼？就連她照顧許久的小壯也完全無視於她，居然還說要跟著阮玉嬌遠嫁，果真像劉氏說的一樣是個白眼狼，根本養不熟的白眼狼！阮春蘭心中恨極，對家中每一個人都有強烈的不滿，只可惜她不知該如何擺脫這個家？若是能走，她定然一走了之，再也不回來受這窩囊氣！

大房幾人心裡都很煩躁，二房則是事不關己高高掛起。大房嫁閨女的聘金又沒有二房的分，雖說沒分家，但晚輩的喜事還是要分開的，他們撈不著好處當然沒必要摻和，在旁邊看看熱鬧就好。

一場鬧劇就這麼結束了，阮玉嬌卻沒放下心來，特地跟阮老太太問清楚。「奶奶會不會為難？這門親事大家都知道了嗎？很難拒絕嗎？」

阮老太太拍拍她的手安撫道：「孩子別怕，沒事的，妳不願意嫁，奶奶說啥也不會叫妳嫁。這門親本來我是看著還好，誰知道竟生出這麼多是非來。李家媳婦話裡話外都覺得咱們不識抬舉，枉費她一片好心介紹了這麼好的親事；小夥子那邊也一直不願意放棄，總是託李家媳婦幫忙問，這次數多了，我就覺得不妥了。一戶人家連著說媒人都有點不講理、不大氣，這樣的人家嫁過去能好嗎？被他們這一鬧騰，我是徹底不看好這門親了。」

阮玉嬌笑了起來。「這也挺好啊，沒什麼遺憾的，咱們開始的時候不就不想答應嗎？他們怎麼樣都跟咱們沒關係，咱們又沒做錯什麼。」

「嗯。」阮老太太突然嘆了口氣。「就是你爹娘眼皮子淺，盯著那八兩聘金不放，指不定還得鬧騰幾天才能消停。妳甭管他們，有奶奶在，他們不能把妳咋地。對了，之前我不是說要去打聽打聽許家的三小子嗎？嘖，這小子還挺愛讀書的，總在鎮上的書院裡住，我都見不著他人影。」

阮玉嬌想到許家也是一大家子人，遲疑道：「其實最好找個獨自一人的吧，這樣就不會被公婆嫌棄、拘束，也不會和妯娌爭奪、吵架。」

阮老太太噗哧一笑，原本的怒氣都被她逗沒了。「妳這是啥想法。人丁興旺家裡才能興旺啊，不然有點啥事連個幹活的都沒有，沒人幫忙，也沒人商量事，跟人起了爭執都得吃虧，要不咋男丁多的人家沒人敢欺負呢？」

阮老太太摸了摸阮玉嬌的頭髮，慈愛地道：「妳呀，肯定是被你爹娘他們給嚇怕了，其實沒那麼嚴重，不是家家戶戶都這樣的，咱們選個好的。那許家老三我是沒見著，不過我已經打聽了他娘和他二嫂的性子，確實不好相與，還是算了，妳對上她們鐵定得吃虧。不急，親事要慢慢選才能選到適合的，有奶奶幫妳看著呢。」

有了奶奶的保證，阮玉嬌就安心了，她可不想稀裡糊塗的就被嫁出去；而且她也不記得上輩子有什麼八兩聘金的事，總不會因為她成了錦繡坊的女工，對方就突然看上她了吧？她重生一次最大的優勢就是知道許多事情的發展，像這種她完全不瞭解的最好還是避開。明明有更穩妥的路要走，有什麼理由選未知的路？真嫁到別的地方去，她重生的優勢就要大減，答應這種親事不是傻嗎？

至於阮金多和劉氏等人偶爾的訓斥勸說，她直接當耳旁風，不予理會。阮金多礙於阮老太太的緣故不能打她，竟拿她一點法子都沒有，只能安慰自己這丫頭總還能掙點錢回來，不算是一無是處。既然八兩聘金沒了，他說什麼都得把這個賠錢貨留家裡掙夠八兩才能嫁，這樣他才不覺得虧。

這門親事暫時就這樣算了，劉氏不甘心，難免嘴上就沒個把門的，把阮玉嬌不肯遠嫁的事說了出去。她故意掐頭去尾的，只說阮老太太要在鎮上挑孫女婿，提也沒提村裡，這話帶著點瞧不起村裡人的意思，頓時讓大家不痛快了。

阮玉嬌是比以前能幹了，那也就是會掙點錢，女人最重要的傳宗接代她還不一定能行呢，算得上啥香餑餑？之前有幾家上阮家說親，沒了下文也沒人在意，但這會兒卻都拿出來念叨，說怪不得那幾家都沒說成，原來人家心比天高，要嫁到鎮上去呢，還真當自己是天仙了？

並不是所有人都這麼想，但仍有一部分人議論起來，自然就對阮玉嬌的名聲有了些影響，連帶阮老太太在一些人口中也成了嫌貧愛富的人了。

一日阮玉嬌從莊婆婆家回來，走到拐角處聽見有人在議論這件事，起初沒怎麼在意，但聽見她們編排阮老太太她就忍不住了，皺眉走過去道：「幾位嬸子、嫂子這麼關心我的事，我可真是受寵若驚！我不知幾位是從哪裡聽來這些話，有什麼證據說我貪圖富貴？我奶奶在村裡生活了一輩子，是個什麼樣的性子大家心裡清楚，難道今日才被人看出她嫌貧愛富？」

幾人閒著無聊又有些嫉妒心，便嘴碎了些，這會兒看見她們議論的正主出現，頓時有些尷尬，不知該說什麼才好？不過她們心裡肯定不會因為阮玉嬌這麼兩句話就對她改觀，畢竟那麼好的親事換個人定然捨不得拒絕，她這一拒絕不就顯得不對味了？

一個嫂子乾笑著說：「嬌嬌妳誤會了，我們也沒別的意思，就是聽了點閒言碎語，隨口提了兩句。」

「對，這不是無聊閒磕牙嗎？沒啥意思。」

阮玉嬌眉頭皺得更緊了。她都沒招惹桃花，怎麼就惹了一身騷？

這時和阮老太太不對盤的那個李婆子走了過來，笑說：「老遠就聽見妳們的說話聲，這是咋了，吵架呢？嬌嬌，妳不是一向身子弱嗎，可得注意著點，別一會兒暈過去了，到時候誰負責啊？反正妳眼界高，看不上人家八兩聘金又不是假的，說說咋了？」

「我身子好著呢，您還是不要亂說話，里正最討厭挑撥是非口舌的人，我年紀小，不知道怎麼辦的時候，說不定就會去找里正做主。」阮玉嬌很討厭這個處處說奶奶壞話的人，回話自然很不客氣。

第十七章

李婆子臉色一變，氣道：「妳這人咋說話呢？誰挑撥是非了？」

阮玉嬌看了眼她們，道：「我不願意跟奶奶分開自然不遠嫁，跟八兩聘金有什麼關係？讓我跟奶奶分開，給我八百兩聘金我也不嫁，難不成這種身外之財還能抵得過親情了？這麼個理由就能扯上眼界高，合著只要對方出的銀子多，我們姑娘家就不能提條件，必須感恩戴德的把自個兒賣了才行？」

幾人倒抽一口涼氣，驚訝不已，李婆子冷哼道：「妳空口白牙這麼一說，誰知道妳心裡咋想的？」

阮玉嬌也冷哼了一聲，盯著她的目光十分銳利。「您這一句話倒是把誰都能反駁個徹底，但凡說的不如您意就全是假的，您會讀心不成？」

李婆子不知怎的，對上她的目光突然有些怯，心裡沒了膽氣，自己都不知道是怎麼回事，可還是嘴硬地道：「還八百兩，說得好聽，好像妳奶奶是妳的命似的，難不成妳嫁了人還能管妳奶奶？哪個婆家能允許妳管娘家人？」

阮玉嬌輕笑一聲。「不怕各位知道，我若成親還就是要管我奶奶。我幾次差點死掉的事全村都知道，是我奶奶費盡心力把我養這麼大的，我若不奉養她，那我還是人嗎？

所以，我未來的夫家若不同意我奉養奶奶，那我便不嫁，這就是最重要的條件！」

阮玉嬌此話一出猶如驚雷，把幾個人都震傻了。她們面面相覷，幾乎懷疑自己幻聽。嫁了人還要奉養奶奶？怎麼可能。她們誰不是想往娘家拿點東西都要被婆家冷嘲熱諷，啥時候聽說外嫁女能管娘家人了？若阮玉嬌說的全是真的，那她恐怕這輩子都別想嫁出去了。

她們是這麼想的，也有人這麼說出來了。阮玉嬌卻只是笑。「那又怎麼樣，不嫁人就活不了了？我如今不是活得好好的？本來我一個小姑娘是不該和妳們說這些的，不過我可見不得有人詆毀我奶奶，索性一次說個清楚，總之不遇到願意奉養我奶奶的人，我是肯定不嫁的。既然妳們覺得我嫁不出去，那便也不用替我操心這些事了吧？有空還不如管自家的事，妳們說對不對？」

阮玉嬌一向是溫和、善解人意的，從來沒展現過這麼強勢的一面，冷不丁如此行事，倒讓幾人都無話反駁，自覺理虧地尷尬點頭。

阮玉嬌不再多說，轉身回家。不管旁人還要議論什麼，她都已經把自己的態度擺在那兒了，想必很快村子裡就會把她的話傳開，最好不會再有人來說親。

阮玉嬌的一番「豪言壯語」不僅把當時在場的幾位嚇到了，也把全村人都嚇到了。

李婆子本就跟阮老太太不對盤，又被阮玉嬌一個小輩頂撞，哪裡咽得下這口氣？阮玉嬌一走，她立刻將阮玉嬌要奉養奶奶的話傳遍全村。當時大夥兒還多半在地裡頭幹活，一聽她這麼說，頓時交頭接耳地議論起來，看阮家人的眼神都有些不對了。

奉養奶奶也太天真了！別說她奶奶還有兩個兒子、四個孫子，就算她奶奶跟莊婆婆似的一個親人沒有，那婆家也不可能讓她奉養奶奶啊。阮玉嬌恐怕要成為村裡唯一一個老姑娘了，誰家敢要主意這麼正的媳婦？

阮金多得知後滿臉陰沈，只覺被阮玉嬌丟盡了臉，更氣的是她這麼一說，鐵定給她說親的人都散了，他到哪兒找聘金高的親事去？簡直是把一條好好的路給堵死了，非要往溝裡跳！

最不痛快的就是李家媳婦了，她幫閨女婆家的親戚說親，居然被阮家給拒了，叫她在親家面前鬧了個沒臉。她跟附近的媳婦們道：「瞧著吧，這阮家大姑娘這會兒把架子端得高高的，將來鐵定得後悔莫及。」

有聽著信的就湊近了問她。「妳真給阮玉嬌說親啦？是不是真有那麼好啊？不會是男方拿了八兩銀子就沒錢了吧，要不阮老太太咋看不上？」

李家媳婦本被閨女叮囑了不許說，但她不樂意別人這麼懷疑她，登時嗤笑一聲。「我閨女嫁得那麼好，她婆家的親戚能差得了？不是我吹，人家光聘金就出八兩銀子，家裡還有上好的十畝田，那小夥子也是個沒娶過親的，讀過書，還一表人才，這樣好的親事打著燈籠都沒處找好吧？偏他們說什麼不遠嫁，還說要是男方來咱們村定居就考處。我呸！人家那麼好的條件能上杆子來咱們村？當入贅呢，她阮家有那本事嗎？」

幾人跟著附和了幾聲，都罵阮家祖孫不識好歹，接著便求著李家媳婦幫她們牽牽線，給家裡的姑娘們介紹介紹。李家媳婦被人這麼捧著自然得意洋洋，當即點頭。「成，她阮玉嬌不識抬舉，我也懶得搭理她。回頭我就跟我閨女說說，叫那小夥子在咱們村挑個媳婦！」

這話一出，又換來一片的恭維討好。就像李家媳婦所說，這麼好的親事打著燈籠都沒處找，好不容易碰著一個，咋也得抓住了別讓它跑了！

等大家幹完活熱熱鬧鬧地回了家，阮金多當先一步，進院就揚手要打阮玉嬌巴掌。阮玉嬌當然不可能任他打，猛地一退，冷冷地道：「爹，您這是幹麼？」

阮金多手上落空更加氣惱。「妳還敢躲？妳幹得好事，如今全村都在笑話咱家，妳高興了？妳個賠錢貨從小到大都不讓人省心，弄得滿屋子藥味晦氣得要命，如今竟敢說什麼不奉養妳奶就不嫁人，妳要氣死我啊？」

阮老太太聽見動靜連忙出來，把阮玉嬌擋在身後，皺眉道：「發啥瘋呢你？你咋不連我一塊兒打？」

「娘！您不知道咋回事別瞎摻和，您知道她在外頭胡咧咧啥嗎？往後您這心頭肉就嫁不出去了。不過是掙了些錢，她就不知道天高地厚，啥都敢往外說，連帶她弟弟妹妹都得被人笑話，我打她都是輕的！」阮金多氣得狠了，雙手扠腰，在院子裡走來走去，就想將阮玉嬌揪出來打一頓。

劉氏看阮老太不知道，趕緊上前把事情添油加醋的說了。阮老太愣了愣，看向阮玉嬌是又感動又著急。「傻孩子，妳跟她們說這些幹啥？這、這可真是不好說親了，耽誤的是妳自己啊。」

「奶奶，我心裡就是這麼想的，沒人接受我的條件我就不嫁了，總好過嫁過去不能奉養奶奶叫我難受一輩子，那還不如自己一個人自在。」

「放屁！」阮金多怒喝一聲，指著她道：「妳還有理了是不是？不嫁人妳要賴在家裡一輩子啊？將來妳弟媳婦進門得咋想？妳當誰家有老姑娘是好事呢，那是要叫全村人笑話的！」

阮玉嬌冷靜地看著他，眼中隱藏反感。「若您容不下我，可以分家把我單分出去，我自己想法子過日子。您嫌我給你丟人，可以跟我斷絕關係啊。」

「嬌嬌！」阮老太太驚呼一聲，拉著阮玉嬌斥道：「這話哪能隨便說呢？啥斷絕關係，可不能亂說話！」

阮玉嬌抿了抿嘴，還是堅定地對著阮金多道：「我的話都是真的，家裡容不下我，可以讓我出去自生自滅。若是覺得沒把我賣掉虧了八兩銀子，我分出去以後會想辦法把八兩銀子給您，就當還您生了我的恩！」

阮金多額上青筋暴起，上前就去抓阮玉嬌。「還？妳還個屁！妳能把妳娘還回來嗎？妳個掃把星剋死妳娘，還有臉說要還生恩？當初我就不該要妳，讓妳害死妳娘！我告訴妳，妳欠我的這輩子都還不完！」

阮金多壓抑多日的情緒全部爆發，口不擇言地把死去的孟氏也拿出來說。阮玉嬌腦袋嗡的一下，臉上的血色瞬間褪去。別人說她什麼她都有底氣反駁，唯獨她親娘的死，她只能聽罵，因為她娘是因為她才死的。

就在這時，阮老太太突然揚手狠狠打在阮金多臉上。「啪」的一聲讓所有人都安靜下來，錯愕地看著她。

阮老太太氣得渾身發抖，瞪著阮金多高聲罵道：「你有什麼臉怪她？孟氏怎麼死的？她為啥懷著孩子鬱鬱寡歡？還不是因為你們兩個背著她偷人！」

阮金多急忙道：「娘，只是一次意外，我喝醉了又不是故意的，您把這事說出來幹啥，叫孩子們咋看我？」

「咋看？你既然要作踐我乖孫女，就別怪我叫你沒臉！當初你明明看上了劉氏，結果我救回孟氏之後你就改看上了孟氏，非要娶她。孟氏要不是看在我的恩情上咋會嫁給你？可你是咋對她的？居然跟劉氏勾搭叫孟氏給抓住了！可憐孟氏本就寡言少語，挺著大肚子對誰都沒了指望，還連累我乖孫女生來體弱，這都怪誰？怪誰！」阮老太太眼眶通紅，話幾乎是嚷出來的。

那次她差點打斷阮金多的腿，可什麼都挽回不了，孟氏那麼好的姑娘還是早早就去了，她心裡愧疚，可她除了對阮玉嬌好，竟什麼都做不了，若今日再讓阮金多作踐孟氏的女兒，她死了也沒臉去見兒媳婦！

阮金多跟劉氏的私情從來沒別人知道，如今被阮老太太說出來，阮金多感覺臉皮都被扒了下來。他看到小壯皺著眉頭的樣子，心中一凜。他沒做錯什麼，絕不能讓自己在孩子眼中的形象倒塌，這一著急，他就把實話說了出來。「我沒跟劉氏勾搭，我只是喝醉了，醒了才知道發生了啥事，孟氏就是劉氏叫去的啊，娘您咋不相信我呢？」

這話就有意思了，眾人不約而同的看向劉氏，眼神意味深長。劉氏心裡一沈，臉色煞白，待看到阮玉嬌眼中的恨意時，尖叫一聲，抱著頭就跑回了屋。她緊緊關上房門，彷彿這樣就能隔絕一切的鄙夷，可她還是冷得發抖，恨不得鑽到地底下去。她的名聲全毀了，她以後在家裡還怎麼抬得起頭！

阮老太太活了一輩子，就算不是人人能看清，對自己的兒子也不可能不瞭解。她冷哼一聲，憤怒地瞪著阮金多。「事情過去十幾年，我從沒提過，就是想給你留些顏面，沒想到你竟這麼不要臉，什麼都往嬌嬌身上推。你說她掃把星、剋死娘？不說你跟劉氏的勾搭，就說孟氏生產時，產婆問你保大保小，你親口說保小你忘了嗎？當初孟氏僥倖活了下來也沒活多久，這不是你親自選的嗎？你說嬌嬌欠你，我說是你欠嬌嬌一個娘！」

一句句刀子一樣的話扎進阮金多心裡，揭開了十幾年前那不堪的往事，阮金多惱羞成怒。「您為了個丫頭片子這麼對我？您往後叫她給您養老去吧！」

阮金多吼完就衝了出去，很快便不見人影，留下阮老太太捂著心口直喘氣，差點氣暈過去。阮玉嬌見狀忙把阮老太太扶到屋裡躺下，張張嘴，卻不知該說些什麼？心中的震驚久久無法散去，讓她無力思考，只能坐在床邊怔怔發呆。

原來娘根本不是她害死的，而是阮金多和劉氏兩個人做了下賤的事。她心中的恨意升騰，比他們前世賣掉她的恨更重。怪不得她娘剛死，劉氏就進了門，原來他們早就勾搭在了一起。既然他們早對彼此有意，阮金多為什麼還要娶她娘？為什麼要害了她娘一輩子？他分明就是貪圖她娘的美色！

那兩個賤人，害死她娘還要賣掉她，狼心狗肺，她要讓他們一輩子不痛快！

阮老太太平復了情緒，看到阮玉嬌面無表情的樣子，有些擔心地拉起她的手，嘆道：「嬌嬌啊，這些都是過去的事了，妳不要被他們影響。奶奶一直怕妳知道這麼不堪的醜事會心裡難受，奶奶只想讓妳一直高高興興的過日子，只是沒想到他會拿妳娘的事罵妳，真是沒良心的東西！往後妳別搭理他，等奶奶給妳相看個好人家，往後就不用見他了。」

雖說是自己兒子，可阮老太太更疼的是阮玉嬌，當然是站在她這邊。有時候她也真覺得讓孫女跟大房斷絕關係才好，可這事哪是能隨便說，弄不好要讓阮玉嬌臭了名聲的。生在這樣的人家本就可悲，阮老太太有時候都後悔當年逃難過來嫁錯了人。

阮玉嬌早就知道阮金多和劉氏有多冷血，如今也不過就再加一條無恥而已，沒什麼不好接受的。她聽著阮老太太的勸說，慢慢就冷靜了下來，扯扯嘴角道：「奶奶別擔心，我沒事。倒是奶奶您手心手背都是肉，肯定常常難過吧？您別難過，不管別人怎麼樣，我是一定要奉養您到老的，您是我最親的親人，永遠不會變。」

阮老太太剛剛被兒子傷透了心，這時卻在孫女這裡得到了安慰，心裡總算舒坦了些。她對阮玉嬌笑了笑，說道：「妳回屋歇會兒吧，吃點東西早點睡。」

「嗯，奶奶，我把飯菜給您端進來，您待會兒想吃就吃。」

阮玉嬌把飯菜端進屋，自己也端了一份。雖然沒什麼胃口，但她還是默默吃完了飯，然後照常洗漱上床睡覺，過了很久很久她才睡著，夢中有個溫柔美麗的模糊身影漸漸遠去。她不知道她娘喜不喜歡她、有沒有期待過她的降生、有沒有想過要為了她保重身體堅強的活下來？不過那都不重要了，她記得娘親的生恩，逢年過節都會去好好拜祭。

幸好她還有奶奶，沒有缺少親情，也沒有缺少溫暖，她其實還是幸福的。

第二天起來的時候，阮玉嬌表面上已經和平時無異，只不過對阮金多和劉氏更冷淡了。

阮老太太在飯後叫住他們，面無表情地認真說道：「昨天那樣的事我不希望再發生，嬌嬌不欠你們任何人。當年你們兄弟倆跟著你們奶奶，可我家裡家外的幹活還天天繡花賣錢，都是用來養你們的。嬌嬌可不同，她是用我的錢養大的，跟你們沒關係，你們往後誰也別在她身上打主意。還有，只要我老婆子活著一天，嬌嬌不想嫁的人誰也不能勉強，她的親事自有我做主，誰再提別怪我跟誰急！」

昨天吵得那麼凶，今日哪還有人敢提意見？尤其是劉氏，如今她只怕二房和幾個孩子把這事給說出去，那她就真的在村子裡抬不起頭了。

事情到了這個分上，阮玉嬌暫時是不會說親了，什麼八兩、十兩的聘金都跟她沒關係，且往後她對親事還有了自主權，連阮金多和劉氏都不能插手，這可把阮香蘭給氣壞了。繞那麼大一圈想把阮玉嬌坑山裡去，最後居然幫阮玉嬌擺脫大房的束縛，往後沒有阮金多壓著阮玉嬌，她還不在家裡橫著走啊?!

等她到了地裡碰見李冬梅的娘更傻眼了。李冬梅的娘在幹啥？咋跟好幾個人說那八兩聘金的事呢？這事是能隨便亂說的嗎？她有些著急地走上前去。「嬸子，您這是幹啥呢？」

李家媳婦瞥了她一眼。「我幹啥了？妳大姐看不上我給介紹的好人家，還不許我幫別人牽線了？」

阮香蘭急道：「這事冬梅知道嗎？妳問過她嗎？沒準兒人家根本不樂意呢。」

這話不只李家媳婦聽了不舒服，就是旁邊那些求人幫忙牽線的也不樂意。

「妳這閨女咋說話呢？合著就妳大姐能入了人家的眼，我們的閨女都配不上是不是？」

「就是，妳這話啥意思啊？瞧不起我們家閨女是吧？」

「我們商量親事跟妳有啥關係，妳個小姑娘也好意思來說這事？這是想替妳大姐把親事搶回去了？她上一門親事還不是妳搶走的，在這兒裝什麼姐妹情深呢！」

阮香蘭嚇了一跳，又是搖頭又是擺手。「我沒有，我什麼時候搶過她的親事？妳們可別胡說！我就是隨口問問，妳們瞎說啥？」

眼看幾人還不甘休，阮香蘭不敢再辯解，匆匆忙忙地跑了，不過李家媳婦卻心裡犯起了嘀咕。她和阮家那重男輕女的爹娘不同，她對閨女交了幾個小姐妹還是比較瞭解的。這阮香蘭和她閨女挺熟，剛剛那麼說話是不是有什麼隱情？難道親家的遠房親戚還真的非阮玉嬌不可？那她這都誇下海口了可咋收場？

李家媳婦頓時沒了跟人閒扯的心情，趕緊找了個藉口溜走，想著在問過閨女之前還是不要再跟人瞎說，畢竟她也只是個牽線的而已。

她雖是收斂了不少，可她還是把阮香蘭嚇壞了。雖然只要李冬梅的婆家堅稱那人就是他家親戚，這事就露不了餡，但知道的人多了，她心裡還是怕得厲害。因著想這些時常走神，她還被阮金多罵了好幾次，幾乎把之前受的氣全發洩到她身上了，讓她心裡的壓力更大，驚慌得都要崩潰了。

反倒是被她算計的阮玉嬌該幹啥幹啥，一點都沒受到影響的樣子，甚至比以前更自由，看得阮香蘭差點吐血。

其實阮玉嬌不是沒受影響，只不過她知道自己該做什麼，也知道無謂的吵鬧發洩沒有用，自然還是按部就班的做著自己的事。幹完家裡的活，她照樣帶著衣裳去莊婆婆那裡，但比起平時，她還是沈默了許多。

莊婆婆經歷那麼多事，本就比旁人敏感，不一會兒就發現了她的異常，關心道：「嬌嬌啊，妳這是咋了？在家受委屈了？」

阮玉嬌搖搖頭，勉強扯起嘴角笑道：「沒啥，還不就家裡那些事嗎？家裡只有我奶奶是真心疼我，別人……只會教人心寒。」

這些事不需多說也能讓人明白其中的辛酸，莊婆婆不習慣安慰人，沈默半晌說道：「往後妳在家不痛快了就過來這兒，就當這兒是妳第二個家。」

阮玉嬌抬起頭，有些驚訝，也有些感動，笑道：「那先謝謝婆婆了，我可不跟您見外了。」

「見什麼外？好幾年了，打從我外孫走了以後，還是頭一回有人這麼關心我。我老婆子是性子比較怪，但好壞還是分得清的。」

因為莊婆婆的話，阮玉嬌心裡好過了不少。她有奶奶和莊婆婆、有幾個弟弟、有孫婆婆，還有恩人和那些曾經幫過她的人，實在不該沈浸在過去的悲痛中。

阮玉嬌回家以後，感覺家裡的氣氛好像更詭異了，尤其是阮香蘭和阮春蘭，臉色都難看得厲害。陳氏有些幸災樂禍，大約是覺著她與大房鬧掰了，肯定想看大房笑話，便來同她說：「今兒個妳兩個妹妹可是慘了，妳爹把三丫罵了個狗血淋頭，妳娘悶不吭聲的也沒少掐二丫撒氣。我猜二丫胳膊上、腰上肯定青紫了一大片。嘖嘖，有這種娘還不如沒有，那麼丟人的事都幹得出來，虧她還總在我面前擺長嫂的範，憑她也配？」

阮玉嬌詫異了一下，又覺得沒什麼稀奇。那對夫妻本就是愛面子又沒本事的人，有氣沒處撒，倒楣的鐵定就是他們的閨女了，畢竟閨女在他們眼裡都是賠錢貨，怎麼作踐都不過分。

大房這樣的狀態持續了好幾天，每天阮香蘭和阮春蘭都是一副備受欺負的樣子，可那是她們的爹娘，她們只能憋屈的忍著。

尤其是阮春蘭，才幾日工夫就顯出憔悴來。晚上她翻來覆去睡不著覺，心中的恨意久久無法平息。她娘只不過是個勾引別人丈夫的下作女，憑什麼整天打她、罵她？她爹鬧出那種醜聞，哪來的臉大呼小叫？還有阮香蘭，不過定了張家的親事就在她面前趾高氣揚；而小壯被她照看那麼久居然一聲姐都沒叫過，反而整天追著阮玉嬌跑，「姐姐」、「姐姐」喊得親熱，彷彿只有那一個姐似的。

阮玉嬌拿她當陌生人，寧可悉心照顧小壯那個魔頭都不肯替她出頭，算個什麼姐姐？老太太向來偏心，為阮玉嬌打阮金多耳光，對她卻不聞不問。還有只會看熱鬧的二房，全都不是好東西！她這些年在家裡當牛做馬，結果這些人是怎麼對她的？他們全部都該死！

翻騰的恨意怎麼壓也壓不下去，但阮春蘭卻清楚的知道自己根本沒辦法反抗。既然不能反抗，那她就逃！她一直在家裡忍著就是想嫁人以後能過好日子，可上次陳氏提起她的親事，親娘卻打從心底裡看輕她，認定她配不上好人家。那她還等什麼？等著被胡亂嫁個老光棍嗎？本來她一直討好小壯，想讓他以後給她撐腰，讓她在婆家有底氣，可小壯分明不記她的好，那這個家留著還有什麼意思？

這個念頭反反覆覆地出現在她腦海中，越來越強烈，等到天亮的時候，她終於下定決心。她要逃，偷走全家的銀子逃。往後她去過自己的舒坦日子，讓這些人變成窮光蛋，窩裡鬥去吧！

第二天下地幹活的時候，阮春蘭突然捂住肚子說肚子好痛。劉氏罵了她幾句，看她實在幹不了活，不耐煩地叫她趕緊回家。阮春蘭縮著肩膀地往家裡走，誰見了她都跟沒看見一樣，畢竟她向來如此，不愛說話、膽小內向，大家也都習慣了。

回到家，阮春蘭拿起院子裡的棍子，二話不說就打在了阮香蘭後頸上，阮香蘭暈倒前臉上滿是驚愕。

阮春蘭又用棍子在她身上狠狠打了幾下，替往日的自己出完氣才將棍子丟到一邊。

她跑進阮老太太屋裡，挪開木櫃子，想把下面壓著的銀子都拿出來，可拿到手裡一看，居然才三兩。她不敢置信地摸了半天，確定下面確實沒有銀子了，臉色登時變得很難看。

她是偶然看到奶奶挪了下木櫃，猜測銀子鐵定在這個地方，可沒想到竟然只有這麼點，奶奶的銀子不是有二、三十兩嗎？這麼點兒怎麼夠她逃？

第十八章

阮春蘭快速打量著房間四周，手上到處亂翻，可她足足翻了有兩刻鐘都沒翻到一個銅板。她有些不甘心，卻不敢再耽誤時間，跑得晚了肯定會被人追上。拿著三兩銀子，她有些後悔，可剛剛她打暈了阮香蘭，已經沒有退路，只能先逃了再說。

包袱是她前一晚趁夜收拾的，她把銀子收好，又往包袱裡塞了兩個餅子就快速往外跑。可她怎麼也沒想到，竟在門口撞見了阮玉嬌和四個小子！

阮玉嬌錯愕地看著她，下一刻突然就明白了她的意圖，頓時眼神一凜，冷聲喝道：「快攔住她，別讓她跑了！」

大柱、二柱下意識地就抓住了阮春蘭的胳膊，小壯更是直接衝過去搶她的包袱，喊道：「妳要幹啥？這裡頭是啥？妳到底幹啥壞事了？」

阮春蘭一邊推攘著一邊驚慌喊道：「你們放開我！是爹叫我去送個東西，你們趕緊放開我！」

可惜這時候阮玉嬌已經跑進阮老太太屋裡看過，確定了阮老太太的銀子丟了，屋裡還被翻得亂七八糟，哪裡能放她走？阮玉嬌抓了條繩子趁亂把阮春蘭捆上，對大柱道：「你快去喊家裡人回來，記得別叫別人知道！」

等家裡人全被大柱喊回來，一看見院裡的情形就愣住了。「這、這是咋了？」

劉氏眼睛往旁邊一掃，突然看見暈倒的阮香蘭，頓時驚呼一聲跑了過去，「香蘭、香蘭！這到底是咋回事？」

阮玉嬌指著阮春蘭道：「我們剛走到門口就看見她抱著個包袱往外跑，我瞅了一眼，她偷了奶奶的東西！」

「啥？」阮老太太瞬間瞪大眼，趕緊跑進屋去。其他幾人也都發懵地跟了過去，結果看到阮老太太屋裡亂七八糟，像是被洗劫了一樣，而阮老太太直奔木櫃子那裡，果然找不到下面的銀子了。

幾人出了屋，打開那個包袱，只見裡面是幾件阮春蘭的衣裳和兩個餅子。這……分明是要離家出走啊！陳氏皺眉道：「大嫂，妳搜搜二丫的身吧，這裡頭沒有銀子啊，不知道被她藏哪兒了？」

劉氏氣得要命，衝過去抓住阮春蘭就是一頓搜，口中還嚷嚷著。「妳個缺心眼的咋不說話？到底咋回事妳不會說啊？妳大姐說得是不是真的？妳沒偷妳奶東西吧？妳能有那膽子？」

小壯不樂意地道：「娘您啥意思？我都看見了，還能冤枉她啊？」

大柱和二柱也附和了兩聲，全都說了一遍事情經過。

劉氏暗恨小壯吃裡扒外，幫著那死丫頭害自己親姐姐，可她心裡怕極了。她才被老太太揭破醜事抬不起頭，她的女兒竟然又當了家賊，這要是真的，她以後豈不是再也不能翻身了？

可她的祈願顯然落空了，銀子很快就就從阮春蘭身上搜出來。阮金多上前搶過銀子，一巴掌抽歪了阮春蘭的臉。「妳幹得好事！我的臉都被妳丟盡了！」

阮春蘭低著頭，咬咬牙，把恨意壓了下去，做出瑟瑟發抖的樣子抽泣道：「我、我也不想的，可是娘、娘她天天打我，我、我疼，我好疼啊，我怕我再不走就要死了——」

阮春蘭趴在地上嚎啕大哭，幾人看到她胳膊上露出的瘀傷，頓時啞然。

劉氏母女的事別人不好摻和，這麼多年阮老太太管過多少次也沒用，乾脆拿過銀子回屋，眼不見為淨。阮玉嬌自然是跟著去幫忙收拾屋子，屋裡到處都亂糟糟的，看著就鬧心。

沒一會兒她們倆就聽見外頭傳來慘叫聲，是阮金多在打阮春蘭。不管阮春蘭裝得再可憐，她偷阮老太太銀子是事實。阮老太太是他們家如今最大的長輩，她這種行為就是不敬祖宗，而且阮香蘭一直叫不醒，陳氏幫忙檢查了一下，就看見她身上被棍子打出了傷痕，自然就沒人再同情阮春蘭。

阮金多這些天也壓抑得很，抓起棍子足足打了她一刻鐘才停手。他火冒三丈地道：「妳想離開這個家就隨便找個人嫁了！逃跑？偷銀子？妳知道傳出去別人會怎麼看我們阮家？他們會說阮家人手腳不乾淨、不孝順長輩、不安於室！妳個混帳東西，差點連累全家的名聲！妳不是想走嗎？我這就給妳找婆家，馬上把妳嫁出去！沒良心的東西！」

阮金多罵完，扯著劉氏就回了屋，「砰」的一聲關上門後，屋裡就響起了劉氏的哭喊聲，顯然阮金多這是又背著人打媳婦去了，把劉氏打得渾身青紫，動一下都疼。不過，這次大房的鬧劇沒有任何人幫忙打圓場。幸好幾個孩子是把人拖進了院子裡，沒被外人看見，不然如今等著他們的就是全村的嘲笑了。

阮香蘭暈了半日才醒過來，疼得眼淚不停地掉。等她弄清楚發生什麼事後，衝到阮春蘭床前狠狠搧了她兩巴掌。「妳個賤人早晚不得好死！居然還敢打我，妳給我等著，我饒不了妳！」

阮春蘭可不怕她，立刻拽住她還了兩巴掌，冷聲道：「妳算什麼東西？妳搶別人未婚夫比我更無恥！我打妳怎麼了？我這些年對妳不錯了，妳居然嚷嚷著我配不上好親事，妳憑什麼毀了我的機會？就許妳嫁得好，我就只能嫁個不上臺面的男人？妳怎麼那麼自私！」

阮香蘭摀著臉，怒氣衝天地瞪著她，本還要衝上去廝打，可聽到她的話突然腦子一轉，冷笑道：「妳個賤人等著吧，自有老天收妳！」

阮香蘭跑出去找劉氏說那個「遠親」的事。她也顧不得暴露什麼，反正劉氏如今的處境比她還差，將來還得仰仗她的夫家，她就不信劉氏會出賣她。被阮春蘭打得那麼痛，還被指著鼻子罵，她感覺受到了侮辱，一定要出這口惡氣！

劉氏聽說所謂「遠親」只是一個山溝溝裡的獵戶，頓時瞪大了眼睛。「這麼說沒有八兩聘金、十畝良田，就是個山溝溝裡的窮小夥子花錢買媳婦？」

阮香蘭點點頭。「對，到時候是要簽賣身契的。那山溝溝裡的人攢一輩子銀子就為了買媳婦，一般買完就成窮光蛋了。本來阮玉嬌模樣好、身段好，我好歹說才抬高了價，如今她嫁不成，換成阮春蘭也行，只不過阮春蘭那樣的估計只能換四兩銀子。」

劉氏還有些反應不過來。一門人人爭搶的好親事突然就變成山溝裡買媳婦了，這差距不是一般的大。若不是十分不在意閨女的，定了這親鐵定得後悔。她有些疑惑地問。「人家原來看上的是那死丫頭的狐媚樣，換成二丫那種黑不溜秋的，人家能要嗎？」

「能！咋不能呢？寡婦他們都要，何況阮春蘭這種黃花閨女了。不過價格肯定得低啊，正常的五兩，她這樣討人嫌的肯定頂多賣四兩。娘，她又打我又陰妳的，還敢偷奶奶的銀子，這種人就是白眼狼！您想想奶奶這些年有啥對不起她的？以前還對她挺好呢，是她害過阮玉嬌發燒奶奶才不管她的，結果她現在還偷奶奶銀子，她就是養不熟的白眼狼，娘可不能心軟啊，四兩銀子呢！到時候咱們商量著可以對外說二兩，反正二兩聘金在村裡也不算少了，剩下的二兩咱們倆一人一兩，妳看咋樣？」

劉氏沒好氣地瞪了她一眼，皺眉道：「啥一人一兩？留下的都是我的，妳個還沒出嫁的小丫頭還想藏私房錢？妳咋不上房揭瓦呢？」

阮香蘭急了。「娘您啥意思？這事是我安排的，人是我找來的，要不是我，您能又賺銀子又解決阮春蘭嗎？您咋能一點都不分給我呢？」

兩母女都是自私自利的性子，因為這事爭吵半天，最後兩人不甘不願地敲定，劉氏分一兩半，阮香蘭半兩。兩人商量好，就等阮春蘭傷好一點找機會去跟李冬梅說，總不能讓人覺得她們賣的是個病病殃殃不值錢的姑娘。

家裡頭變著花樣的折騰，阮玉嬌卻已經不受影響了，她在半個多月之後做完了給員外府老夫人的衣服，急忙送到了喬掌櫃那裡。

喬掌櫃一看到衣服就眼前一亮，再拿在手中仔細看了看、摸了摸，臉上的笑容不自覺就加深了許多。「嬌嬌，這衣裳不錯，真不錯，我有預感，妳這件一定能被選上！」

這衣裳不只剪裁好，上面的刺繡也特別好，配色、花樣、尺寸，整件衣服就沒一處不協調，而一件好的衣服除了能讓人眼前一亮之外，最重要的就是不能有突兀的地方，阮玉嬌顯然把這衣服做得極好。

聽她這麼說，阮玉嬌也鬆了口氣，露出笑容。「有掌櫃的這句話，就算沒被選上也無所謂了，以後還有機會努力。」

喬掌櫃最欣賞她這不計較得失的性子，笑道：「好，妳往後的路還長著，指不定往後都要人求著妳動針線呢！來，這件衣裳是精品，我先給妳二兩銀子。」

阮玉嬌忙擺手推辭。「掌櫃的使不得，這衣裳還不知能不能被選上呢，我不能要妳的銀子。」

喬掌櫃笑起來。「妳這傻孩子，這衣裳做得這麼好看，就算沒被選上也可以賣給別人，能賣挺高的價。能穿上這類衣裳的人家都不差錢，賣得便宜人家還覺著掉價呢！別推了，我先給妳二兩，若賣出高價得了賞銀，我再看著給妳添點，這都是妳應得的。」

阮玉嬌接過二兩銀子，緊緊握在手中，加快的心跳慢慢平復，逐漸蔓延出無盡的喜悅來。靠做精品賺錢一直就是她的目標，她第一次接這樣的活，竟然賺了二兩銀子，能頂她平日裡做半年的衣裳，足以證明她手藝有多精湛！

上輩子遮遮掩掩，一心想離開員外府自己過日子，從沒暴露過出色的才能，她都不知道自己的手藝已經這麼好了。她不是個無能的賠錢貨，反而是個比村裡男丁都有本事的好姑娘。這二兩銀子不僅讓她瞭解了自己的手藝在什麼程度，更讓她徹底建立了自信。她一個人就能活得很好，她越發堅信這一點了！

這麼高興的事當然要和親近的人分享！阮玉嬌特地買了大骨頭和五花肉，還買了一小袋精米，笑容滿面地回村了。當然，她是把好東西放到背簍最底下，用布料蓋住，不然被人知道了又是一場風波。

正好這一日阮金多又和劉氏發生了口角，一個破口大罵，一個哭哭啼啼，氣得阮老太太直接摔筷子回屋，眼不見，心不煩。等他們都吃完飯回屋歇著的時候，阮玉嬌就跟阮老太太說：「奶奶您跟我去看看莊婆婆吧，正好我有一件大好事要跟您說，保管您聽了之後就顧不上生氣了。」

阮老太太想著，在家也是生氣，便和阮玉嬌一起走了。路上走到沒人的地方，阮玉嬌湊到阮老太太身邊低聲道：「奶奶，我之前偷偷做的那件衣裳您還記得嗎？今兒個我送過去，掙了二兩銀子！」

「啥？妳說啥？」阮老太太吃驚地看著她，腳都忘了邁步了。

阮玉嬌笑嘻嘻地道：「二兩銀子！奶奶，我做一件衣裳就掙了二兩銀子，厲不厲害？」

「厲害！厲害！」阮老太太激動得不知該如何是好，拉著阮玉嬌一直道：「嬌嬌出息了啊，太好了！這可真是個大好事，大好事！」

接著阮老太太想到什麼，急忙往四周看了看，壓低了聲音，嚴肅道：「這件事絕對不能再告訴任何人。嬌嬌，咱們沒有害人之心，但不能沒有防人之心。人心是最難猜的，除了自己，誰也靠不住，妳可千萬要把嘴閉嚴實了，不能守住自己的銀子時，萬萬不能叫別人拿妳當成搖錢樹使喚，記住沒？」

阮玉嬌連連點頭。「奶奶我記著呢，您放心，我不會被人欺負的！」

到了莊婆婆家，兩個老太太自然有話聊，阮老太太是個很健談的人，儘管莊婆婆話少些，但她們倆還是相處得很愉快。

阮玉嬌之前就來燉上紅燒肉了，這會兒掐著時間過來，正好燉熟了，香味都能從灶臺飄到屋裡去。阮玉嬌急忙把飯菜扣住，端到屋裡的桌子上，然後連忙關門、關窗，免得被外人發現。一個窮了很久的人家突然傳出肉香，是會有很多好事的人惦記的。

三人一邊吃飯一邊說笑，氣氛溫馨，比阮家的低氣壓不知好了多少倍。阮老太太也難得放鬆下來，不再想那些鬧心的事。看著莊婆婆這樣，她突然覺得每個人其實都有很多的不如意。莊婆婆無兒無女，晚景淒涼，看著是很可憐；而自己算是子孫滿堂，卻鬧心得睡不著覺，真說不上誰比誰更幸福些。唯一幸運的是，她們倆都遇到了嬌嬌這麼乖巧懂事的晚輩，這孩子對她們真的是全心全意了。

這幾日的工夫，劉氏母女三個的傷都好得差不多了。劉氏和阮香蘭都很有自知之明的降低了存在感，幹活、吃飯、睡覺，一句話也不多說，免得惹人厭煩，倒是讓家裡消停了不少。阮春蘭的親事也定下了，聘金對外只說二兩。

同樣一個小夥子，娶阮玉嬌給八兩，娶阮春蘭就給二兩，換誰都覺得這是屈辱。可上次阮春蘭偷錢的事太讓人厭惡，留她在家總覺得不踏實，全家對這門親事都沒意見。

因為男方家不在這裡，所以選個吉日，穿紅衣裳給接過去就行了，不在這邊擺宴席。這樣做雖然不夠體面，但理由也挺冠冕堂皇的，大家商量了一下就全都給定好了。她們等消息傳遍全村，眾人驚訝歸驚訝、好奇歸好奇，可卻沒有之前那般爭搶的心了。

是為著之前的八兩聘金爭的，如今變成二兩，還是遠嫁，大夥兒就覺著不適合了。畢竟閨女嫁到近處，要是嫁得好點還能往家裡拿點東西呢，二兩就要遠嫁實在沒意思。

她們不爭了，自然就多了說閒話的心思，一提到聘金從八兩掉到二兩就好笑得要命。這可真是把阮春蘭的臉皮扔到地上踩了，比她姐姐也差太多了吧！不過想想，阮玉嬌既生得好看又會賺錢，人家聘金高也合情合理，八兩變二兩也沒什麼奇怪的，唯一奇怪的大概就是那位「眼光高」的人竟然能看上阮春蘭。

阮春蘭心裡憋著一口氣。雖然這親事是她之前想要的，可那時候她想要的是那份體面。如今真的給她定下這門親，她卻只得到了無盡的嘲笑，這讓她對那沒見過的未婚夫也多了一層憎恨。憑什麼她就比阮玉嬌低六兩銀子？憑什麼這樣作踐她的尊嚴？要是就這麼嫁過去，她還有什麼風光可言？連擺酒都不在這邊擺，跟那窮苦人家出嫁的一樣。

阮春蘭意氣難平，可家裡根本沒一個人再理會她，尤其是她之前曾表現出想要這門親事的意思，如今又有什麼可說的？

阮家三姑娘定了未來的秀才，二姑娘定了個家有良田的好人家，大姑娘放話不奉養奶奶不肯嫁。這兩個月阮家三個姑娘的親事可謂是家喻戶曉了，讓村裡的人看了不少熱鬧，如今終於有點塵埃落定的感覺。反正在他們眼裡，阮玉嬌基本就是嫁不出去了。

不管大家心裡怎麼想，見著阮家人還是會說聲恭喜。阮春蘭沒有再找到機會偷跑，知道不能扭轉這件事，就轉變了自己的心態。她這次是丟臉了，聘金是沒有阮玉嬌高，可她的聘金二兩銀子在村裡也算是體面的，還有好多人才一兩聘金呢。更重要的是她未來的夫家據說有十畝良田，還沒其他兄弟爭田產，將來她的日子絕對能過得比許多人好，就連那張家，說是考秀才，但家裡不還是窮嗎？

這麼一想，阮春蘭心裡就好受多了。有幾次聽別人議論阮玉嬌嫁不出去，她就更滿意了，面對阮玉嬌的時候也不再那麼畏畏縮縮，反而挺胸抬頭，好像總算壓了阮玉嬌一頭，讓阮玉嬌感覺莫名其妙。

如今待在阮家，時常讓阮玉嬌不開心，所以她大多數時間都是待在莊婆婆那裡；阮老太太也常跟著去，跟莊婆婆聊聊天打發時間。莊婆婆雖然不愛說話，但經歷得多，偶爾一句話便能說到人心裡去，給了阮老太太不少安慰，對家裡的事也越來越看得開了。

這邊有阮老太太陪莊婆婆，阮玉嬌又不是太忙，便又開始帶著四個弟弟滿村子蹓躂，試試能不能偶遇恩人？帶孩子抓魚、嬉鬧，看著他們還算懵懂的樣子，心情也好上許多。

阮家也因此漸漸就分割開來。阮玉嬌和阮老太太領著四個小子樂呵呵的，二房兩口子事不關己高高掛起，而大房那幾個人就互相算計。一家十二口人雖然還在一起，實際上心已經分開，連同桌吃飯都沒什麼好聊的了。

阮玉嬌按部就班地做著衣裳、繡著荷包，又到了五天交衣裳的日子，她早早收拾好就往鎮上去。賣完荷包，她卻在旁邊一個成衣鋪裡看見了李冬梅，李冬梅正和兩個男人一起挑紅衣裳，想來是那位「遠親」要送給阮春蘭的。
她也沒怎麼在意，誰知剛想走，就聽李冬梅跟那個皮膚黝黑的男人說：「買件粗實禁穿的吧，要不你們回了山裡，那好衣裳不是白瞎了嗎？」
阮玉嬌腳步一頓，皺起眉站到了旁邊，瞧見那男人傻笑地撓撓頭，說道：「行，就聽妳的。我爹娘攢錢不容易，我省著點回去還他們。」
李冬梅笑道：「喲，大兄弟你可真孝順。」
旁邊另一個男人打趣道：「我媳婦說得對啊，兄弟你好不容易進城，應該玩一圈才對，要不回去還不得後悔？反正你爹娘給你十兩銀子呢，這次變成五兩，你還能剩五兩不是？要不哥帶你去長長見識？」
黝黑的男人連連搖頭，說道：「不用了，當初爹娘說拿十兩娶個漂亮媳婦我就覺著浪費，到山裡頭還管啥漂亮不漂亮的，早晚曬得跟我一樣。我好不容易娶個媳婦，還是得身板硬實的才行，這個五兩的就挺好，能幹活，回去還能幫幫我爹娘。」
沒能騙到剩下那五兩銀子，李冬梅夫妻倆都有點可惜，不過他們已經試探過這傻大個好幾次，他就是不鬆口那也沒辦法。還好當初的約定沒有變，他們幫了這個忙還是能扣下一兩銀子，給劉氏的就是四兩，至於劉氏扣下二兩要怎麼分就是他們的事了。
三人繼續挑選衣裳，阮玉嬌心裡卻泛起了驚濤駭浪。這門親事竟是騙人的！什麼十畝良田、讀書識字，全都是假的！這分明就是山溝裡出來買媳婦的，買回去就一輩子別想出來了！

想到之前這門親是認準了她的，阮玉嬌忍不住打了個哆嗦。她這輩子最忌諱的就是被人賣掉，賣身契捏在別人手裡的感受是根本無法形容的，她說什麼也不會再次失去自由。李冬梅弄這種騙局到底為了什麼？為什麼又盯上她？她根本不認識李冬梅！如今這怎麼又換成了阮春蘭？李冬梅到底在打什麼主意？

阮玉嬌害怕被發現，趁他們背過身的時候急忙走開了。她腦子裡亂糟糟的，想了半天突然想到了關鍵。李冬梅的相公說，之前的聘金十兩，如今變成了五兩，但家裡明明說是八兩和二兩，剛剛那三個人相處顯然沒必要說假話，那就是別人在說假話，從中把銀子給昧下了！

劉氏一直那麼積極，也許就昧了其中的銀子。反正劉氏討厭她不是一、兩天了，上輩子能賣她，這輩子一樣能；而阮春蘭也惹到了劉氏，同樣被嫌棄，劉氏做出這種事一點都不奇怪。倒是李冬梅，就算昧下銀子也不用總盯著他們阮家的姑娘吧？跟他們阮家有仇？

想不通她也就不想了，但這事她覺得回去還是得說清楚。雖然她很不喜歡阮春蘭，但她更恨不知情被賣掉的事發生。

到錦繡坊交衣裳的時候她還在想著這件事，直到祥子在她面前笑著拱了拱手，道：

「恭喜阮姑娘了，妳做的衣裳被員外府選中了！」

的？真的？」

巨大的驚喜襲來，砸得阮玉嬌有些發懵，她不可置信地反手指著自己。「選中了我

祥子哈哈笑道：「可不就是真的嗎？我哪敢拿這種事開玩笑啊！掌櫃的在後頭等著妳呢，阮姑娘跟我來吧。」

阮玉嬌欣喜地笑了起來，有些激動地攥緊雙手。「竟然選了我做的，我都沒敢抱太大希望，這真是太好了！」

迎面走過來一個年輕的婦人，聽見她的話撇了撇嘴，不屑道：「不過就是瞎貓碰上死耗子，得意什麼？哼！」

兩人擦肩而過，阮玉嬌皺起了眉。

祥子搖搖頭，低聲道：「別管她，她是玉娘，是錦繡坊這兩年手藝最好的女工。因著沒人比她強，把自己端得太高了，這次輸給妳，心裡不痛快呢。阮姑娘，妳可要用心啊，玉娘最近動不動擺譜讓掌櫃的很不滿，興許哪一天妳就能取代她了。」

阮玉嬌挑挑眉，默默記下了這件事，對祥子笑道：「一直想要感謝你來著，不過男女有別，我也不好送你什麼，不如你把嬸子的尺寸告訴我，我給她做件衣裳吧。」

祥子驚喜了一瞬，又連忙擺手。「我沒幫上妳什麼，哪裡值當妳這麼客氣，不用了、不用了。」

阮玉嬌笑說：「一件衣裳又不值什麼，就別推辭了，我先去跟掌櫃的說話，待會兒

你把尺寸告訴我啊。」

阮玉嬌做的衣裳連員外府的老夫人都能選中，可見做得有多好。祥子不想錯過這難得的機會，不好意思地點點頭。「那就麻煩妳了，往後有什麼難辦的事直接來找我，我肯定沒二話！」

「謝謝祥子哥。」

第十九章

到了喬掌櫃的房間，兩人便不再多說。阮玉嬌一進門，喬掌櫃就笑道：「咱們的大功臣來了！嬌嬌妳不知道，這次玉娘做的衣裳輸給了對家，咱們差點就輸了。這可不是掙不掙錢的事，而是輸了丟臉。咱們錦繡坊的地位還不是長盛不衰才立起來的嗎？幸虧有妳壓了對家一頭，被員外府老夫人給選中了，賞了十兩銀子呢！」

「那太好了，我也是僥倖。」

「嬌嬌妳就別謙虛了，妳這次可是幫了我大忙！」

阮玉嬌笑笑，順著她的意思坐下來說話。上輩子在員外府那麼多年，見過老夫人許多次，多少瞭解些老夫人的喜好，做的衣裳自然容易被選中。不過她沒想到玉娘竟會輸給對家，錦繡坊幫了她不少，如今能幫到錦繡坊她也很高興。

喬掌櫃滿眼都是笑，跟她說了不少錦繡坊的趣事，讓她也對錦繡坊瞭解不少。喬掌櫃這麼高興也是有原因的，本來一直以為玉娘能勝過對家，所以從沒擔心過，誰知玉娘就給輸了，當下她心都涼了，這是她做掌櫃的差錯啊。可她萬萬沒想到，阮玉嬌的手藝竟是拔得頭籌，讓錦繡坊保住了第一的位置。

這回有驚無險，她真是越看阮玉嬌越喜歡了。想著這次阮玉嬌也算幫了她大忙，喬掌櫃直接將那十兩賞銀分了她一半。「嬌嬌，這五兩銀子妳可不能推辭，這是妳該得的，好好拿著。我這兒還有更好的一個活給妳做，妳若做得好了，賞銀還多著呢！」

阮玉嬌未出口的拒絕直接被擋了回來。她想了想，按當時的情況，這份確實是她該得的，這才安心的收了下來，同時又好奇地問。「比之前更好的活？是什麼呀？」

王員外家是從京城過來的，在鎮上算是很富裕，更好的活難道是縣老爺嗎？

喬掌櫃起身從櫃子裡拿出一個包袱，光看那包袱的用料就知道裡面的東西有多貴重。她小心地打開，露出裡面精緻華美的衣服，說道：「這是我從一個朋友那兒拿來的，她在京城一個大戶人家做管事嬤嬤。他們夫人的衣裳被刮花了，想修補成原來的樣子或者更好看一點，我這不就想到妳了嗎？妳看看，就是這裡這朵牡丹，怎麼樣，能不能接？」

阮玉嬌小心翼翼地摸了摸那牡丹，發現這個圖案她上輩子繡過，於是斬釘截鐵地說：「能接！」

阮玉嬌半點沒猶豫就接下了這次的大單，這是野心，也是自信，畏畏縮縮的人是絕對抓不住機會的。

阮玉嬌比平時更小心地收好了華貴的衣裳，上面照常蓋了三套衣裳的布料遮掩起來，然後趕緊回家。這件衣裳價值二百兩銀子，人家雖然拿出來讓補，但卻不會給太長時間，一是這種機會有的是人搶，二是太久沒動靜人家還怕丟了呢。

阮玉嬌決定將最近全部的精力都用來補這件衣裳。她上輩子跟孫婆婆學刺繡後期，繡過這樣的圖案，不只能把破損之處補上，她還能讓圖案比從前更好看一點。刺繡、縫衣，只要有一點點改動就會有很大差別，而她有本事能做好。

在掙錢這條路上阮玉嬌越走越順了，回家時心情還很是飛揚，直接跑到阮老太太房裡小聲跟她說了這件事。阮老太太高興壞了，卻礙於大家都在家中，不敢大聲慶祝。不過她眼睛裡都是笑，心裡的驕傲自豪就更不用說了。

兩人說笑了好一會兒，阮玉嬌回房之前看到院子裡的阮春蘭，才想起「八兩銀子」的事。她腳步頓了頓，一邊取下背簍一邊說道：「妳定的那門親事聽說是騙人的，等妳嫁過去會簽賣身契，然後去大山裡過日子，再也不能出來了……」

還沒等她說完，阮春蘭就皺眉瞪著她，打斷了她的話。「妳什麼意思？當初八兩聘金不嫁，這會兒看我訂親就後悔了？哪兒有那麼好的事？」

阮玉嬌也皺起了眉頭。「我在鎮上看到李冬梅他們，聽他們親口說的，妳要是不信就隨便妳。妳也說了，我是八兩聘金不嫁，難道我如今會嫉妒二兩聘金不成？」

阮玉嬌被她的態度弄得不痛快，說話也帶上了刺。要不是因為上輩子被賣的下場太淒慘，她才不會多嘴提醒，但也僅止於此，讓她勸人她可不樂意。

阮玉嬌說完話就進屋關了門，留下的阮春蘭臉上青一陣、白一陣的。八兩、二兩，多麼強烈的對比，尤其是從阮玉嬌口中說出來，更成為她一輩子的恥辱！這一刻，她心裡對阮玉嬌的嫉恨超過了一切。從阮玉嬌備受阮老太太寵愛，到阮玉嬌屢屢能找到好親事，再到阮玉嬌成為錦繡坊的女工，對別人爭搶的親事不屑一顧，這一樁樁、一件件都在刺激著她，讓她恨不得永遠見不到阮玉嬌。

阮香蘭本來是去後院上茅房的，沒想到回來竟聽到這麼一番話，登時冷汗都冒出來了。結果更沒想到的是，阮春蘭竟然不信，還以為是阮玉嬌瞎說嫉妒。

她眼珠轉了轉，強自鎮定地走出來說道：「咱們這位大姐我是越來越看不透了，當初我訂親的時候，她就說一些莫名其妙的話，弄得全家都對我不滿，我都不知道怎麼回事就變成這樣了。如今妳訂親她又開始說，說不定啊，過一陣子妳就跟我一樣變得更慘。明明訂親是大喜事，卻受了這麼多委屈，早知道我寧願不訂親了。」

正在氣頭上的阮春蘭眼神頓時就變了。她本就心眼多，什麼都愛多想，聽了阮香蘭這話，再想想從前阮香蘭嘴甜偷懶，還能跑去搶人未婚夫的悠閒日子，確實和如今每天快累死的樣子天差地別。而這其中少不了阮玉嬌的影子，正是她們的幾次衝突導致的，那是不是能證明這都是阮玉嬌的報復？那阮玉嬌為什麼會針對她？難道是報復她上次故意撞老太太差點把老太太燙到？

因著討厭了阮玉嬌許多年，她幾乎是立刻就認定了阮玉嬌有惡意。仔細想想，若她相信了阮玉嬌的話，找爹娘鬧起來會怎麼樣？再說這門親事都傳了這麼久了，若是騙子，怎麼一點風聲都沒有？李家跟他們無冤無仇，又怎麼可能故意騙他們？

阮春蘭越想越覺得阮玉嬌在撒謊，目的就是為了讓她不好過，她的心中憤恨至極，定定地看著阮玉嬌的房門，突然想到，既然她都要嫁了，何必還要對阮玉嬌退讓？還不如陰阮玉嬌一把，臨走前看到她痛苦也好！

阮春蘭輕哼一聲，轉身就回了房間。阮香蘭一直小心地看著，總算鬆了口氣，同時心中也有些懊惱。當初挑什麼黃道吉日，就該快刀斬亂麻的把阮春蘭送出去，這會兒也不用這麼緊張了。她惦記著賣了阮春蘭能分半兩銀子，那可是她的私房錢，琢磨了一會兒，她悄悄叫出劉氏去後院嘀嘀咕咕了半天，兩人都怕阮玉嬌把這事告訴阮老太太，到時候就不好收場了，便決定找藉口將親事提前，免得拖出事來。

第二天一大早，阮香蘭就去鄰村跟李冬梅說了，最後商定兩日後過門，理由是男方家裡出了點事，傳信讓快點回去，所以只能把日子提前了。

阮香蘭帶著劉氏按了手印的契約，把阮春蘭正式賣給了那個山裡的漢子，同時收了對方五兩銀子。之後她把約好的一兩給了李冬梅，一兩半給了劉氏，剩下半兩自己收好，這才真正放下心來。

賣身契簽了、銀子收了，這件事已經板上釘釘，再也不能更改了！

中午劉氏拿出二兩銀子放到桌上，說：「二女婿那邊叫人把聘金送來了，還送了一套喜服過來，說叫後天就把人送過去。」

阮春蘭感覺有點不對勁，疑惑道：「怎麼突然提前了？太快了吧。」

阮金多沒好氣地瞪了她一眼，罵道：「快個屁！我巴不得妳立刻滾蛋，留妳在家裡等著丟銀子嗎？妳最好老老實實地嫁過去，不然妳就算跑了我也要抓到妳，打斷妳的腿！」

劉氏也跟著道：「妳在家裡大家都不痛快，正好二女婿家裡叫他趕緊回去，好像是要買兩畝地叫他回去看看。妳就趕緊跟他走吧，記得以後多往家拿點東西啊，好歹是我把妳養這麼大的。」

阮春蘭本來還有點懷疑，但聽他倆這麼說，就什麼疑慮都煙消雲散了，心頭高興起來。婆家原來就有十畝地，再買兩畝就是十二畝了，那些以後可就都是她的！

大房兩口子把理由都說清了，別人也就沒多嘴。阮春蘭見阮玉嬌也閉口不言，對她更是憤恨。果然那些話都是騙人的，到大家面前就不敢說了。不過阮玉嬌有阮老太太護著，她就算找阮玉嬌麻煩也沒有用，用不著做那個無用功，就是可惜她還有兩天就走了，還沒想到怎麼對付阮玉嬌呢。

帶著這個遺憾，阮春蘭默默回房去收拾自己僅有的幾件衣裳，連晚上睡覺都沒睡安穩，一半為出嫁興奮，一半琢磨著叫阮玉嬌難受的辦法。迷迷糊糊想了半夜，最後還真被她想出個妙計。

第二天阮玉嬌照常在大家睡後打水洗澡，然後端著水盆去後院倒水。而她的身影剛一消失，阮春蘭突然就從房裡跑出來，一溜煙地衝進她房間，手裡拿著剪刀，直奔木櫃子，拽出做衣裳的布料就亂剪一通！她知道時間緊迫，阮玉嬌馬上就要回來，可她明天一早就要走，再不下手就沒機會了，便下了大力氣，把幾塊布料攥在一起，這裡剪個洞、那裡剪個口子。她就不信這樣還能做出什麼衣裳！

一件工錢二十文，賣價更貴，到時候阮玉嬌交不出衣裳只能賠錢，一賠好幾十文，看家裡人不打死她！

快速剪了幾下，阮春蘭就準備走了，結果把布料放下去的時候，突然發現下面有一個包袱，縫隙露出點金絲閃閃的樣子，不禁伸手翻開，看到裡面精美名貴的衣裳頓時瞪大了眼，差點驚呼出聲。她摀住自己的嘴，飛快的想著這到底是怎麼回事？可她怕阮玉嬌回來，越著急越想不明白，乾脆直接一剪子下去，剪了個口子，等她明天走了，這絕對會是阮玉嬌的噩夢吧！

不敢再耽擱，阮春蘭關上櫃子，匆匆忙忙地跑回房。片刻後阮玉嬌收拾好回房睡覺，要吹燈的時候，餘光瞥到地上有些草屑，低頭一看，還有一點點土，可她明明記得擦洗前剛剛掃了一遍地啊。她是個愛乾淨的人，不由得皺起眉頭查看自己的鞋底，可是鞋底不算髒，心裡一轉，她就覺得有點不對勁了。這種感覺就好像自己明明關嚴了門，回頭卻發現房門開了個縫，總覺得怪怪的。

她四處打量了一下房間，目光落到櫃子上時終於看出了不對勁。櫃子她一向關得好好的，此時縫隙卻夾著一點點布料。

有人動過她的櫃子！阮玉嬌心裡一驚，急忙衝過去查看，瞬間臉都白了。那些被剪的布料無所謂，可那件華貴的衣裳值二百兩銀子啊！她看著衣裳左肩的一道口子，腦袋裡一片空白，扶著木櫃才勉強站穩。二百兩對如今的她來說還是天文數字，把她賣了都不值二百兩，她總共也沒掙到十兩銀子啊！

一股憤怒的情緒直衝腦門，阮玉嬌抓著衣裳衝到院子裡，對著劉氏她們的房間喊道：「劉氏、阮春蘭、阮香蘭！妳們給我出來！出來！」

怒喊聲將所有人都吵醒了，阮香蘭不樂意地嚷嚷道：「幹啥呀？大半夜的瞎吵吵，妳有病啊？」

「出來！妳們誰剪了我的衣裳？出來給我說清楚！」

阮香蘭一聽什麼「剪衣裳」，就披上衣服出來看熱鬧了。

阮玉嬌死死地盯著她，看到她臉上熟睡壓出的印子和惺忪的睡眼，第一感覺不是她。不過這也不一定，說不定是故意弄成這樣的呢？她又繼續喊道：「劉氏、阮春蘭！出來給我說清楚！」

阮金多暴怒地在屋裡吼。「大半夜鬼叫個啥？滾回屋去！」

這時阮老太太已經聽見動靜了，心裡咯噔一下，急忙跑出來拉著阮玉嬌看，待看到她手上被剪破了的衣裳時，驚呼一聲，臉色都變了。「天吶！這、這可咋辦？二百兩銀子啊！」

大夥兒聽見二百兩銀子，頓時全都走了出來。阮金來皺眉問。「啥事啊？娘，您剛才說啥二百兩銀子呢，天上掉餡餅了？」

阮老太太帶著哭音道：「掉啥餡餅？這是掉刀子啊！天殺的，誰把這衣裳剪壞的？誰！這是要害死我們全家啊！」

這話讓大家心裡一驚，立刻清醒過來。阮香蘭看清她們手中的衣裳，吃驚地瞪大了眼，指著衣裳道：「這、這是啥衣裳，咋在咱家呢？妳不是只給錦繡坊做衣裳嗎？」

阮玉嬌仔細觀察著她們母女三人，咬牙說道：「這就是錦繡坊給我的大活計，修補這件衣裳能得不少賞銀，這件衣裳值二百兩銀子！」

幾人倒抽一口涼氣，陳氏哆哆嗦嗦地道：「二百兩銀子？剪壞了？這意思是咱家要賠錢？」

阮老太太怒瞪著他們。「當然要賠，不賠難道進大牢嗎？劉氏！是不是妳幹的？妳缺心眼，要害死咱們家？」

劉氏嚇白了臉，急忙擺手。「我發誓！真不是我幹的，我一直在屋裡睡覺呢，啥都不知道啊，我連這件衣裳都沒見過，真不是我！」

阮春蘭和阮香蘭也急忙撇清關係，連陳氏也趕緊解釋，就怕罪名落到自己身上。而阮金多已經從僵硬中回過神來，不可置信地死瞪著衣裳，哆嗦道：「衣裳真壞了？要賠二百兩？」

阮金來忙上前。「嬌嬌，妳說話，不賠行不行？這衣裳真值二百兩？咱全家也沒這麼多銀子啊！」

阮玉嬌深吸一口氣，沈聲道：「這是錦繡坊好不容易從京城接到的活，掌櫃的信任我才交給我。你們想想，京城住的都是什麼人家，何況這還是高門大戶的夫人穿的，二百兩都是便宜的！我要是補好了，興許一次就能掙個十兩、二十兩，可如今什麼都完了，賠人家二百兩銀子都不一定能了事！」

她審視的視線在阮春蘭和阮香蘭之間來回移動。這兩人最有害她的動機，相比之下，阮香蘭容易衝動，阮春蘭心腸最壞，到底是誰卻不能輕易論定，因為她沒有證據。

冷靜下來，阮玉嬌腦子也活了，她把衣裳小心地放到阮老太太手裡，然後大步走回房，拿了那一堆被剪爛的布料放到背簍裡拿出來。她把背簍放到地上，指給他們看。「我不過就是去倒個水、刷個盆的工夫，一下子剪這麼多布料，拿剪子的手肯定硌紅了，妳們倆把手伸出來！」

阮春蘭臉色微變，不等她想撤，阮香蘭已經強硬地將她兩隻手拽了出來。「不是我，肯定是二丫！她心術不正，那天還偷奶奶銀子呢，肯定是她幹的！」

阮春蘭攥著拳頭不肯鬆開，這就有點欲蓋彌彰了，所有人都察覺到了不對勁。阮金多上前捏住她的手腕，在她吃痛之際，直接掰開了她的手掌。阮春蘭是下了大力氣的，快速剪爛那麼多布，手上自然留下了痕跡。本來她是知道阮玉嬌晚上從不做活才這麼大膽的，等天亮之後她的手早就好了，而且還要出嫁走人，到時候阮玉嬌發現什麼不對也跟她沒關係。

可萬萬沒想到，她回屋才不到一刻鐘，阮玉嬌就吵起來了，還想出這麼個法子揪出她，她一點化解的辦法都沒有，全家只有她一個人手掌通紅，除了她還能是誰？

阮金多揚手就是一巴掌，還不解恨的踹了她一腳，他被這個害人精氣得半死。

劉氏更是憤恨，直接抓著她撕打起來。「妳個掃把星！災星！妳這是要害死我、害死全家人啊！妳良心都餵狗了，教訓那死丫頭的法子多得是，妳幹啥剪那二百兩的衣裳？妳咋這麼缺德，妳拿啥賠給人家？」

她的一句話彷彿驚醒了夢中人，阮金來和陳氏對視一眼，立刻說道：「大哥，不是做弟弟的不幫你，可這是你們大房鬧出來的，跟我們二房完全沒關係，這銀子你可不能讓我出啊。二百兩，那是你們大房的債！」

阮金多眼睛一瞪。「你說啥？嬌嬌掙錢的時候，你咋不說她掙的是大房的錢呢？你有臉說這話嗎你？」

阮金來不樂意地道：「嬌嬌她一年才能掙四兩，這可是二百兩！能一樣嗎？」

「是啊，大哥，其實你想想，咱也不能都傾家蕩產吧？」陳氏皮笑肉不笑地道：「有我們二房在，不管你們日後咋樣，好歹還有條退路不是？」

劉氏赤紅著眼睛道：「咋樣？啥咋樣？我們大房好著呢，至少比妳好！二百兩跟你們沒關係，跟我們也沒關係！孩子他爹，嬌嬌接那麼大的活都沒告訴咱們，她要是不接不就沒事了嗎？她實在要怪春蘭，就、就讓春蘭賠她！春蘭已經嫁出去了，嫁出去的閨女就是潑出去的水。嬌嬌，妳明兒個就押著春蘭找她夫家要錢去！」

阮老太太怔了怔，氣得手直哆嗦。「你們、你們推來推去，這是要氣死我啊？家裡出了這麼大的事，你們不想著怎麼共渡難關，居然一個個都急著撇清自己，你們替嬌嬌想過嗎？替這個家想過嗎？家人是這麼做的嗎？」

陳氏突然反應過來，著急道：「娘，我知道您心疼嬌嬌，可大柱他們也是您的孫子啊，您可不能把您存的銀子全拿給嬌嬌賠錢啊！」

這下其他人都看向阮老太太了，分明也是這個意思，令阮老太太眼前一黑，差點沒厥過去。

阮玉嬌看他們這麼怕事，心中一動，忽然道：「沒用的，即使我去說我一個人擔，他們也知道我們是一家人，到時候我陪不出錢來，他們不只會扣下我，還會遷怒你們。」

陳氏又驚又氣。「那咋辦？嬌嬌，妳做人可不能這麼不厚道啊？妳說這事跟我們二房有啥關係，妳可不能連累我們啊，妳三個弟弟還沒長大呢！」

小壯不服氣地道：「二嬸，大姐啥時候不厚道了？你們幹啥都不管大姐？大姐平時還幫妳看孩子呢，是不是？大柱、二柱，你們說話啊，是不是得幫大姐？」

大柱、二柱是想說話，可開口之前看了看陳氏，猶豫糾結了一下，還是沒有開口。他們也不敢看阮玉嬌，羞愧地低著頭往後退了退。倒是小柱，直接跑到阮玉嬌身邊抱住她的腿，大聲道：「幫姐姐、幫姐姐！」

陳氏嚇了一跳，忙把小柱扯回來，心中暗暗警惕，決定以後一定要讓小柱少接觸阮玉嬌，再這麼下去，她這個娘說話都不管用了。

小壯被他們氣得夠嗆，剛要說話，突然被劉氏拽住，厲聲阻止。「不許管那死丫頭！她惹出這麼大的事，咱們咋管她？」

阮老太太氣道：「誰說管不了？我那兒有三十兩，你們幾個攢了幾兩，把房子、地都賣了，不夠的再跟親戚朋友借借，總能湊出來。這件事必須得管，你們再推託，就別認我這個娘！」

院子裡安靜了一會兒，阮金多沈聲道：「娘，不是我們沒良心，而是我們不能讓全家人為了她去喝西北風。您想想其他孫子，銀子、地、房子沒了，您四個孫子咋辦？管了這事，咱家一輩子都翻不了身了！」

阮玉嬌開口道：「可是你想不管也不行啊，人家京城那位夫人指不定有多少手段對付我們。我們不主動賣，他們也有法子拿走，到時候他們可就沒那麼容易放過我們了。那是京城的人，哪會聽咱們解釋這事跟誰沒關係。」

陳氏已經琢磨半天了，聽了這話脫口道：「那就分家！」

阮老太太驚了一下。「妳說啥？分家？」

「對，分家！」陳氏認真道，「娘，我求求您了，這事完全就是大房幾個閨女爭來鬥去鬧出來的，跟我們沒關係啊，您就當心疼心疼您三個孫子吧！」

這事和二房沒關係誰都知道，可他們之前沒分家，有福都是一起享受的，如今遇難就想把阮玉嬌撇開，他們就是這麼做長輩的？雖然他們自保是情有可原，但阮老太太還是覺得心寒，太心寒了！

偏偏這時阮金多還火上澆油。「分家好！不只大房、二房要分，大房和嬌嬌也要分！娘，不能讓嬌嬌拖累全家，必須把她分出去。二丫等天亮直接送走，她們一個分出去、一個嫁出去，不管是誰都找不到咱家身上。不是一家人了，還有啥理由叫咱們賠錢？」

「阮金多！嬌嬌可是妳的親生女兒！」阮老太太吼出這一句，整個人都有些脫力了。

阮玉嬌急忙扶住她，擲地有聲地道：「奶奶，這樣的家人不要也罷，分就分，我什麼都不怕！活是我接的，既然壞了活計，我就會負責到底。天無絕人之路，我一定能解決的！」

阮金多冷哼一聲。「妳別後悔就好！明兒一早就請里正來分家，到時候斷絕關係，往後負債都是妳自己的債，別想叫我們還。」

阮玉嬌冷笑道：「那也得寫上往後我富貴了跟你們都沒關係！」

劉氏嘲諷道：「都這時候了，妳還在這兒耍嘴皮子。富貴？妳這次不進大牢都是好的了，妳不是說孝順妳奶一輩子嗎，妳看看妳幹的啥事？」

阮金來聽見阮玉嬌同意就鬆了口氣，笑道：「還是大姪女懂事，知道體諒我們，這次也是逼不得已，大姪女別怪我們就好。」

第二十章

阮老太太見他們居然已經把分家的事說定，還一定要把阮玉嬌單分出去，終於涼透了心。她定定地看了阮金多和阮金來一會兒，冷聲道：「你們要分家？好！我和嬌嬌一起分出去，她為了孝順我連嫁人都不願意，我老婆子也不可能放棄她。你們不管她，我管，往後大房一家，二房一家，我和嬌嬌一家！」

阮金多皺眉道：「娘，您剛才說您有三十兩，您都要拿去給死丫頭？您還把不把我們當您兒子、孫子了？」

阮老太太冷靜地道：「分家，昨分，明早等里正來了再說清楚，就算我把三十兩都給嬌嬌，你們也管不著，那都是我一個人攢的！」

阮老太太這次是徹底傷了心，說完也不看他們，逕自回屋。阮玉嬌冷冷地看了阮春蘭半晌，突然說道：「阮春蘭那一份怎麼算？她明兒個出嫁，可畢竟今天她是大房的人吧？她今天害我，叫我不追究，不可能！」

阮香蘭到底年歲小，早被二百兩的巨額給嚇到了，一聽這話登時就道：「她不是大房的人，娘已經簽了賣身契把她賣出去了，她今早上就不是阮家的人了！」

裝死的阮春蘭猛然抬頭，對上阮玉嬌嘲諷的眼神，立刻抱住頭大叫一聲。

「賣身契」三個字一出，頓時又是一片混亂。

阮春蘭瘋狂地抓住阮香蘭，表情猙獰地質問。「咋回事？到底咋回事？妳給我說清楚！」

阮香蘭害怕地喊道：「好痛！妳放開我，妳這個瘋子！看看妳幹的這些事，不賣掉妳留著禍害全家嗎？先是偷奶奶銀子偷跑，如今又剪壞了二百兩銀子的衣裳，妳就是個瘋子，被賣了活該！」

阮春蘭將阮香蘭撲倒在地，死死地掐住她的脖子，整個人都失去了理智。她不用再問劉氏，因為她已經明白為什麼會出現這一樁騙人的親事，那是她提醒阮香蘭的，是她說把阮玉嬌嫁出去就不用看著礙眼，是她說要讓阮玉嬌嫁得不好才能心裡痛快，是她故意暗示阮香蘭可以用這招對付阮玉嬌。

只是她沒想到李家介紹的好親事竟會跟阮香蘭有關係，但就只賣二兩銀子？她不信！她將阮香蘭的頭用力往地上撞，凶狠地問道：「賣我的銀子呢？妳們把我賣了多少錢？之前說什麼八兩聘金，我不信妳們只把我賣了二兩！銀子呢？」

阮金多愣了下，看向劉氏皺眉質問。「妳給我說說清楚，不是嫁人嗎，咋就成了賣了？妳跟我可不是這麼說的，難道妳真昧了銀子？」

劉氏自然支支吾吾說不出來，阮金多見狀就搧了她一巴掌，怒氣衝衝地扯著她罵。「妳居然敢騙我？妳找死！銀子呢？給我拿出來！」

阮春蘭哈哈笑道：「你們不讓我好過，我也不讓你們好過！」她轉頭盯著阮玉嬌恨恨地道：「看我被賣了妳很得意吧，那又咋樣？二百兩的衣裳，妳拿啥賠？妳等著下大牢吧！反正我明早就跟人走了，再也不是這家的人，不管妳咋樣都跟我沒關係，我就算被賣了也比妳過得好！我比妳強！」

阮玉嬌冷笑一聲，不再理會她，也不再看這場鬧劇。不過大房母女三個一次又一次的坑她，想就這麼算了？沒門！

她回屋之後便把門窗關緊，外面的吵鬧聲頓時小了許多。她拿出那件衣裳，鋪平了仔細地看，雖然剪了個口子，但她該慶幸破口只在肩上，而不是像那些布料一樣到處都是。她猜當時阮春蘭應該是臨走時才看見這件衣裳，怕她回來撞見，才匆匆剪了一下。

這時阮玉嬌反倒平靜了下來。孫婆婆曾教過她，遇事一定要靜下心慢慢想辦法，生氣、發洩全都無濟於事，不管遇到多大的困難，只要不放棄就一定有解決的辦法。她知道，這次的事若是處理不好，恐怕要遭大難，還會連累到錦繡坊。而那位夫人若是脾氣再急一點，說不定她全家都要跟著受累。

家裡其他人怎麼樣她不在乎，但奶奶和幾個弟弟卻是真心待她，她不能讓他們被自己牽連。如今再揪著大房不放已經沒有意義，大房頂天就只有幾兩銀子，同他們糾纏反而浪費時間。如今最重要的事就是想辦法彌補，而衣裳破損最好的辦法就是修補得比原來更好看，如此才能躲過這一劫！

這時候阮玉嬌看著這件衣裳，已經不會被它的精緻華貴所吸引，這在她眼中已經與普通衣裳無異，而她滿心所想，就是把這件衣裳修補好。她的目光一直沒離開過衣裳，外面的聲音漸漸被她排除在外，腦海裡也再容不下除了衣裳以外的事，只專心回想著上一世那些至今尚未出現的款式，哪一款才適合融入這件衣裳裡？

不知過了多久，外面徹底恢復安靜，阮玉嬌終於想到了辦法。

被剪的口子在肩上，剛好是略斜的方向，她可以在衣裳兩肩各繡一條精緻的花邊，然後在兩肩上再各繡一朵小巧精美的花朵，從花朵處垂下輕薄的紗，增加飄逸感，也讓這件衣裳增添了幾許靈動，少了一點過於華麗的空洞。她相信，最後出來的衣裳絕對比原來要好看不少。

但這只是她自己的感覺，這是喬掌櫃走人情費力接回來的活計，出了這種事還要大改是一定得跟喬掌櫃說的。她心裡很是自責，如果她再小心謹慎一點，就不會發生這種事。

這個家對於她來說已經不是安全溫暖的地方，而是龍潭虎穴，時刻充滿著危機與算計，她不知道繼續留在這裡還會遭遇什麼禍事？幸好，她之前故意引導他們說出了分家的話，分家以後，她便再也不必顧及任何人。這真是福禍相依，讓她不知該高興還是難過？

說起難過恐怕隔壁的奶奶才最難過吧？既著急衣服的賠償，又寒心家人的態度，可是她實在忍不下去了，分家是勢在必行，否則家裡只會鬧得更厲害。想到這裡，阮玉嬌很心疼奶奶，看了看那面牆，拿著衣服，輕手輕腳地去了隔壁。

「奶奶，您睡了嗎？」

阮老太太愣了下，忙起身開門。「沒呢，嬌嬌咋了？是不是害怕了？」她一邊拉著阮玉嬌進屋，一邊柔聲安慰。「別怕，有奶奶在，咋也不會讓妳遭罪的，明兒個分了家，奶奶就去找人借銀子。」

「奶奶，我不怕。」阮玉嬌笑了笑，湊近阮老太太悄聲道：「奶奶，我剛才一直在琢磨衣裳能不能補好呢，還真被我想出了法子。您看，我想著在這兒繡朵花，然後在下面再繡上這樣的花邊……」

阮玉嬌在衣服上連連比劃，給阮老太太說了自己的想法。阮老太太雖說做衣裳沒她手藝好，但聽她這麼說也能想像出是什麼樣子，頓時眼前一亮，露出了笑容。「嬌嬌，這主意好，繡完肯定好看！」

說完她又有些擔心。「可這畢竟要在衣服上改動，人家能樂意嗎？那些富貴人家聽說規矩多、脾氣大，要是妳改完了被人家怪罪，那可咋辦啊？要不，咱們拿著這件衣裳去跟人家道歉吧！到底是咱們的錯，沒保管好人家的衣裳。這麼好看的衣裳想必那位夫人也是很喜歡的，我們好好跟人道歉，看能不能求夫人給咱們個機會修補。」

阮玉嬌握住她的手笑說：「奶奶您說得沒錯，我也不打算直接改。我想著明天分完家以後，我先搬到莊婆婆那邊借住，然後就趕緊去鎮上一趟，把這事跟喬掌櫃說。那位夫人在京城，我們肯定是見不了的，我問問喬掌櫃怎麼看，不行的話就再想法子，一定會沒事的。」

阮老太太嘆了口氣，輕輕摸了摸阮玉嬌的頭。「苦了妳了，讓妳受委屈了。」

阮玉嬌微微一笑。「也不全是委屈，剛剛我已經為自己報過仇了。春蘭她心氣高，還一直以為嫁了個好人家，結果突然知道自己是被賣的，指不定得多痛苦呢。她這會兒被捆起來丟進了倉房，真是一點溫情都享受不到，我想她受的打擊一點都不比我小。奶奶，我這麼做您不會怪我吧？」

「不會！」阮老太太牢牢地抱住她，斬釘截鐵地說：「這些年我管過她太多次，管不動了。她做出這種事來害妳，絲毫不顧姐妹親情，往後她就不是我孫女。妳沒錯，她落得這般下場，有一半都是她自己作的。」

阮玉嬌聽她這麼說就放心了，看著天色不早，忙扶阮老太太躺到床上，給她蓋好了被子，起身道：「奶奶快些睡吧，明天事還多著呢。既然已經這樣了，咱們多想也沒用，該怎麼樣就怎麼樣吧！往後我會好好孝順您，一定讓您過得高高興興的。」

「嗯，奶奶知道了。妳也趕快回去睡吧，別多想，奶奶一直陪著妳。」

阮老太太笑了笑，阮玉嬌卻覺得她是在強顏歡笑，可是她也不知道該怎樣安慰，只希望天亮之後能夠一切順利吧。

等阮玉嬌走了之後，阮老太太一個人在屋子裡怔怔出神，一夜都沒合眼，但她心裡卻不像阮玉嬌想的那樣痛苦。也許是這陣子和莊老太太聊得多了，她越來越覺得兒孫自有兒孫福，都這把年紀，就不該再多管孩子們的事了。有句話不是說了嗎？不癡不聾，不作家翁，從前她總想管管他們，盼著他們好，可他們只有不耐煩而已，這麼久了也沒管出什麼，反而還對她有諸多不滿。

既然如此，她何必熱臉貼人家的冷屁股？她年輕時吃了那麼多苦，那兩個小子倒是跟著他們奶奶逍遙自在的很。如今他們都大了，她也老了，難道還要她累死累活去管他們？總之，事情到了這一步就得看開點，不然別人不高興，她自己也不高興，何苦來哉呢？

阮老太太就這麼想了一晚上，雖說還是上火，但她也想開了很多，而且她已經決定幫阮玉嬌徹底擺脫這家人。看阮玉嬌的樣子，似乎對這次的事不算很擔心，那應該就是十有八九能解決了，這樣的話也連累不到別人。

天亮的時候，阮老太太不等別人起來，先一步出門去了莊婆婆那裡。

莊婆婆年紀大了，覺少，阮老太太到的時候，她正起身想慢慢挪到桌邊倒碗水喝，見到阮老太太頓時怔住。「妹子，妳這是？」

阮老太太忙動手倒水，叮囑道：「老姐姐妳可別動，前三個月不能下地呢！妳要喝水我給妳倒，給。」

莊婆婆接過碗，往她身後看了看，疑惑道：「就妳一個人來的？嬌嬌呢？」

阮老太太嘆了口氣，坐在床邊的凳子上說道：「昨晚上家裡出了點事，我也不怕妳笑話。嬌嬌那孩子拿回來的衣裳被春蘭給剪破了，鬧騰半宿才消停。那衣裳要賠二百兩銀子，大房、二房一聽，都急著跟嬌嬌撇清關係，把我給氣得啊，心裡直哆嗦！最後大家都同意分家，大房、二房各一家，我和嬌嬌單分出來，待會兒就要找里正主持了。」

莊婆婆想了想，皺眉說道：「二百兩不是小數目，我走路不方便，妳待會兒找里正的時候，順便請他幫忙把這房子賣了吧，能湊一點是一點。」

阮老太太一愣，忙道：「老姐姐別急，我不是來找妳借錢的。嬌嬌昨晚上悄悄跟我說她能補好衣裳，我聽她的意思，確實是挺有把握，晚點要去鎮上問問掌櫃的成不成？我來這兒啊，就是因為她八成能補好衣裳，多半是有驚無險。可事後等大夥兒知道了，大房、二房看到嬌嬌的本事，哪能放過她？她給京城的貴人補衣裳、做衣裳，一次掙得能抵旁人幾年，我看他們要留她在家掙一輩子錢都有可能！」

「是這麼個理，可嬌嬌畢竟是妳兒子的閨女，能咋辦？這會兒也不能匆忙找個人家就把她嫁了，著急可選不著好人家啊！」莊婆婆一聽也擔憂起來。嬌嬌那麼好的姑娘，咋就不能有個安穩和樂的家呢？

阮老太太沈默了一下，定定地看著莊婆婆道：「這就是我來找妳的原因。老姐姐，我想把嬌嬌過繼給妳！」

莊婆婆瞬間瞪大了眼。「啥？妳說啥？」

「我說把嬌嬌過繼給妳當孫女！」阮老太太第一次說還比較艱難，等再開口卻覺得這是最好的法子。「只要把嬌嬌過繼給妳，她就再不是阮家的姑娘，往後不管是誰，都沒法拿親情壓她了。妳放心，等她跟喬掌櫃說好，確定悄悄補好衣裳沒事，咱們再過繼，妳看咋樣？」

莊婆婆連猶豫都沒猶豫就點了頭，還怕阮老太太反悔似的拉著她，直說用不著等什麼衣裳補好，這就讓里正給主持過繼。她早就把阮玉嬌當親孫女一樣疼了，阮玉嬌有難，她就更要有啥幫啥，哪會因為這事就往後縮呢？阮老太太還怕會連累她，可她一個孤寡老人本來就沒啥可怕的，兩人商量幾句，直接就把這事定下來了，決定跟分家的事一起說。

因為要過繼得雙方在場，阮老太太又幫莊婆婆擦洗一下，換了一身乾淨的衣裳。收拾妥當之後，去請李郎中的兒子幫忙，把莊婆婆直接揹到了阮家。

家裡人都剛剛起來，阮玉嬌沒有做飯也沒人挑什麼，一向不理家事的陳氏主動去灶房準備。大夥兒看到莊婆婆都很是驚訝，劉氏更是嘴快地道：「娘，您怎麼把她帶來了？家裡已經夠倒楣的了！」

莊婆婆冷哼一聲。「我再倒楣也尅不著你們家，你們跟我有啥關係？」

「妳咋說話呢，妳……」

「夠了！」阮老太太厲聲喝道：「莊老太太是我請來的客人，妳在這兒胡說八道啥呢？不會說話就滾回屋去！就妳幹的那些事，我把妳休了都沒人敢說啥！」

劉氏急忙看了一眼李郎中的兒子，生怕阮老太太在外人面前把事說出去，嚇得嘴都不敢張，灰溜溜地回了屋；其他人一看這架勢，自然也沒多嘴。反正吃完飯就分家，連阮老太太都要分出去了，他們何必再吵一通？

阮玉嬌上前幫忙扶了莊婆婆坐下，有些疑惑奶奶為啥大清早地跑去把莊婆婆請來？而且她總覺得今天莊婆婆看她的目光格外慈愛，這到底是怎麼回事？

阮老太太想到往後大孫女就是別人家的人，心裡一酸，但立刻又笑了起來，拍拍阮玉嬌的手，道：「有啥事吃完飯再說，妳衣裳收拾好沒？」

阮玉嬌點點頭。「都收拾好了。」

「那行，妳去把我的東西也收拾一下，等分完了家，我跟妳一塊兒走。」

阮老太太這話說得雲淡風輕，可把全家人都給弄懵了。阮玉嬌驚訝道：「奶奶您不住這兒了？這兒好好的大瓦房呢，您不要了？」

其他人都屏住呼吸聽著，有一種即將得到主屋的興奮，誰知卻聽阮老太太說：「我的房子我當然要，分家是給晚輩們分家，難道他們還能把我淨身出戶不成？連我的房子都搶，我就去衙門告他們不孝！」

阮金來皺眉道：「娘您說啥呢？誰說要搶您房子了，您看看您！」

阮金多也不耐煩地道：「娘您這是啥意思？我們誰也沒說要趕您走。您是我娘，我是家裡的老大，您就該跟著我養老不是？我只說把那死丫頭分出去，您幹啥非跟我對著幹？」

「呵，全家最孝順我的人就是嬌嬌，我當然得跟著嬌嬌走。就你們這急著把嬌嬌趕出去的模樣，我跟著你養老？那我老了你還不得把我丟山裡頭餵狼？」李郎中的兒子已經走了，阮老太太也不拿莊婆婆當外人，直接就懟了兒子一句。

阮金多氣得夠嗆，可阮金來碰了他胳膊一下，他又想起剛才兩兄弟商量的事，壓下怒火沈聲道：「您非要跟那死丫頭走，我也沒法子攔，但您不能把家裡的銀子全拿去貼那死丫頭。她一個賠錢貨，早晚要跟人家姓，分家也是直接分出去，啥也別想拿。」

阮老太太氣不打一處來，指著他怒道：「好哇你！我老婆子還沒死呢，你就惦記上我那點銀子了？那是我的，我愛給誰給誰，誰規定我的私房錢就得分給你們了？你們見天兒的惹我生氣，指不定讓我減壽了多少年，還分給你，你想得美！」

一聽這話，兩兄弟就急了。

阮金來站起來道：「娘您還分不分好壞了？兒子、孫子不管，就拿個丫頭片子當香餑餑。您死了她都不能給您摔盆子！您靠誰？還不是得靠我們？」

阮老太太臉色發白，顯然是被他們氣壞了。誰家兒子會說這種話？不盼著她長命百歲，反而咒她死後沒人摔盆子，她為這種兒子操心簡直就是缺心眼！

阮老太太也不耐煩跟他們掰扯，擺擺手道：「吃完飯請里正。里正最是公平，該咋分就咋分。你們能得啥就給你們啥，不該得啥你們一個子兒都別想！」

兄弟倆還要再說，陳氏那邊已經做好飯，端上來招呼他們吃。她早就看出來了，老太太主意正著呢，再吵也吵不出啥來，還不如抓緊吃飯、抓緊分家，徹底分開她才能安下心來。不然那二百兩的天價就像有把刀懸在她頭上，讓她提心吊膽，就怕全家都栽在這上頭！

大家吃飯的時候異常沈默，連阮老太太和莊婆婆也沒說話。阮玉嬌惦記給阮老太太收拾東西，快速吃了幾口，便放下碗筷進屋收拾。她跟阮老太太感情最好，時常幫著阮老太太收拾，連銀子在哪兒都知道，收拾起來俐落得很，一點也不顯得忙亂。

阮春蘭依然被關在倉房裡，像被人忘記了一般，飯都沒給她送。其實阮金多他們是怕她跑了，畢竟她曾經跑過一次，要不是正巧被阮玉嬌遇上，能不能把她追回來還不一定。如今已經是一手交銀子，一手交賣身契，阮春蘭就算是那漢子家裡的人了，他們要是把人給弄丟，到時候指不定又會出什麼事。這會兒把阮春蘭餓得沒力氣，等分完家，直接把她送走，往後就再也不用管了。

終於吃完飯，等到要分家的時候，幾個人心裡除了擔心分配不公外還有一些興奮。

往後分了家，他們就可以自己掌錢、自己做主，過自己想過的日子，還沒有老太太壓在頭上，怎麼可能不興奮？阮金多親自去請了里正過來，路上說阮玉嬌壞了錦繡坊的事，不願意連累他們，一定要分出去單過。

里正將信將疑地聽著，到了阮家就直接問阮老太太。「阮大娘，您說說這是咋回事吧，真的要分家？」

阮老太太點點頭。「昨晚上商量好的，全家都同意分家，那就分吧。大房、二房，還有我和嬌嬌，分三家。」

里正一愣，不由得皺起眉頭，審視地看向阮家兩兄弟。「老太太有兩個兒子、四個孫子，咋就跟大孫女一起分出去了？是你們不願意奉養老娘還是咋地？」

阮金來急忙搖頭。「里正您這可就冤枉我們了，我大哥剛才還說要給我娘養老呢，是我娘喜歡嬌嬌，非要跟她大孫女一起過，這、這我們也沒辦法呀！」

阮金多跟著附和。「對，就是這樣，不信您問我娘。」

阮老太太淡淡地笑了笑。「里正，這是我的意思，就這麼分吧。嬌嬌這孩子前陣子在村裡說的話，想必您也知道了。她為了我一個老婆子這般，我哪能說跟她分開就跟她分開呢？不過里正，剛才我也是老糊塗沒說清楚，莊家老姐姐在這兒呢，我就想請您給做個見證，把嬌嬌過繼給我老姐姐當孫女！」

「啥？」除了莊婆婆，所有人都吃驚極了。

村子裡很少有絕戶的人，過繼的事就更少了，就算有，那也是過繼個男孫繼承香火。這兩個老太太要把阮玉嬌過繼算咋回事？連里正都懵了。

里正剛一來就對莊婆婆坐在旁邊感到奇怪，只不過說起了分家的事，他一時沒來得及問，沒想到鬧出這麼個事來。他不禁懷疑地看著兩個老太太。「把阮玉嬌過繼？過繼給莊大娘當孫女？這有啥用？妳們倆真是這麼想的？剛剛阮金多才跟我說阮玉嬌惹了事，阮大娘，妳不會沒把這事告訴莊大娘吧？」

不怪他這麼想，實在是這事太過匪夷所思，讓他不得不懷疑阮家這是禍水東引，扛不住惹來的禍事，就要轉移到莊婆婆身上去。反正莊婆婆就孤家寡人，事後就算知道了也不能怎麼樣，里正甚至都懷疑起阮玉嬌照顧莊婆婆的意圖來。可他抬頭一看，卻看見阮玉嬌一臉震驚，不像是事先知道的樣子。

莊婆婆拉住阮玉嬌的手露出個笑容來，說道：「里正你放心，嬌嬌的事我全都知道，正是這樣我才更要給嬌嬌一個家。阮家不留她，我莊家要她！嬌嬌，妳啥也別想，就說願不願意給我當孫女？」

阮玉嬌忍不住看向阮老太太，卻見阮老太太只是慈愛的笑著。「嬌嬌，快答應，往後妳就有兩個奶奶疼妳了。」

阮玉嬌忽然就明白了阮老太太的用意，眼淚一下子掉了下來。「奶奶！」

「哎呦，咱分家、過繼都是大好事，嬌嬌可別哭啊！來，快擦擦，妳莊奶奶還等著妳回話呢！」阮老太太拿帕子給阮玉嬌擦了擦眼淚，催促她趕緊表態。

——未完，待續，請看文創風662《萬貴千金》2

為流浪貓狗加油 和貓寶貝 狗寶貝 廝守終生(一定要終生喔！)的幸福機會

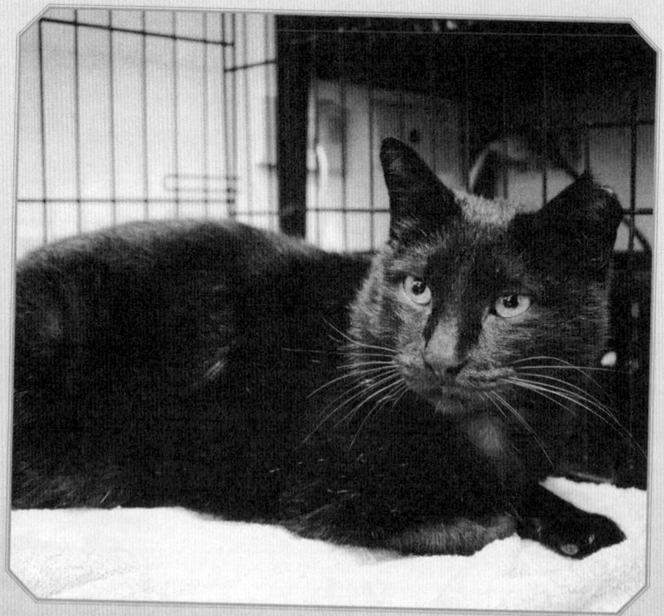

對人來說，貓寶貝狗寶貝只是生活的一部分，但妳（你）對牠們來說，卻是生活的全部，領養前請一定要考慮清楚——

▲ 佛系且沉穩的貓大叔　Neko桑

性　別：男生
品　種：米克斯
年　紀：約10歲
個　性：沉穩溫和、有點傲嬌、熱愛貓抓板
特　徵：看起來像隻小黑豹
健康狀況：已結紮、打過預防針；因腎臟狀況，只能吃處方飼料；有貓愛滋
目前住所：輔仁大學愛狗社

『Neko桑』的故事：

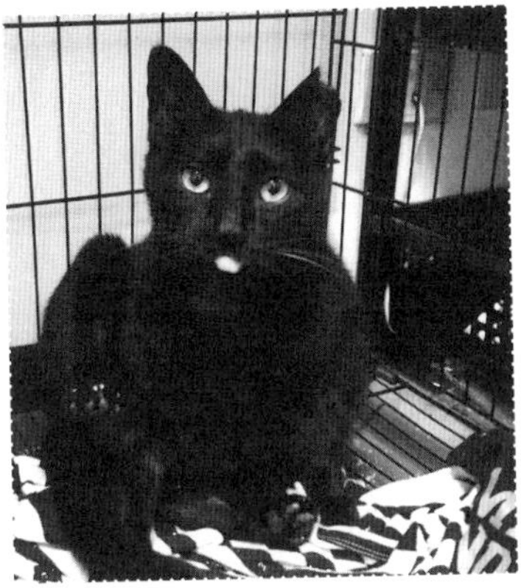

Neko桑是輔大旁514巷的浪浪，看起來就像是曾闖蕩街頭多年的飄泊浪子。今年年初，牠因為打架而嚴重受傷，便被同學們和附近店家的老闆聯合誘捕，並送去給獸醫治療。經醫生診斷，Neko桑不適合再放回原處，於是中途就希望可以幫Neko桑找一個安心居住的家。

中途說，Neko桑的外表帥的像隻小黑豹，毛也很柔順、蓬鬆，且滿愛唱歌的。中途還逗趣地表示，Neko桑大概是一隻「佛系」的貓大叔。可能是過去「貓生」的歷練，使牠的個性溫和，幾乎不會生氣，平時喜歡靜靜待在一旁，不會賣萌、不會調皮，時候到了，自然有人會跑去摸摸牠（笑）。

Neko桑雖然是隻貓大叔，但偶爾會想撒嬌一下、玩一會兒，也會偶爾想喵喵叫一下；牠亦喜歡被摸摸頭、摸摸臉頰。而Neko桑最大的樂趣是抓貓抓板、吃一些貓草（不過牠能克制自己不要吃太多）。

偏愛成熟、穩重又溫和的貓大叔嗎？可以考慮收編Neko桑當家人喔！歡迎來電0929-369-187，或傳訊息至Line ID：shine0990（陳小姐）。

認養資格：

1. 認養者須年滿20歲，有穩定經濟能力，並獲得全家人的同意（無論是否同住）。
2. 須同意簽認養寵物切結書，並提供照片讓中途瞭解Neko桑以後的生活環境。
3. 同意送養人日後之追蹤探訪，對待Neko桑不離不棄。
4. 未來不會因生病、搬家、結婚、生子、長輩等因素而退養Neko桑。
5. Neko桑有時會喵喵叫，若住處不能過於吵雜，請先審慎評估。
6. 當Neko桑受傷或生病時，務必請給獸醫師妥善醫療。
7. 不排斥新手認養，但請先做好養育動物所需要的學習，如飲食、基本照顧等。

來信請說明：

a. 個人基本資料：姓名、性別、年齡、家庭狀況、職業與經濟來源等。
b. 想認養Neko桑的理由。
c. 過去養寵物的經驗，及簡介一下您的飼養環境。
d. 若未來有結婚、懷孕、出國或搬家等計劃，將如何安置Neko桑？

文創風
661

萬貴千金 1

國家圖書館出版品預行編目資料

萬貴千金 / 幽蘭著. --
初版. -- 臺北市 : 狗屋, 2018.08
冊 ; 公分. --（文創風）
ISBN 978-986-328-894-7（第1冊：平裝）. --

857.7　　107009608

著作者	幽蘭
編輯	林俐君
校對	于馨　簡郁珊
發行所	狗屋出版社有限公司
地址	台北市104中山區龍江路71巷15號1樓
電話	02-2776-5889～0
發行字號	局版台業字845號
法律顧問	蕭雄淋律師
總經銷	知遠文化事業有限公司
電話	02-2664-8800
初版	2018年8月
國際書碼	ISBN-13　978-986-328-894-7

本著作物由北京晉江原創網絡科技有限公司授權出版

定價250元
狗屋劃撥帳號：19001626
網址：love.doghouse.com.tw　E-mail：love@doghouse.com.tw